리건 글리클럽

일러두기

- 이 이야기는 100년 전 이화여전 글리클럽이 몇 년간 지속했던 민요 합창의 역사를 모티브로 하여 창작한 소설로 등장 인물과 스토리는 허구임을 밝힙니다.
- 이 소설은 당시 글리클럽을 이끈 이화여전의 교수 등 일부 실존 인물들의 업적과 사건 등을 모티브로 삼고 있으며, 메리 영, 앨리스 아펜젤러 등 당시 선교사 교수들의 실명을 차용했으나 소설 속의 관계와 스토리는 허구입니다.
- 이 책에 사용한 그림들은 AI를 활용하여 제작되었습니다.

My glory days,
리화여전 글리클럽 연대기

우연히 이 100년 전의 이야기를 발견하고, 그대로 묻어둘 수 없어 엮어서 펴냅니다. 이 일은 이렇게 시작되었습니다. 직장을 은퇴하고, 조용한 삶에 정착하려던 그때 초대장이 배달되었습니다.

'이화여자대학교 음악대학 100주년 기념 연주회에 초대합니다.'

느닷없었지요. 이화여대 음대가 무슨 연유로 초대장을 보냈는지 알고 싶어서 전화로 물어봤습니다.

"저희 대학 음악과 초창기 졸업생들과 당시 학교에 계셨던 선생님들 후손을 수소문해서 찾아낸 분들에겐 모두 초대장을 보냈습니다."

그제야 생각났습니다. 저의 이모할머니. 그분이 이화여전 음악과를 나왔다고 들었습니다. 그분은 제 어머니의 어머니 같은 분입니다. 갓난쟁이 때부터 길러주셨으니까요. 얼마 전 제가 은퇴한 직후 아흔 살의 어머니는 뭔가 옛날 것들을 많이 주셨습니다. 받아만 놓고 펼쳐보진 않았지요. 그러다 거기에 이모할머니의 유품도 있다는 사실이 기억났습니다.

그래서 초대장을 받은 김에 유품 상자를 열어 보았습니다. 그 안에서 꽤 두꺼운 노트 한 권을 찾았습니다. 펼쳐보았습니다. 만년필로 눌러 쓴 글씨가 빛바랜 종이 위에서 희미하게 번지고 있었습니다. 찬찬히 읽기 시작했습니다. 한자와 옛날 문투로 쓰인 글이어서 은퇴 후 시간이 이렇게 여유롭지 않았다면, 끝까지 읽지 못했을지도 모릅니다. 그 생각만으로 아찔했습니다. 놓쳐서는 안 되는 이야기라는 생각이 들었으니까요.

첫 장은 이렇게 시작되었습니다.

My glory days, 리화여전 글리클럽 연대기

돌아보매, 나의 소녀 시절은 '추억'보다 '묵념'이라는 말이 더 어울리는 시절이었다.

열여덟 살이 되었던 그해 1919년, 세상은 온통 죽음으로 점철된 듯했다. 광무황제(고종)가 승하하셨고, 어머니와 사랑하는 동무들을 잇달아 떠나보내야 했다. 나의 소녀 시절은 그

해 그렇게 끝이 났다.

그 시절의 하늘은 늘 낮게 깔려 있었고, 나는 그 하늘에 짓눌려 숨쉬는 것조차 조심스러워했으며, 목소리마저 죽은 듯 살아내고 있었다. 사람들은 저마다 자신의 눈빛을 감추었고, 서로의 눈을 마주 쳐다보지 않았다. 내 인생은 계속 그렇게 흘러갈지도 모르는데, 그것이 얼마나 두려운 일인지에 대한 자각조차 없었다.

그렇게 10년 가까이 흘러, 나는 또 하나의 일과 마주했다. '리전梨專 글리클럽의 나날들'이 시작된 것이다. 처음엔 기껍지 않았다. 오히려 피하고 싶어 저항했지만, 그 일은 나에게 운명처럼 다가왔다. 그리고 새로운 날들이 시작됐다.

나의 미지근했던 인생에서 유일하게 뜨거웠던 기억. 매 순간이 힘들었고, 한 걸음 나아가기가 여간 버겁지 않았던 그 시절. 그러나 이제 와 조용히 돌아보니, 내 인생을 통틀어 가장 화려하고도 영광스러운 나날들이었다. 아마도 인생이란 게 그런 것일지도 모른다. 영광의 시절이란 가장 힘겹고도 어두운 날들의 안쪽에 숨어 있는 것.

이 오래된 이야기, 나의 일기장조차 빛이 바랜 지 오래라, 조만간 글씨마저 사라지면 흔적조차 지워질 이야기들. 이젠 누구도 기억해 주지 않는 그 시절을, 나 홀로 복기해 보려 한다.

이 노트를 다 읽고 난 후 결심하지 않을 수 없었습니다. 우리 시대의 언어로 다시 편집해 이 글을 세상에 내놓아야겠다고 말입니다.

나는 겪지 못했지만, 우리에게 가장 치욕적인 시절이었던 일제강점기를 온몸으로 겪으며 살아온 이야기였기에, 또 당대에 모욕 당하던 우리 민요를 지켜내기 위해 분투했던 기록이기에 우리 모두 기억해야 할 것 같아서요.

이제 그렇게 새로 편집한 이야기를 들려드리겠습니다.

목 차

1926년

인플렉션 포인트

인플렉션 포인트(Inflection Point)

이 말을 처음 들었을 때의 울림이 잊히지 않는다. 이화학당 시절의 수학 시간이었다.

"이렇게 곡선의 기울기가 변하는 기점을 인플렉션 포인트라고 한단다."

우리의 수학·과학 담당이셨던 미국인 선교사 미스 설리번 선생님은 이 말끝에 잠시 침묵했었다. 그리곤 뜬금없이 문학을 얘기했다.

"문학에선 '운명적 전환점'을 이를 때, 이 용어로 표현하기도 하지. 삶의 방향성 자체가 뒤바뀌는 순간. 우리는 자기 자신의 선택으로 인생의 전환점을 맞기도 하지만 그보다 더 강렬한, 어쩌면 부름 혹은 운명에 의해 인생이 완전히 다른 국면으로 바뀌기도 한단다. 지금 내가 조선에 있는 것처럼 말이야."

이 용어가 내 안에 파장을 일으킨 건, 바로 그 말 때문이었다. '운명적 전환점'. 그 순간 나는 내 동생 박말련을 생각했었다. 말련이 미국에 있는 의대로 막 유학을 떠난 직후여서일 거다. 이화학당 개교 이래 세 손가락 안에 든다는 천재. 일찍이 선교사들이 의사 교육을 위해 발탁했던 동생은, 몇 해 동안 동대문에 있는 릴리안 해리스 병원, 이렇게 명칭이 바뀐 지 여러 해가 되었지만 아직도 옛날 이름인 보구녀관으로 불리는, 이 부인 전문병원에서 의사 기본 교육을 받았다. 그리고 중등과와 고등과를 숱한 월반으로 마친, 불과 15세 된 소녀는 제2의 박에스더가 되리라는 기대를 한 몸에 받으며 의대에 진학하기 위해 미국으로 떠났다.

이 일은 내게 '자랑과 존경'이라는 상식적인 감정과 함께 여러 가지 복합적이고도 찌질한 상념들을 던졌다. 그건 내 이름에서 출발했다.

나는 이화학당에 입학하며, 세례명으로 '에스더'를 선택한 후 내 본명 '말숙' 대신 줄곧 이 이름으로 불려 왔기 때문이었다. 박에스더 선생님. 이화의 소녀들이 가장 존경하는 선배, 조선 최초의 여성 의사 이름은 내가 가지고 있었는데, 정작 박에스더의 후예로 촉망받는 건 동생이었기 때문이다. 그래서 나는 종종 놀림거리가 되곤 했다.

"박메리언(말련의 영어 이름)이 박에스더의 후예라니, 그럼 언니 에스더의 후예가 된다는 얘기야?"

"에스더, 네 이름은 말련한테 줘야 하는 거 아냐?"

우리 자매는 어머니의 혁명적 결단으로 고향을 떠나 이 땅에 처음으로 소녀들을 교육시키기 시작한 이화학당에 입학했지만, 동생과 나의 행로는 너무 달랐다. 나는 '말련의 언니'라는 걸 빼곤 별 존재감이 없었다. 나의 학당 시절은 무탈하게 어떤 변화도 일어나지 않은 채 흘러갔다. 나 혼자만 무탈하게....

반면 동생은 늘 반짝반짝 빛났고, '박말련'이라는 이름을 입밖으로 내는 사람들은, 그 이름에 걸맞은 경의를 표할 정도로 조심스러워했다. 그리고 그녀는 수시로 인생의 전환점을 맞으며 계속해서 자신의 위치를 바꾸었다.

사실 동생과 나는 줄곧 달랐다. 나는 학당에서, 이후에도, 내 본명 말숙을 절대로 쓰지 않았다. 그건 이름이라기보다 내겐 모욕으로 느껴졌다. 언젠가 아버지가 말했었다. "이젠 딸, 그만 태어나라고 말숙이라 지었는데 또 여동생을 본 게여." 아들이 아니라는 데 대한 실망감을 노골적으로 암시하는 그 이름이 싫었다. 말련은 더 노골적인 이름이었다. 그런데 그녀는 자기 영어 이름을 말련과 발음이 유사한 메리언으로 지었지만, 늘 말련으로 자신을 칭했고, 그렇게 불리길 원했다. 그래서 그녀는 언제나 박말련이었다. 그래서였을 거다. 그 순간, 그런 생각을 했던 것은. '인플렉션 포인트는 왜 저렇게 변화를 거부하는 말련한테만 몰려 있는 걸까?'

그러다 근 10년 만에 문득 다시 이 용어가 생각났다. 메리 영 선생님의 제안 때문이었다.

"에스더, 우리 글리클럽에서 민요 합창을 해보면 어떨까요?"

이 얘기를 듣고 놀랍진 않았다. 꼭 민요를 생각한 건 아니었지만, 선생님이 이런 얘기를 할 수도 있다는 생각은 하고 있었다. 오래 전부터 그분은 조선 음악에 매우 강한 관심을 가지고 있었다.

그건 아마도 지난해 말 미국으로 떠난 안치용 선생님의 영향이 크지 않았을까 짐작된다. 그는 조선인 최초로 성악 음반을 낸, 이름난 테너였다. 연희 전문학교에서 서양 음악을 전공해 서양식 화성으로 작곡도 한다. 그런데 그는 노래에 조선의 리듬을 얹는 데에 탁월했다. 그리고 서양식 성악에 조선 리듬을 섞어보려는 부단한 노력을 하고 있었다.

메리 영 선생님의 조교로 이화학당에 처음 발을 들였던 안 선생은 미국으로 떠나기 전까지 이화여전에서 성악과 작곡을 가르쳤다. 영 선생님의 열렬한 지원 덕분이었다. 그녀는 이 젊고 까칠한 예술가를 깍듯이 '천재'로 모셨다. 그리고 그가 음악에 섞는 낯설고도 신기한 조선의 리듬에 감탄했다. 그리고 자신의 음악에도 조선 리듬을 살려 보려고 시도하곤 했다. 그러나 그 시도는 늘 어색하고 어정쩡한 상태에 머물러, 성공적이진 않았다.

내 눈에 메리 영 선생의 욕망은 실질이 따르지 못하는 두서

없는 관심에 지나지 않은 정도로 비췄다. 실제로 그녀는 조선의 다양한 음악 계보를 잘 이해하지 못했고, 요즘 유행하는 민요를 알 뿐 그 분야에 박학한 것도 아니었다. 조선 음악에 관해서는..., 예를 들어 취타와 농악을 구분하지 못하는 정도랄까? 나도 10살 무렵 이화학당에 들어와 서양음악에 더 익숙하지만, 취타는 취타로 들리고 농악은 농악으로 들리는데, 음악을 전공한 메리 영 선생님이 연전에 취타를 들으며 농악이라고 칭하는 모습을 본 적이 있다.

그런데 선생님이 여러 조선 음악의 장르 중 콕 찍어 '민요'에 관해 이야기하고 있었다. 영 선생님이 하겠다고 하면, 아마도 그 일은 진행될 거다. 그녀는 말을 꺼내면, 될 때까지 우직하게 밀어붙이는 성향이 있었다.

내가 영 선생님을 만난 건 대학과에 진학한 이후였는데, 조선에 온 지 얼마 안 된 선생님은 이화 학생 모두에게 창가 반주를 할 수 있을 정도로는 피아노를 가르치겠다는 계획을 세웠고, 그 일을 실현하는 걸 나는 직접 보았다. 피아노 연주는 단체 학습으로 한계가 있다 보니 개인별로 레슨을 해주는 조교들이 필요했다. 덕분에 나도 반주 레슨 조교로 지금껏 학교에서 일한다.

1925년, 그러니까 지난해 이화여전 문과와 음악과 가사과가 대학 예과로 정식 인정을 받은 후 메리 영 선생님은 음악과장을 맡았다. 그리고 곧바로 그녀가 심혈을 기울이기 시작한 것이 전 학교 단위의 합창단인 리전梨專 글리클럽을 구성하는 거였다. 말 그대로 합창 동아리 활동인 글리클럽 조성을 학과장이 직접 나서서 지휘하면서, 나에겐 글리클럽 조교를 맡아달라고 했다. 그래서 어영부영 나는 이 일을 맡게 되었다.

"하아..., 민요요?"

나의 반응은 이런 정도였다. 긍정도 부정도 아닌 그저 맥빠진 반응. 요즘 민요는 농사짓는 백성보다 기생집에서 더 많이 불리지 않은가. 요즘 민요 가락을 가요처럼 부르는 신민요는 항간에 넘쳐 흐를 지경이다. 신민요 음반도 많이 나와 있고, 박부용, 왕수복, 이화자처럼 신민요를 부른 가수들은 아이들도 이름을 외울 정도로 유명하다. 그런데 그들은 죄다 기생들이다. 그리고 그 노래가 불리는 곳도 기생집이다. 실제로 기생집에선 민요깨나 불렀음직한 어른들도 점잖은 자리에선 절대로 입에 올리지 않는 노래였다.

'그런데 이화여전 학생들이 민요를 부른다고?'

나는 이 제안이 탐탁지 않았다. 그러면서 영 선생님이 구체적으로 민요를 합창 레퍼토리로 떠올리게 된 계기를 유추하기 시작했다. 열흘 전쯤 북한산 아래 농촌 마을에 전교 활동을 겸한 봉사를 떠났던 광경이 떠올랐다. 그 활동에서 선생님은 아예 그 마을 사람들이 농사지으며 흥얼거리는 노래를 채보해 달라고 내게 부탁해서 몇 곡을 적어 오기도 했다.

깊은 가을이라 좀 쌀쌀했었다. 나는 그때 봉사 나간 교회 성전 앞에서 서울에서부터 마련해온 농민들 겨우살이 용품을 챙기고 있었다. 내가 여기선 제일 나이 많은 조교이기도 했고, 또 집안에 울적한 일이 있어서 정신과 마음을 써야 하는 전교 활동에는 참여할 기분이 아니어서였다. 그때 누군가 '메리 영 선생님이 찾는다.'며 부르러 왔었다.

선생님은 교회 바깥에 있는 너른 밭에 있었다. 교회에서 걸어 나오는 나를 보더니 빨리 오라고 손짓하며 재촉했다.

"에스더, 잘 들어봐요. 저 노래가 무슨 노래인지 알겠어요?"

아낙들이 부르는 노래였다.

'도라지 캐러 간다고/핑계 핑계를 하드니/ 뒷동산에 올라가/ 낮잠만 자고 있고나/ 에헤 에헤 에헤야/ 아서라, 말어라/ 허송세월을 말어라...'

"음, 도라지 타령 같은데요."

선생님은 눈을 동그랗게 떴다.

"들어본 적 있는 노래예요?"

나는 고개를 흔들었다. 들어본 적이 없는 노래였다.

"그런데 어떻게 알아요? 아, 사실은 내가 다른 학동들한테도 물어봤더니 모두 '도라지 타령'같다고 하더라고. 그러면서 모두 들어본 적은 없다는 거예요. 그러면서도 제목은 한결같이 '도라지 타령'이라고 하는 거예요. 어떻게 저 제목을 알죠?"

'어떻게?'

생각해 봤다.

'그럼, 저 노래를 '도라지 타령'이 아니면 뭐라고 하면 되지? 그런데 '도라지 타령'을 제목이라고 할 수는 있나?'

말문이 막혔다. 기존의 이론도 없고, 나도 체계적으로 이론화할 수 없는 것을 무어라 설명하기가 어려웠다. 그러나 메리 영 선생님은 답변을 구하는 듯 나를 빤히 쳐다보고 있었다.

"백성들이 부르는 속요야 제목이라고 할 것도 없겠죠. 저 가락에 꽃을 따러 간다고 했다면 '꽃 타령'이 되겠죠. 그저 도입부에 도라지를 캐러 간다고 했으니 도라지 타령인 거죠."

그러자 선생님은 자기 손바닥을 마주치며 흥미로운 듯 말했다.

"맞아, 맞아, 모두 그렇게 말하더라고. '도라지 캐러 간다고 했으니 도라지 타령이죠.' 이렇게 말이에요. 그런데 도라지로 시작해서 게으름을 경계하는 내용으로 흐르잖아요. 조선 민요는 다이내믹해요. 이렇게도 가사를 쓰다니."

'쩝~'. 실은, 이 마을에 들어선 순간부터 줄곧 들려왔던 '아서라, 말어라, 허송세월을 말어라.'라는 후렴구가 내게는 우리 일행에 대한 조롱처럼 들렸었다. 왠지 그런 후렴구가 원래 있었던 게 아니라 우리가 온다니 급조해 부르는 노래. 게으름에 대한 경계보다는 이화학당과 이화여전 학생과 교수들이 몰려와 나누고, 교육하는 모습을 아니꼽게 보는 비아냥을 노래에 담은 게 아닌가 하는 생각. 그러나 이걸 입 밖에 내지는 않았다.

“이 노래는 이 지역에서만 전승되는 지역 민요일까요? 내가 이곳 어른들한테 물어봤는데, 내 질문을 잘 이해하지 못하는 것 같아서요.”

“민요는 가사가 자주 바뀌곤 하지요. 사대부들이나 자기 이름 걸고 시를 쓰면서 운율과 자구에 엄격하지, 백성들이 부르는 민요야 그냥 가락에 맞춰서 그날 상황에 따라, 기분에 따라 가사를 바꿔가며 부르죠. 또 그 가락도 서양음악처럼 완성돼 있지 않아요.”

그러고 나서 내가 이 노래에 느낀 감상을 우회적으로 한 마디 덧붙였다.

“어쩌면 이 도라지 타령은 오늘 이분들 기분에 따라 만들어진 노래일 가능성도 있어요.”

선생님은 더 이상 질문하지 않았다. 단지 눈을 감고 머리를 흔들었다. 영 선생님의 표정이 달라져 있었다. 매우 흥미롭거나 감동적이거나 뭔가에 홀린 것 같은, 말로는 표현할 수 없는, 거기에다 강렬한 열망이 느껴지는… 그러면서 혼잣말인지 내게 하는 말인지 모르게 중얼거리듯 말했다.

“저 후렴구가 바로 굉장히 조화로운 합창이잖아. 조선인들은 시적이에요. 모여 앉으면 글자 하나 띄우고 거기에 맞춰 시를 짓고 자기 이름도 한 자 한 자 분리해 시를 짓고, 게다가 노래 가사까지 즉석에서 만들어 부르다니….”

나는 선생님의 이런 반응에 고개를 갸웃했었다. 나에겐 전혀 감흥이 없었던, 아주 일상적인 일이 선생님에게 이렇게까지 감탄을 자아내게 할 일인가 싶어서였다. 그리고 그때 나는 '인플렉션 포인트'라는 용어가 떠올랐었다.

그렇다고 그 말을 나와 연관해서 생각한 건 아니다. 그저 메리 영 선생님이 합창하고 싶은 곡이 굳이 민요라는 점에서 서양인인 그녀의 음악 인생에 조선의 음악이 끼어드는 운명적 전환점을 맞은 게 아닌가 하는 생각이었다.

나는 그때만 해도 민요 합창이 나에게 '인플렉션 포인트'가 될 거라고 생각하지 않았다.

선생님이 이화여전 합창단(글리클럽) 담당 조교인 나에게 '민요 합창'에 관한 이야기를 꺼냈을 때, 나는 별로 달가워하지 않으며 머뭇거렸을 뿐이었으니 말이다.

"민. 요. 합. 창..., 이라고요?"

1928년

오는 사람, 가는 사람

안치용 선생이 6월에 귀국한다는 소식을 전했다. 메리 영 선생님은 안 선생이 귀국하기도 전부터 그의 교수 임용장을 만들어 놓고 기다렸다. 물론 간단치 않은 과정이 있었다.

'이화여전에 남성 교수라니....'

그해 봄엔 이화여전에 남성 교수를 뽑아도 되느냐는 문제로 꽤 시끄러웠다. 개교 이래 40년 넘게 남성 교수가 없었던 이 금남의 구역에 처음 시도되는 남성의 진입이 간단한 문제는 아니었다. 안치용 선생은, 메리 영 선생의 말을 빌리자면 '조선의 음악을 위대하게 만들 인물'로 꼽히는 천재였지만, 동시에 스물여덟 살의 젊은 남성이었다. 나이 지긋한 노교수도 아닌 젊은 남성 교수를 임용하는 데 대한 반대 목소리는 높을 수밖에 없었다. 게다가 그에겐 보통 사람들이 감당하기 힘든 인성

문제도 있었다.

실은 나도 안치용 선생의 교수 임용에 내심 강렬하게 반대하고 있었다. 그는 나보다 겨우 한 살 많았지만, 내겐 스승이었다. 좋은 스승은 아니었다. 그는 대단히 감성적이고, 격정적이고, 재능만을 중시했다. 한마디로 재능 있는 학동이 아니면, 인간 취급도 못 받기 일쑤였다. 나도 그중 한 명이었다.

사실 나는 피아노를 전공했지만, 재능이 있는 건 아니었다. 우리 집에선 내게 올 재능까지 한꺼번에 몰아서 말련에게 간 게 아닐까 할 정도로, 야속하게도 나에겐 별 재능이 없었다. 노래도 마찬가지였다. 그래서 창가 시간이 되면 반주를 자청하곤 했다.

안치용 선생이 이화여전에 와서 창가 수업을 시작했을 때, 음악과 마지막 학년을 보내고 있던 가장 나이 많은 학생인 내가 반주하는 건 이상한 일도 아니었다. 그래서 반주를 자청했다. 그가 노래를 잘 못하면 매우 화를 내며 비난한다는 정보를 입수했던 터라 대비를 한 때문이기도 했다. 내 나름대로 그날 부를 노래의 반주 연습은 미리 준비해 놓았다.

그리고 맞은 창가 시간. 내가 반주를 시작했는데, 노래가 나와야 할 대목에서 아무도 노래를 부르지 않았다. 식은땀이 났다. 고개를 들어보니 안 선생은 일찌감치 나를 노려보고 있는 모양이었다. 반주는 어정쩡하게 멈췄다. 그는 교편으로 교탁을 탁탁 치더니, 차갑게 한 마디를 던졌다.

"반주 다시."

나는 반주를 다시 시작했다. 이번엔 건반을 헛짚기까지 했다. 그는 양미간을 모으고 나를 노려봤다.

"건반 위에서 손가락 운동하는 게 반주가 아니야. 그렇게 영혼 없이 반주할 거라면, 뭣 때문에 반주를 자청해서 내 시간을 낭비하는 건가?"

내 머릿속은 하얘졌다. 그 후 나는 반주를 이어가지 못했다. 이 일은 삽시간에 전교에 소문이 났다. 그 무렵은, 이미 한 해 전에 미국 의과대학을 최연소 수석으로 졸업한 말련이 뉴욕에서 가장 큰 종합병원에 정식 스태프로 부임하면서 현지 신문에 인터뷰가 실렸다는 소식이 전해진 직후였다. 다시 한번 말련은 초미의 관심사가 돼 있었다. 여기에 나는 또 천재 말련의 언니답지 않은, 창가 반주 자리에서도 쫓겨난 사례를 하나 더 보태, 나의 무능함을 만천하에 알렸다. '선망과 멸시'가 동시에 쏟아졌던 그 연대에 안치용 선생이 있었다.

안치용 선생의 교수 임용에 대한 반대는 상당히 강했다. 젊은 남성이라는 점보다 그의 격렬한 인성에 대한 우려가 더 컸다. 그는 모든 면에서 열렬했다. 재능 없는 사람에겐 열렬히 비난했고, 재능 있는 사람을 향해선 열렬히 환호했다. 그건 교육자로서 큰 약점이었다. 당시 이 문제로 열렸던 회의에서 교무과장인 설리번 선생님이 한 말이 나는 옳다고 생각했다.

"학교가 천재를 환호하기 위해서 존재해선 안돼요. 우린 이 땅에 기독교 정신이 충만한 가정을 널리 퍼뜨리고, 그런 가정을 이끄는 여성을 배출한다는 우리 학교의 교육 목표를 잊어선 안 돼요. 그가 젊은 남성이어서가 아니라 재능으로 사람을 가르고 차별하는 인성을 가졌다는 게 우리가 우려하는 포인트예요. 그런 사람을 교수로 쓰는 건 위험해요."

설리번 선생님은 이 말끝에 그 회의 보조를 위해 대기하고 있던 나를 흘끗 보았다. 나는 그 회의에서 나온 걱정과 반대의 강도로만 보아선 그가 교수가 안 될 줄 알았다. 그러나 나의 집요하고도 열렬한 스승인 메리 영 선생님의 고집에다 '조선의 인재로 조선을 새롭게 해야 한다.'라는 철학이 확고한 아펜젤러 교장의 뚝심은 그들을 모두 이겼다. 결국 안치용 선생의 교수 임용이 확정됐다.

"에스더, 그동안 선생의 고생은 보상받을 거예요. 그동안 안치용 교수가 보내준 민요 합창 악보로 에스더 선생이 얼마나 고생했는지 내가 알지. 이제 안 교수님과 호흡을 맞춰서 합창 연습을 하면 올 가을쯤 민요 합창을 발표할 수 있지 않을까요."

메리 영 선생님은, 안치용 선생의 교수 임용이 확정된 뒤 고무된 표정으로 내게 말했다. 그녀는 벌써 합창 발표 무대에 있는 듯했다. 영 선생님은 교사라는 직분을 매우 중시하는 분이어서 비록 차분하고 정제된 것으로 보였지만, 실은 매우 열렬한 사람이었다. 그녀는 자기가 꽂혀 있는 지향점을 포기할 줄 몰랐다. 그녀는 나와 안 교수의 악연을 알면서도, 이 국면을 자신에게 유리한 방향으로 정한 모양이었다. 모르는 척하면서 무마하는 걸로. 합창단의 자질구레한 잡무들, 단원 모집, 관리, 사무, 대외 연락부터 연습 반주자로 투입할 수 있는 조교로서 나는 적당했고, 안 교수는 그 합창단의 지휘자로 둘도 없는 사람이었기 때문이었을 거다.

실제로 작년 초부터 영 선생님이 안치용 선생과 우편으로 왕래했던 악보부터 합창 지도 방식에 관한 견해까지 일체를 처리했던 건 나였다. 그리고 교내 과별 동아리 형태로 활동하는 학생합창단에서 적절한 인재를 뽑고, 졸업생 중에서도 필요한 사람들을 우리 합창단으로 끌어모으는 일은 내가 도맡았다. 그래서 지금 우리 글리클럽을 구성하고 있는 28명의 단원들은 모두 내 손을 거친 사람들이었다.

그러나 나는 계속해서 찝찝했다. 안치용 선생 밑에서 일하고 싶지 않았다. 좀 더 솔직히 말하자면, 그 싫은 감정이 점잖게 표현할 수 있는 정도가 아니었다. 진저리나게 싫었다. 그래서 한껏 고무돼 있던 영 선생님께 말할 수밖에 없었다.

"선생님, 저는 여기까지만 하면 어떨까요. 새 술은 새 부대에 담으랬다고 새 합창단 조교는 따로 뽑으시면 어떨까 합니다."

영 선생님은 순간 정지된 사람처럼 나를 쳐다봤다. 그러더니 잠시 후 한마디 했는데, 그녀의 입에서 나온 말이 내 마음을 얼어붙게 했다.

"에스더 선생, 네가 어떻게 나를 배신하지?"

나도 정지된 사람처럼 그녀를 쳐다봤었다. 정신을 수습한 뒤에도 대응할 말이 생각나지 않았다. 그래서 그냥 그 자리를 떠났다.

나는 정동에 있는 우리집에 처박혀 버렸다. 다섯 칸짜리 작은 집. 어머니 손에 끌려 처음 이 집에 들어섰을 때, 나는 깜짝 놀랐다.

"어머니, 이런 집을 세 칸짜리 집이라고 하는 건가요?"

"아니, 이 집은 다섯 칸이나 되는 집이란다."

나는 그때, 말련의 손을 힘주어 잡았던 것 같다. 말련이 내 손을 톡톡 치며 "언니, 아파."라고 말했었다. 아득한 느낌이었다. 안채, 사랑채, 별채에 연못 정원도 있었던 내 고향 집을 떠나 우리 행랑채보다도 작은 집에서 살아야 한다니. 나의 충격과 상관없이 어머니는 말했다.

"고향 집은 잊어라. 가치 없는 곳이다. 너하고 말련은 조선 여성들을 이끄는 지도자가 될 거야. 남정네들이 너희 운명을 정하는 게 아니라 네가 스스로 네 운명을 정하게 될 거다. 반드시 그렇게 된다. 여인도 멋지게 자기 인생을 살아야 한다."

어머니는 혁명적인 여인이었다. 실은 잘 모르겠다. 정말 혁명적인 사람이었는지, 아니면 아들을 못 낳고 딸만 낳은 뒤 상황에 밀려 혁명적인 사람이 되었는지. 어쨌든 어머니는 두 딸을 자신과 다르게 살도록 하겠다고 마음먹었고, 조만간 할머니에 이어 곳간열쇠를 물려받을 안방마님이 될 작은 마님 자리를 내던져 버렸다.

나는 어머니가 어떻게 그 집에서 나왔는지 정확히는 모른다. 다만 아들만 사람 취급하는 집안에서 딸만 둘을 낳고 무리한 둘째의 출산으로 더 이상 아이를 낳을 수 없게 되었을 때, 어머니는 아버지에게 바깥에서 자식을 낳으면 상당한 재산과 함께 이혼해 준다는 각서를 받아냈다는 건 알고 있다. 이혼이 제도적으론 있었지만, 실제로 이루어진 사례는 거의 없던 시절이었는데도 말이다. 이렇게 애초에 당차긴 했다. 그러나 아버지가 밖에서 딸 둘을 낳을 때까진 참고 살았다. 그러다 아들을 낳은 뒤에야 뛰쳐나온 것이다.

"돈이 문제야? 영민한 우리 딸들 교육 시기를 놓치지 않는 게 더 중요했지. 그래서 내 혼수값 정도만 받고, 그놈의 집구석에서 도망치듯 나왔지."

어머니가 때때로 지인들에게 했던 말을 들어보면, 아버지에게선 양육비조차 받지 못하고, 거의 빈손으로 안방을 비워준 걸로 보인다. 그러니 경성 정동에 다섯 칸짜리 집을 장만한 것만도 당신에겐 크게 흐뭇한 일이었던 것 같다.

나도 꽤 오랜만에 집안에서 뒹굴어본다. 말련이 미국으로 떠난 이듬해 어머니가 돌아가시고, 꽤 오랫동안 혼자서 집을 지켰다. 말련은 3년 전 귀국해 동대문 부인병원 과장이 되었지만, 그 아인 병원에서 지새우지 않으면 전국으로 환자들을 찾아다니며 진료한다. 그래서 이 집은 늘 비어 있다. 그 빈 집에서 하릴없이 뒹구는 것도 꽤 괜찮은 것 같다. 생각해 보면, 나는 원래 부지런히 살 생각도 혁명적으로 살 생각도 없었다. 안온하고 평화로운 삶이 더 좋은데, 평범치 않은 어머니와 동생 때문에 내 신세까지 고달파졌다.

겨우 이틀째 뒹굴었다. 말련인 또 병원에서 밤을 새우나 보다. 그런데 손님이 오기엔 늦은 저녁에 문 두드리는 소리가 들렸다. 쿵덕거리는 가슴을 진정시키며 "누구세요."하고 물어보니 뜻밖의 목소리가 들렸다.

"에스더? 나예요. 앨리스."

"아펜젤러 교장 선생님?"

정말 아펜젤러 교장이었다.

"선생님, 어떻게...."

"음, 이 앞을 지나가다 문득 그 훌륭하셨던 어머님, 옥경 부인이 생각나서..."

아펜젤러 교장은 집을 한번 둘러보더니 추억에 잠긴 듯한 목소리로 말했다.

"옥경 부인이 만든 조선 과자들, 정말 최고였지. 그렇게 맛있는 과자들이 조선에 숨어 있었다는 걸 세상 사람들은 알까.

옥경 부인이 만든 유밀과와 다식은 다른 사람은 흉내도 못 내는 것 같아."

어머니는 과자뿐 아니라 모든 음식을 잘했다.

"대가댁 찬모 손엔 물 마를 날이 없고, 마님 손엔 기름 마를 날이 없지."

어머니는 평생 부엌에서 음식 치다꺼리로 지고 새는 여인들의 삶을 무척 싫어했다. 그러나 경성으로 올라와 그 솜씨 덕분에 우리가 먹고 살 수 있었다. 점포도 없이 알음알음으로 들어오는 주문이 상당했다. 그 때문에 어머니는 이 집에서 사람들을 쓰면서 경성의 대가댁 잔치나 이바지 음식을 해주며, 두 딸을 교육했다. 정말 평생 손에 기름 마를 날 없이 음식만 하다가 돌아가셨다.

"그런데 선생님, 정말 어쩐 일이세요? 말련인 오늘도 안 들어오는 모양이에요."

"우리 닥터 박을 보러 온 건 아니고..., 영 교수님하고 크게 한판 했다면서?"

"제가 뭐, 그럴 처지가 되나요?"

"영 교수도 말을 심하게 하고, 지금 제대로 먹지도 못하면서 걱정이 크기에 내가 나섰지."

"그런 사소한 일로 교장 선생님께서 여기까지...."

"세상일이라는 게 사소한 것 같은데 사소하지 않은 것도 있고, 사소하지 않다고 생각하는데 사소한 일도 있지."

나는 입을 다물었다. 사실 그때 나한테는 메리 영 선생님이나 안치용, 민요 합창 같은 것보다 더 골치 아픈 문제가 있었다. 바로 말련이 문제였다. 그래서 합창은 제쳐두고 내 문제를 먼저 꺼냈다.

"선생님은 말련이 뭘 하려는지 아세요?"

아펜젤러 교장은 고개를 끄덕였다.

"도대체 뭐가 문제인가요? 귀국한 지 3년밖에 안 됐는데, 왜 또 떠난다는 거죠? 만주에 뭐가 있어서요. 그 앤 정말 박에스더 선생님의 길을 가려는 걸까요?"

"지금 닥터 박 때문에 신경이 곤두서 있었다는 거 알아. 그런데 악연도 있는 안치용 선생하고 같이 일을 하라니 참을 수 없었겠지."

"아뇨. 안치용이니 합창이니 하는 건 중요하지도 않아요. 가정을 중시하는 이화학당에서 결혼도 안 한 소녀를 유학 보낸 건, 말련이 처음이잖아요. 모두 교장 선생님께서 밀어붙이셨죠. 그런데 그 아인 우리 학교 부인병원에서 봉사할 생각도 없이 굳이 만주로 가겠대요. 결혼을 한다거나 만주에 연인이 있는 것도 아닌데 말이죠. 결국은 투사가 되려는 게 아닐까요?"

나는 '투사'라는 말에서 목소리를 들릴락말락하게 낮췄다.

"아니, 투사가 아니라 의사가 되려는 거야. 귀국길에, 만주에 들른 이래, 매년 한두 차례씩 진료를 다녀오면서 그곳 조선인들의 비참한 삶을 봐버린 거지. 닥터 박은 자신이 있어야 할 곳에 있겠다는 결심이 확고하더군."

"환자는 여기에도 넘쳐나요. 반도의 여성들은 어디서나 비참해요. 비참한 환자들이 부녀병원을 찾잖아요. 그 자리에 있으면 환자가 찾아오는데..., 게다가 학교가 자기를 공부시켰는데, 학교에 봉사도 해야죠."

"우리가 닥터 박을 공부시킨 건 봉사를 바란 게 아니야. 조선 여인들을 위한 의사를 길러내고 싶었던 거지. 그리고 우리 병원엔 환자도 오지만, 일하고 싶어 하는 의사들도 찾아와. 그런데 만주엔 의사들이 가지 않으니까."

나는 입을 다물었다. 학교 봉사 운운하며 아부하는 발언까지 했는데도, 선생님은 내 편을 들어줄 생각이 없는 모양이었다. 속에서 뭔지 모를 울화가 치밀었다. 나는 그 울화를 담아 말을 내던졌다.

"정말 위대한 여성이군요."

"말련은 위대하게 되기 위해 태어난 여성이지. 그 앞길은 아무도 막을 수 없을 거야."

그러더니 아펜젤러 교장의 목소리가 잠겼다.

"나는 그저 기도할 뿐이에요. 그녀의 위대하고도 고통스러운 여정에 하나님이 함께해 달라고...."

그 순간 나는 양손으로 얼굴을 감싸 쥐고 울음을 터뜨렸다. 그리고 아펜젤러 선생님 앞에서 무너져서 울었다. 내 울음을 기다려준 교장 선생님이 내 어깨를 다독이며 말했다.

"에스더, 우리는 박말련 선생을 위해 기도하는 것밖에 할 수 있는 게 없어. 그러니 그녀 문제는 이제 덮어둡시다. 그리고 에스더 선생은 이제 글리클럽으로 돌아갑시다."

"합창단 조교는 누구나 할 수 있어요. 안치용 교수님하고 저는 겨우 한 살 차이지만, 그분은 군계일학으로 우뚝 서 있고, 저는 눈에 띄지도 않는 군계 중 한 마리. 아주 평범한 닭일 뿐이죠. 저는 이제 천재 옆에선 살기 싫어요."

"그러면 뭘 하고 싶은 거지?"

"얼마 전 진명고녀에서 음악 교사를 찾고 있다는 얘기를 들었어요. 알아보니 아직 적임자를 못 찾았다고 해서 말을 넣어 놨어요."

교장 선생님은, 이 일을 알고 오신 듯했다. 교장 선생님은 어머니와 워낙 절친했던 사이여서 나와 말련에게 늘 관심이 많았다. 그러니 이 일도 그분 눈을 피해 가진 못했을 터였다.

"진명고녀에서 에스더 선생을 쓰고 싶어 하더군. 하긴, 지금 대학과 학생들한테 반주 레슨도 하고, 합창 지도도 체계적으로 할 수 있는 사람이니.... 그런데 잠깐만 기다려 달라고 했어. 가겠다면 말리지는 않겠지만, 일단 우리 얘기를 듣고 선택하기를 바라서."

내 마음의 9할 이상은 이미 진명고녀에 가 있었다. 아펜젤러 교장은 아랑곳없이 말했다.

"에스더, 나는 에스더가 말련의 언니로 살아야 했던 일이 쉽지 않았으리라 생각해. 그런데 이제 말련은 말련의 길을 가고, 에스더는 에스더의 길을 가야 하지 않을까."

"저의 길요?"

"옥경 부인이나 박말련 선생이나 두 사람 모두 범상치 않은 여인들이지. 자신의 굴레와 운명을 찢어버린 아주 위대한 여인들. 그래서 에스더 선생이 상대적으로 평범해 보일 수도 있지만, 나는 에스더 선생이 그 위대함의 유전자를 물려받은 걸 알아. 에스더 선생은 무거운 문제들을 가볍고 순탄하게 풀어 가는 재주가 있어. 그리고 잘 들어주는 귀를 가지고 있고, 낙천적으로 기다리면서 견딜 줄 알아. 뚝심도 있고, 우직하게 나아가고. 앞으로의 글리클럽은 순탄하지 않을 거야. 그래서 우린 함께 견뎌내야 할 멤버가 필요해."

"견딘다고요? 뭘요? 제가 보기에 민요 합창은 견디는 문제가 아니라 소화하는 게 더 문제예요. 일단 조선 노래가 나오는 소리의 통로와 서양 노래가 나오는 통로는 달라요. 조선 노래는 배와 가슴이 있는 몸의 중간통 전체를 이용해서 목으로 소리를 내는데, 서양 노래는 머리 위쪽에서 소리를 내죠. 또 서양식 발성이어야 합창이 되고요."

"그건 사소한 어려움일걸."

"그 사소하다는 어려움이 견뎌서 해결할 문제는 아닌 것 같은데요."

"아니, 에스더, 견뎌야 할 거야. 지금 이 시국에 조선 백성들의 노래를 부른다는 건 간단치 않으니까. 미스 영 교수가 안치용 선생이 했다는 말을 들려준 적이 있어. 나도 그 말을 오래 생각해 봤어. 그는 '일본이 조선 백성의 노래를 기생노래로 전락시켜 조선 문화를 저질 문화로 만들어가고 있다.'고 했다더군. 그래서 조선의 노래를 찾는 일이 시급하다고. 조선 문화가 모두 저질 문화로 말살되기 전에 말이지. 이화여전 학생들이 민요를 부르는 건 생각보다 작지 않은 일이야. 일본이 공들여서 저질화해놓은 조선 노래를 다시 정상화 내지는 고급화하겠다는 거니까 말이야. 그걸 일본인들이 오래 참아줄까? 나는 영 선생님과 어쩌면 사소하게 어려워 보이는 이 일을 해보자고 일찍이 약속했어. 그리고 우리와 함께 견뎌낼 수 있는 사람으로 박에스더 선생을 선택한 거고. 나도 결심했고, 메리 영 선생님은 더 굳게 결심을 한 일이지."

나는 입을 다물었다. 뭔가 머릿속이 복잡해지고 있었다. 그 순간 교장 선생님이 한 마디 덧붙였다.

"안치용 선생이 이런 말을 하더군. 노래는 어떤 언어보다도 깊은 말이라고. 깊이 잠들어 침묵하고 있는 이 시대 조선의 혼을 깨우고, 침묵하는 시대를 흔들어 소리를 내도록 하는 일을 조선의 노래가 할 수 있다고."

그해 6월, 안치용 선생이 이화여전 교수로 왔다. 그리고 말련은 만주로 떠났다.

슈퍼스타 안치용

안치용 교수의 부임은 그해 이화여전뿐 아니라 전국적으로도 최고의 뉴스였다. 금남의 구역 이화에 들어온 첫 남성이기도 했고, 그는 이미 테너 가수로서 팬덤을 형성하고 있는 놀라운 음악가이기도 했다. 신문들은 연일 안치용 스토리를 다뤘다.

특히 그의 수려한 외모는 그의 스타성을 배가시켰다. 키가 크진 않았지만, 작지도 않은 날렵한 몸매에 남성에겐 흔치 않은 아름다운 곱슬머리를 가졌고, 동그란 안경 너머의 눈빛은 타오르는 용광로 같았다. 그는 생동감, 그 자체였다.

그가 글리클럽 지휘자로 왔다. 글리클럽 현황을 보고하기 위해 그를 처음 대면했던 날, 그는 실금 하나 안 간 말쑥한 서양식 슈트를 갖춰 입고 있었다. 나는 그렇게 빳빳하게 다림질된 옷을 보며, 예전에 잠깐 보았던 그의 아내 윤명순 선생을 생각했다. 그녀는 학생 시절부터 이름을 날렸던 이 유명한 음악가와

시끌벅적하게 연애하고, 그를 유학 보낸 후엔 보통 학교 교사를 하며 두 아이를 키우고, 시부모 봉양도 하면서 그에게 용돈까지 보냈다는, 조선의 억척 여성 본보기 같은 사람이었다.

메리 영 선생님 방에서 가졌던 첫 대면 날, 우리는 오랜만에 만난 지인들처럼 반가움의 언사를 남발하며, 얼굴엔 웃음을 함빡 머금고 있었다. 그러나 그 인사가 끝나고 찾아온 짧은 침묵은 이 자리가 얼마나 어색한 자리인지를 열렬히 웅변하고 있었다. 메리 영 선생님도, 나도, 안 교수도 얼마나 필사적으로 연기하고 있는지 들통날 뻔한 순간, 나는 글리클럽의 현황 설명을 시작했다.

"이번 글리클럽은 모두 28명으로 구성됐습니다. 주로 성악과와 피아노과 학생과 졸업생이 많지만, 가사과와 문과에서도 7명이 참여했습니다. 매주 2회씩 연습하고 있고, 현재는 채플 시간을 위한 찬송가 연습을 주로 하는 가운데 보내주신 민요 합창 악보로 연습은 해보았습니다."

"아, 잠깐요, 박 선생님, 연습은 해보았다고 하는 말은 노래를 소화하진 못했다는 말씀으로 들리는군요."

"예. 발성에 갈피가 잡히지 않아서요. 서양식 발성으로 해야 할지, 조선식 발성으로 해야 할지."

"그건 이미 제가 편지에 상세히 보내드린 것 같은데요."

"그러셨죠. 그런데 서양식 발성으로 하면 어느 부분은 괜찮지만, 어느 부분은 너무 어색해서...."

"그렇군요. 그 부분은 제가 왔으니 직접 보도록 하겠습니다."

그 순간 나는 입을 다물었고, 방 안엔 급격히 차가운 침묵이 덮쳤다. 그때 눈알 굴리는 소리만 시끄럽게 내던 영 선생님이 갑자기 손바닥을 마주치며 침묵을 깼다.

"두 사람이 함께 있으니 너무 든든하네요. 10월에 열릴 우리 리전음악회에 처음 민요 합창을 올리게 된다니 뿌듯하네요."

"10월 음악회예요? 그런 말씀은..."

나는 깜짝 놀라서, 거의 말을 더듬었다.

"아, 내가 말을 안 했던가요? 그동안 박 선생님한테 일이 워낙 많다 보니 내가 이야기할 틈을 못 찾았네요. 아직 시간 많으니까 이제 준비하면 되지. 뭐."

"선생님, 무슨 시간이..., 이제 곧 방학이고, 개학하고 나면 그야말로 한 달밖에 없는데...."

그러고나서 나는 입을 다물었다. 영 선생님과 안 교수의 낌새로 봐서 두 사람은 이미 서로 얘기가 다 된 걸로 보였다. 이후엔 두 선생님의 얘기가 길었다. 나는 그저 멍하니 맥을 놓고 앉아 있었다. 다시 두 분의 말이 뚝 끊겼다. 안 교수가 자기 옷을 이리저리 둘러보더니, 이내 나를 보며 물었다.

"박 선생님, 제 옷에 무슨 문제라도 있나요? 왜 아까부터 제 옷을 그렇게 뚫어져라 보고 계시지요?"

"아뇨. 옷이 아니라..., 윤명순 선생님을 생각하고 있었습니다. 안 교수님을 이렇게 멋지게 차려 입혀 내보내시느라 그분이 얼마나 동동거리며 애쓰셨을까 하는...."

'내가 내 발등을 찍은 게지. 뭐 하러..., 진명고녀에 갔어야지. 그때...'

나는 탄식하며 터덜터덜 걸어서 집으로 돌아왔다. 그러나 안온해야 할 내 집의 평안은 깨져 있었다. 내가 아침에 걸어 두고 갔던 자물쇠는 사라지고, 대문이 빼꼼히 열려 있었다. 나는 '쾅' 소리를 내며 대문을 열어젖혔다. 우리집의 자그마한 대청마루에서 아버지와 그의 첩실 봉 씨가 내 소반에 저녁상을 차려 먹고 있었다.

"계집이 내는 소리가 뭬가 이리 요란스러운 게냐."

"주인 없는 집에 이게 무슨 일이에요. 대문 열쇠는 어떻게...."

봉 씨가 버선발로 내려오며 수선스럽게 말했다.

"아이구, 이제 오네. 내가 먹을거리를 바리바리 싸왔는디, 올 때까지 기다리면 상할 거 아니여. 그래서 영감이 열쇠쟁이를 불렀지. 돈도 오지게 줬어. 경성은 왜 이리 비싸대. 겨우 자물쇠 하나 따 주면서...."

나는 그녀를 짜증스러운 눈으로 봤다. 그녀는 내 기세에 눌렸는지 다시 입을 다물었다. 그러자 아버지가 큰 소리를 냈다.

"계집 눈깔이 그게 뭐냐. 불량하게스리...."

"말련이 없으니까 이젠 제가 만만하시죠. 여기가 어디라고 오세요."

"아니~, 아부지도 다 큰 처녀 혼자 집에 있는 게 께름칙하시고, 그러니께 우리 성규가 여기에 있으면 넘보는 놈들도 없을 거 아녀. 방도 비어서 남아 돌아가는디, 막말로 공짜로 있겠다 혀도 집안 대들보인 아들을 누이가 살피는 게 당연 헌디, 내가 아부지한테 하숙비 조로는 꼭 줘야 한다 혀서, 아부지가 돈도 꼬박꼬박 내겠다 하셨고...."

"돈 필요 없어요. 당장 나가세요."

아버지가 밥상을 내던졌다. 말련이 새로 사다 놓은 내 소반이었다.

"어~서 장녀가 돼 갖고, 집안 대를 이을 장자를 박대한다 하드냐. 길을 막고 물어봐라. 그런 년은 천벌을 받아 마땅하다 할 게다. 그 계집들만 다니는 이화여전에선 도리도 윤리도 모르는 짐승 같은 년이 되라고 가르친단 말이냐."

이번에 이들은 작정하고 온 것이다. 말련이 떠나자 약한 고리인 나를 찍어 누르기 위해서. 재작년 그들의 아들 성규가 배재학당에 들어간 직후, 이들은 무작정 우리 집으로 쳐들어 왔었다.

"누이들 집이 엎어지면 코 닿을 거리에 있는디, 뭣땀시 귀한 느그 동생이 연고도 없는 곳에서 고상을 해야겠는가."

아버지가 이 말을 꺼내자마자 대청마루에 놓인 밥상을 엎어 버렸던 건 말련이었다. 나는 그래도 그들 저녁상은 차려줬는데, 퇴근해 온 말련은 오자마자 그 상을 엎어 버린 것이다. 그러곤 다만 아무 대꾸도 없이 그들을 노려보기만 했다. 나 혼자만 그들이 싸들고 온 짐을 대문 밖에 내놓느라 부산스럽게 왔다 갔다 했다. 기세등등한 아버지도 말련 앞에선 '계집' 운운하지 못했다. 말련은 한마디도 하지 않았고, 나 혼자만 목청을 돋우며 그들에게 뭐라 뭐라 지껄였다. 그때도 내 말이 먹힌 게 아니라 한마디도 안 한 말련의 무언의 말만 먹혔다. 그들은 어쨌든 짐을 싸들고 물러갔고, 이 집 앞엔 나타나지 않았다.

그때 말련에게 왜 한마디도 안 했느냐고 물었었다.

"그것들한텐 내 목소리도 아까워."

말련은 뜨거운 사람이었지만, 차갑게 굴 때에는 빙하보다 더 차가웠다.

그러나 말련은 떠났다. 나는 말련의 부재를 이 염치없는 식구들의 난입으로 더욱 절절히 느끼는 중이었다. 그들은 나에겐 밀리지 않았다. 말다툼도 소강상태로 접어들었을 무렵에야 성규가 나타났다. 과외를 마치고 오는 길이라고 했다. 나는 헛웃음이 났다.

'과외까지...'

나는 아버지와 그의 여인을 상대할 기운이 없었다. 그래서 성규에게 말했다.

"이 집은 네가 태어난 후, 천석꾼 딸인 울 어머니가 바리바리해간 혼수값도 제대로 안 쳐준 충청도 만석꾼 박가네에서 쫓겨나 남의 집 반찬 해주며 지킨 집이야. 네가 있을 자격이 있다고 생각하니?"

이 말끝에 아버지가 내 머리채를 잡았다. 나는 소리를 꽥 질렀다.

"자, 이제 내 머리채까지 잡혀 줬으니 그 집 식구들은 다 이 집에서 나가요. 어머니가 유언하셨어요. 이후로도 박가네와는 절연하고, 아버지 장례식에도 가지 말라고. 나는 어머니 유언을 지켜야 해요."

아버지 손에서 힘이 빠졌다. 그는 씩씩거리며 애먼 마룻바닥만 내리쳤다.

"인간도 아니여, 인간도 아니여, 야차 같은 계집 같으니라고, 지가 무엇이관대 천륜을 끊으라 유언한다나.... 그런 유언은 다 무효여."

그러자 봉 씨가 훌쩍거리며 말했다.

"아이고, 내 팔자도 모진 팔자여. 아들·딸 서이나 낳았는디, 다 옥 씨 부인 소생이지. 니 어매 제사도 결국은 우리 성규가 지내줄 것 아니여."

나는 화들짝 놀라 물었다.

"무슨 말이에요. 왜 울 어머니가 얘들 어머니예요."

"아, 그럼, 야들을 서자로 만드냐. 느그 어매가 내 호적에 턱 박혀 있는디, 워떠케 파내냐. 느그 할매가 죽어도 그 호적 붙들고 있는디, 내가 뭔 수로 파내."

나는 그 순간, 내 인생에서 처음으로 '지랄 발광'이라는 걸 해봤다.

"뭐? 아버지가 그러고도 인간이에요. 그러면서도 우리 어머니 돌아가셨을 때, 조강지처 장례에도 안 왔어요? 말련이도 없는 여기서 열여덟 살짜리 애가 혼자서 장사 지내고, 어찌 해야 할 바를 몰라 쩔쩔맸는데 뭐가 어쨌다고... 무슨 권리로 우리 어머니 밑으로 당신 자식을 넣는 거야."

가슴이 뻐근해지며 숨이 쉬어지지 않았다. '실신'. 그때 처음 실신이라는 걸 해봤다. 정신이 들었을 때, 나는 방 안에 누워 있었고, 아버지는 대청에 앉아 곰방대를 두드리고 있었다. 봉씨도 성규도 보이지 않았다. 내가 기척을 하자 아버지는 나를 힐끔 보더니 다시 곰방대를 두드렸다.

"아이고, 너그들 모녀는 뭐가 이리 사납냐. 느그 어매가 그리 사납지만 않았어도 우리 집구석이 이리 됐겄냐."

"가세요. 옛날처럼 모른 척하고 살아요. 죽는 날까지 보지 말고. 어머니가 맨날 남의 집 반찬하면서 손이 부르트도록 고생하는 동안 자식 학자금 한 번 대준 적도 없으면서 무슨 가장이라고...."

"내가 돈이 아까워서 그랬겄냐. 다 교훈 주려고 그랬다. 계집들이 도대체 뭐 하러 집 뛰쳐나가 개고생이냐. 느그 여동생 하나는 벌써 시집갔고, 또 하나도 곧 시집간다. 근디 니하고 말련인 뭐냐. 노처녀로 늙어가면서 부끄러움도 없고...."

"돈이 없지도 않을 거 아니에요. 성규한텐 인색하지 않으시니 근처에 집 하나 사든지 하세요. 길에서 저, 봐도 아는 척하지 말고요."

"독하다. 독해. 느그 세 모녀 중 그나마 니가 젤로 사람 같은 줄 알았드니, 것도 아니구먼. 그라고 내가 돈이 어딨냐. 땅이고 돈이고 다 니 할배가 쥐고 앉아 내주지도 않고, 곳간은 할매가 틀어쥐고 앉아 내주지도 않는디. 내, 그래도 동생 돌봐주믄 시집갈 한 밑천은 해 줄라고 했는디...."

"오늘은 깊었으니 여기서 지내고, 내일은 날 밝는 대로 그 집 식구 건 실오라기 하나 남기지 말고 싹 치우고 가세요. 그리고 깨버린 소반값은 물어내세요. 말련이 저한테 사준 거니까."

그는 곰방대를 집어 던지고 일어났다. 아버지의 적삼이 눈에 들어왔다. 종일 입고 있어서 간 주름은 있었지만, 풀 먹여 다린 흔적이 남아있는 적삼.

고향에서의 어린 시절, 내 기억 속의 어머니는 언제나 다듬이질을 하고, 아버지 옷에 풀을 먹여 다림질을 하고 있었다.

아침이면 아버진 실금 하나 안 간, 그 빳빳하게 다려진 옷을 입고 나갔다가 저녁에 돌아오면 휙 벗어 구겨 박곤 했었다. 그리고 그 옷을 입고 나가 젊은 과부 봉 씨와 정분이 나서 자식을 줄줄이 낳고. 이제 그런 아버지의 옷은 봉 씨가 다려주는 모양이었다.

문득 학교에서 보았던 안 교수의 다림질 잘 된 슈트가 생각났다. 그는 칭송받을 거다. 이화여전 학생들에게 민요를 부르게 하면. 그 자체로 그에겐 아름다운 옷이 될 거다. 그런데 민요를 부르는 이화여전 학생들은....

'분명히 뒤에선 기생이니 뭐니 하는 쑥덕거림이 나올 거야. 그는 언제라도 그 옷을 벗어 구겨 박을 수 있지만, 노래를 부른 리전생들은? 이 시대에 여성으로 사는 고단함을 남성 교수가 이해할 수 있을까?'

어머니가 피를 토하듯 살아온 인생을, 어머니를 유린했던 아버지가 당당하게 욕하고, 그걸 아무도 말릴 수 없는 게 바로 우리가 살고 있는 세상이다. 단지 여자라는 이유만으로 말할 수 없는 모욕을 당해도, 모욕 당한 사실 자체로 욕먹을 일이 되는 세상. 내가 살고 있는 세상에서 여성은 피해자여도 무고하지 않다.

'이런 세상에서 리전생이 민요를 불러도 괜찮을까? 이미 기생집 노래라고 만인이 알고 있는 그 노래를?'

'민요가 언제부터 기생 노래야? 백성들 노래를 기생 노래라고 하는 게 잘못이지. 노래는 잘못이 없어 리전생이 부르면 민요도 고급스러운 문화가 될 수 있어. 아니, 그렇게 만들어야 해.'

생각들이 서로 엎치락뒤치락하고 있었다. 그 무렵, 민요 합창을 둘러싼 나의 생각은 여전히 그렇게 오락가락했다.

장옥분

안치용 교수와 글리클럽의 첫 상견례가 있었다. 서로 인사와 소개가 끝나고, 안 교수는 그동안 연습한 민요 합창을 해볼 수 있겠느냐고 청했다. 나는 반주를 위해 피아노 앞에 앉으면서, 그동안 해온 대로 불러보자고 단원들에게 말했다. 안 교수도 "편안하게 해보라."며 분위기를 띄웠다.

노래가 시작됐을 때, 안 교수는 그림 속에 있는 사람처럼 미동도 하지 않았다. 노래가 끝난 뒤에도 안 교수는 한동안 아무 말도 하지 않았다. 그러더니 겨우 한 마디를 물었다.

"단원이 28명이라고 하지 않았나요? 그런데 오늘은 왜 20명만?"

"성악과 미셸 교수님이 민요 합창에는 학생을 보낼 수 없다고 하셨습니다."

그는 양팔을 번쩍 들더니 이내 양손으로 머리를 움켜쥐었다.

그의 눈은 내내 한 학생에게 꽂혀 있었다. 나는 그의 반응이 궁금해 계속 그를 기다렸다. 그러나 교수가 된 그는, 그사이 꽤 인내심이 생긴 듯했다. 입맛만 몇 번 쩝쩝 다시더니 단원들에게 해산을 명했다.

"박 선생님은 저 좀 보시죠."

단원들이 모두 떠나고, 안 교수와 둘만 남았다. 그제야 그는 자신을 억누르는 듯한 목소리로 조용히 말했다.

"소리를 하는 학생을 넣으셨어요?"

"네. 장옥분이라고 합니다."

"아니, 그게 아니라, 안 맞잖아요. 합창이랑."

"옥분이가 부르는 게 민요죠. 민요 솔로 부분은 소리로 하는 게 어떨까 하는 생각을 했어요. 후렴구는 합창으로..., 어차피 민요도 그렇게 부르잖아요."

그는 한참 동안 양쪽 엄지손가락으로 자기 관자놀이를 누르며 고개를 푹 숙이고 있다가 고개를 번쩍 들었다.

"박 선생님, 소리를 할 거면, 내가 왜 오선지에 서양 화성을 써가며 악보를 만들어 보냈겠어요."

"그대로 불러봤는데, 너무 어색해서요. 민요도 아니고, 그렇다고 성악도 아니고, 모두 음을 내지 못했다고요."

그의 반응은 느리고도 뚝뚝 끊겼다. 또 한참 말이 없다가 불쑥 물었다.

"그 학생 포지션은 뭐예요."

"누구요. 옥분이요?"

"예. 그 소리하는 학생."

"합창 포지션은 없어요. 솔로라고 해두죠."

"하아~, 솔로"

그리고 안 교수와 나는 합창 연습실의 이 끝과 저 끝에 서서 서로 말을 하지 않았다.

장옥분.

내가 민요 합창 때문에 골머리를 앓고 있을 때, 가사과 조교를 하는 친구 민문복이 내게 데려다준 학생이 바로 그녀였다. 열아홉 살의 옥분은 순천의 독실한 기독교인 집안에서 교육받았고, 대학과에 입학하기 위해 경성에 처음 왔다고 했다.

"장옥분은 명창이야. 저런 소리를 타고난 아이가 가사과가 웬 말이냐, 싶을 정도지."

문복은 내가 '민요'로 고민하자 장옥분 얘기를 입에 달고 살았다. 소리와 합창은 다르다고 아무리 설명해도 듣지 않더니 드디어 문복은 내 앞에 옥분이를 데려다 놨다.

'그러잖아도 발성이 꼬여 미치겠는데 소리까지?'

생각은 그랬다. 그런데 그녀를 보는 순간, 나는 그녀와 민요 얘기를 나누고 있었다. 옥분은 그저 바라보고만 있어도 저절로 미소 지어질 만큼 밝고 편안하고 건강했다. 그녀가 온몸으로 뿜어내는 그 밝음과 건강한 에너지로 나까지 건강해지는 느낌이었다. 그래서 무작정 그녀를 글리클럽에 합류시켰다. 대책 없이 말이다.

그러나 옥분의 포지션은 없었다. 소프라노, 메조, 알토, 솔로, 그 어느 포지션도 그녀와 맞지 않았다. 합창 연습을 도와주고 있는 성악과 조교 김아용 아이린은 조심스럽게 얘기했다.

"언니, 옥분이 아닌 건 알죠? 우리가 소리를 할 수 없듯이, 옥분인 성악 발성이 안 돼요."

"나도 알아. 그런데 영 선생님은 어쨌든 민요 합창을 하신다잖아. 옥분이한테도 얘기했어. 채플 합창 말고, 민요 합창할 때만 합류하게 될 거라고."

그러나 옥분의 존재는 '민요 합창' 전체를 수렁으로 빠뜨리고 있었다. 실제로 진짜 민요를 부르고 있는 사람은 옥분이뿐이었다. 안치용 선생이 보내온 악보로도 그녀가 부르면 민요다웠다. 푸른 벌판, 높은 하늘, 산들거리는 바람, 거기에 저절로 들썩거리는 어깨춤. 그녀가 소리를 하면 우리는 어느덧 너른 들판에서 흥겹게 어깨춤을 추며 노는 광경 앞에 서 있곤 했다.

나는 이 경험을 통해서 민요가 얼마나 통쾌한 음악인지에 전율을 느끼고 있었다. 점점 더 민요가 좋아졌다. 결국 나는 옥분에게 민요 솔로 부분을 맡기고, 후렴구를 합창으로 부르는 방식의 연습을 했다. 두 개의 장르가 딱 어울린다고 말할 순 없겠지만, 내가 듣기엔 좋았다. 그런데 문제가 생겼다. 클럽 단원들 몇몇이 어느덧 옥분의 소리를 따라하려 한 모양이었다.

"박 선생, 지금 글리클럽에서 무슨 일이 벌어지고 있는 거죠?"

얼마 전, 성악 교수 미셸 선생이 내가 있는 교무실 문을 벌컥 열며 소리쳤다.

"미셸 선생님, 무슨 일이라도...."

"지금 메리와 앨리스 목소리가 엉망이 됐어요. 아예 음을 잡지도 못해. 무슨 일이냐고 물었더니 글리클럽에서 노래하다 목소리를 망쳤다고 하던데요."

"목소리를 망쳤다고요?"

"내가 아이린한테 물어봤어요. 그랬더니 뭐? 조선의 소리를 따라 하다 이젠 노래도 아닌 노래를.... 도대체 지금 무슨 짓을 하고 있는 거예요."

이런 사달이 벌어진 게 얼마 되지 않았다. 그리고 제대로 수습되지도 않은 상태에서 안 교수가 들이닥친 것이다. 안 교수는 화가 머리끝까지 치밀어 있는 듯이 보였다. 그러나 폭발하지는 않았다. 아펜젤러 교장 선생님과 메리 영 선생님이 나를 대하는 태도에 주의를 준 게 아닐까 하는 생각이 들었다. 그는 손을 몇 번 까딱까딱하더니, 침묵을 깨고 말했다.

"박 선생님, 일단 내가 다시 시작하도록 할게요. 어쨌든 그 소리하는 학생은..."

"장옥분요."

"그래요. 그 옥분 학생은 일단 제외합시다."

나는 깜짝 놀랐다.

"옥분을 빼신다고요?"

"그럼, 그 학생이 합창을 할 수 있어요?"

"옥분이 민요의 정체성이잖아요."

"정체성? 아니 왜 민요는 꼭 소리로 불러야 하죠?"

"꼭 소리는 아니어도 되죠. 기생이 불러도 민요다우니까. 그렇지만 성악 민요는 아니죠."

"왜 아니죠?"

"이 논쟁 자체가 아니라는 증거죠. 서양음악에 조선의 혼이 어우러지질 않잖아요."

"조선의 혼? 박 선생이 할 얘긴 아닌 것 같은데요."

나는 순간 멈칫했다.

"그게 무슨 얘기죠? 조선의 혼 얘기를 내가 왜 못하죠?"

그러자 그는 고개를 흔들었다.

"그 얘긴 그만하죠. 어쨌든 그 소리하는 학생..."

"옥분이요."

"그래요. 옥분이요. 그게 뭐 중요해요? 어쨌든 그 학생은 빼고 갑니다. 박 선생은 그냥 지켜보세요. 내가 얼마나 멋드러지게 민요 합창을 하는지. 자, 이제 정리합시다. 합창은 내가 만들어요. 박 선생님은 이 합창단 운영만 책임지세요."

나는 다른 건 모두 떠나서 옥분을 인정하지 않는 안 교수에게 화가 치밀었다. 그래서 더 이상 말하지 않고, 연습실을 떠났다. 그리고 건물 밖으로 나오는 순간 눈물이 터져 버렸다. 나는 엉엉 울면서 주변을 돌아봤다. 갈 곳이 없었다. 문복이 보고 싶었다. 문복이 퇴근을 했는지, 아니면 아직 조교실에 있는지도 모른 채 가사과 쪽으로 갔다. 내내 터져 나온 눈물을 멈출 수 없었다. 조교실 문을 여는 순간, 문복이 눈을 동그랗게 뜨고 나를 보더니 급히 일어나 다가왔다.

"무슨 일이야. 너, 왜 그래?"

"안치용이 그자가 옥분이를 내보내래."

그러고 나선 아예 대성통곡을 하듯이 엉엉 울었다.

문복은 나를 안고 등을 토닥토닥해주며 말했다.

"그게 뭐 그렇게 대성통곡할 일이니. 그러잖아도 옥분이가 왠지 자긴 아닌 것 같다고 하더라고."

나는 더 엉엉 울었다. 여기에 문복이까지 가세해 엉엉 울고 있었다. 우리는 겨우 울음을 진정하고, 창문 너머 해가 저물어 가는 교정을 물끄러미 바라봤다. 문복이 입을 열었다.

"너, 옥분이를 보면서 누군가를 생각했지?"

나는 또 눈물이 툭 터졌다. 문복과 나는 또 손수건에 얼굴을 파묻고 한참을 흐느꼈다. 우리가 입 밖으로 소리내어 감히 불러보지도 못하는 그 아이가 저 앞에서 걸어오는 것 같았다.

"나도 처음 옥분이를 봤을 때, 관순이를 보는 것 같더라. 우리 유관순. 그 애가 떠난 이후 나는 그렇게 밝고 건강한 기운을 가진 사람을 본 적이 없었거든. 사실 오랫동안 옥분이를 너한테 보여주고 싶었어. 그러다 네가 민요 얘기를 하길래 그냥 핑계

김에 너한테 보여준 거지, 꼭 그 아이가 글리클럽에서 노래 부르기를 바랐던 건 아니야."

나와 문복이, 그리고 유관순. 우리는 이화학당 1902년생 동갑 친구들이었다. 1902년생은 좀 별났다. 보통 같은 학년끼리 친하게 마련인데, 우리 동갑내기들은 고등과 1학년부터 4학년까지 퍼져 있었다. 그런데도 학년을 불문하고, 10명이 똘똘 뭉쳐 봉사활동과 기도활동을 함께했다. 그건 순전히 관순이 덕분이었다. 그녀는 우리들의 대장이었다. 그 아인 너무나 밝고 건강했다.

관순과 알게 된 건, 그녀가 말련과 중등과 동급생 친구여서였다. 말련이 가장 사랑하는 친구였다. 말련은 초등과부터 워낙 탁월했던 터여서 친구가 별로 없었다. 그러다 중등과에서 만난 관순과 처음 친구가 되었다. 관순은 말련보다 두 살 많았지만, 원래 폭이 넓은 아이라 그런 사소한 데에 신경쓰지 않았다. 그들 동기는 관순을 중심으로 똘똘 뭉쳐 있었다. 그들은 극성맞고 즐거웠다. 말련이 학교 생활 중 가장 활기차고 즐거워했던 시기이기도 했다. 그러나 말련은 그들과는 한 학기만 함께할 수 있었다. 2학기엔 중등과 2학년으로 월반했고, 1년 만에 고등과에 진학했다 이후에도 수시로 월반해 고등과를 마쳤고, 동대문 병원으로 공부하러 다녔다. 그러는 와중에 말련이 월반으로 거쳐갔던 모든 학년의 1902년 생들이 말련의 중등과 동급생이었던 관순과 친구들을 알게 된 것이다. 그리고 말련이 학당을 떠나서 병원으로 가게 된 후 학당에 남은 관순과 우리들이 더 자주 어울리게 됐다.

그해 1919년.3.1 만세운동이 일어났을 때, 고등과 1학년이었던 관순과 우리 동갑 세 친구는 이화학당 비밀결사 5인에 속해 있었다. 그들 모두 말련의 중등과 동급생으로, 말련이 지금껏 친구라고 부르는 이들은 그들뿐이다. 만세운동이 일어났던 그날, 교장 선생님과 선교사 선생님들이 학교 문을 걸어 잠그고 학생을 못 나가게 할 때, 우리 동갑 친구들부터 모두 관순을 따라 학교 담장을 넘었다. 그날 학교에 없었던 나만 빼고 말이다.

만세운동 직후 휴교령이 내리고, 석 달 후 복교했을 때 다시 학교로 돌아온 사람은 문복과 나, 두 사람뿐이었다. 다섯 명이 만세운동을 지속적으로 하다가 형무소에 구금됐고, 세 명은 고향에서 올라오지 못했다. 그들의 부모님은 친구들을 시집 보내 버렸다.

이듬해 관순이 형무소에서 죽고 난 후 나와 문복도 만나지 않았다. 우리끼리만 마주하는 것 자체가 고통스러웠다. 그래서 서로 찾지 않았다. 그러다 말련이 귀국한 후 문복의 어머니가 부인병원에 입원했다는 소식을 듣고, 내가 먼저 그 병실에 찾아갔었다. 우리는 다시 만났을 때, 내내 붙들고 울기만 했다. 문복도 나도 그 울음의 이유를 설명하지 않았다. 친구들의 이름도 꺼내지 않았다. 관순은 그렇게 우리 가슴 속에 빠지지 않는 대못처럼 박혀 있었다. 너무 아파서 쳐다 보지도 못하는 그런....

이상하리만치 학교가 조용했다. 아무도 나를 찾지 않았다. 하루 종일 그저 빈둥거리다 퇴근 시간이 넘어버렸다. 방문을 여는데, 벌써 나간 줄 알았던 김아용이 저쪽에서 걸어왔다. 그녀도 이제야 나가는 모양이었다.

"아이린, 근데 오늘 참 조용하다."

김아용은 고개를 절레절레 흔들었다.

"무슨 반응이야?"

"아이고, 언니. 조용하다니요? 언니 혼자서만 태풍의 눈처럼 평온했네요. 주변에선 내내 태풍이 불었는데."

"아니 왜? 무슨 일이 있었어?"

"언니, 어제 안 교수님이랑 싸우고 엉엉 울면서 교정을 휘젓고 다녔다면서요. 오늘 여하튼 글리클럽 때문에 과장 선생님하고, 안 교수님, 미셸 교수님 죄다 모여서 회의 한 번 오방지게 했잖아요."

"근데 왜 글리클럽 회의에서 나는 뺐어?"

"언니 때문에 회의했는데, 어떻게 불러요."

"그래서 어떻게 됐어?"

"안 교수님이 그동안 연습한 거 다 무효로 하고, 소리하는 친구도 내보내겠다고 하시고, 미셸 교수님께는 성악과 학생들 다시 다 보내라고 하시고, 미셸 선생님은 화가 뻗쳐서 소리 지르시고, 메리 영 과장님은 두 사람 사이에 끼어서 모찌 떡 되시고.”

“뭐야, 알아듣게 얘기해.”

“그러니까 언니가 그 소리하는 학생…”

“옥분이.”

“그래요, 옥분이. 언니가 옥분이를 너무 편애하셔서 성악과 몇 명은 뿔이 나 가지고 못하겠다고 뻗어버리고, 메리하고 앨리스는 옥분이 따라 하다가 발성이 꼬이고, 지금 성악과 엉망진창이에요. 가뜩이나 안치용 교수 와서 신경 곤두선 미셸 선생님이 되지도 않는 노래시키는 데 학생들 동원할 수 없다고 하시고…. 그 와중에 안치용 교수는….”

그러더니 갑자기 입을 다물었다.

“왜?”

“아니에요.”

“왜? 안치용 교수가 글리클럽 조교 바꾸래?”

김아용이 화들짝 놀라며 엄지손가락을 치켜든다.

“귀신이네.”

“그래서 과장님은 조교 바꿔 주시겠대?”

“두 선생님이 난리를 치니까 과장님이 도망치셨어요.”

“뭐? 어디로?”

“교장 선생님 만나고 오신 것 같더라고요. 그래서 또 2차

회의가 열렸는데, 문제가 해결된 게 아니라 더 확전되는 거 같던데요."

"무슨 말이야."

"저도 잘 몰라요. 하여튼 안 교수님도 미셸 교수님도 '쌩' 하는 소리가 나게 자기 방으로 가서, 문을 쾅 닫고 들어 가셨으니까."

나는 그 자리에 우뚝 서버렸다. 도무지 갈피가 잡히지 않았다.

'나는 도대체 뭘 해야 하지?'

'당장 때려쳐?'

사실 안치용 얼굴만 생각하면 딱 때려치우고 싶었다. 그런데 어느덧 내게도 '민요 합창'에 대한 미련이 생기기 시작한 것 같았다.

"언니, 안 가요?"

"먼저 가."

"소용없어요. 선생님들 다 가셨어요."

"먼저 가."

아용이 떠났다. 나는 그저 그 자리에 박힌 듯 서 있었다. 갈 곳이 없었다. 그러다 교장 사택에 불이 들어오는 게 보였다. 그곳으로 갔다. 문을 두드렸다. 아펜젤러 교장 선생님이 편안한 복장으로 나왔다. 교장 선생님은 우리 어머니와 특별한 관계여서 어려서부터 편하게 지내다 보니 교장 선생님이 된 이후에도 내겐 편안했다.

"에스더구나. 들어와. 저녁 먹었니?"

"선생님, 미국 사람들도 만나면 밥 먹었냐고 물어보나요?"

선생님은 고개를 갸웃했다.

"글쎄다. 나야 잠시 공부하러 가 있었지. 그러니 내가 미국을 어떻게 알겠니. 여기서 나서 여기서 자랐는데. 미국 사람들은 어떻게 하는지 나중에 알아봐 줄게."

"메리 영 선생님이 저 때문에 곤란해 하시죠?"

"에스더 때문이 아니야. 무슨 일이든 처음 시작하는데 왜 곤란이 없겠어. 그걸 다 넘겨야 일이 되는 거지."

"미스 영 교수님은 뭐라고 하세요? 제가 소리하는 학생을 입단시킨 게 잘못이라고 하시나요?"

"옥분이?"

"선생님도 옥분이를 아세요?"

"작년에 나도 한번 가사과에 보러 갔었지. 그 일이 있었을 때, 고등과에서 가사를 가르쳤던 미스 마치 선생이 지금 가사과 교수로 계시잖아."

"마치 선생님요? 1학년 주임 선생님이셨죠. 그분이 폭동에 가담한 학생들은 벌줘야 한다고 했죠. 폭도. 폭도라고 하셨어요. 폭도들이 옥살이하는 건 당연하다고. 교장 선생님도 그때, 프라이 교장 선생님 옆에서 문을 막고, 학생들을 미셨다고 들었어요. 그리고 학교 간판을 붙들고 계시느라 그 교문 바깥에서 두들겨 맞고 있던 제 동무들은 보지도 않으셨고요."

아펜젤러 선생님은 한참동안 아무 말씀도 안 하셨다. 그러더니 천천히 입을 떼셨다.

"에스더, 그대가 왜 진명고녀에 안 가고 여기 남았는지, 나는 알아. 닥터 박말련이 왜 만주로 떠났는지도 알아. 우리는 선생이지만 완벽한 판단을 하진 못 해. 또 시대를 막아설 힘도 없어. 내 학생들이 시대와 맞서서, 세상과 맞서서 꺾이는 걸 보는 것도 싫어. 그냥 안전하게 살았으면 좋겠어. 그런데도 젊은 그대들은 계속해서 사명감을 각성하잖아. 그리고 선생은 안전하게 살기를 바라는 마음과 사명감을 각성하는 젊은이들을 응원해줘야 한다는 마음 사이에서 계속 갈등한단다."

"안치용 교수님은 옥분을 빼라고 하셨어요. 그게 맞아요. 제가 옥분의 에너지를 탐낸 거예요. 예전에 내 친구의 에너지에 기대서 겨우 살 힘을 얻고, 그래서 앞으로도 쭉 그렇게 살고 싶었던 것처럼요."

"영 교수는 옥분이 소리에 매료돼 있더라. 합창과 어떻게 조화시켜야 할지는 갈피를 잡을 수 없다고 하면서도. 에스더를 말리지 않은 건 영 교수도 확신이 없었던 거야. 그래서 내가 그랬지. 옥분이 문제는 안 교수가 아니라 에스더가 결정하게 해주라고."

교장 공관에서 나와 학생 기숙사로 갔다. 장옥분 면회 신청을 했다. 옥분이 저쪽에서 걸어온다. 내 입은 절로 웃는다.

"선생님, 여기 웬일이세요. 기숙사에 처음 오시죠?"

나는 다시 기분이 상쾌해져서 계속 웃음을 흘린다.

"어제 안치용 교수 때문에 좀 당황하지 않았어?"

"안치용 교수님이 당황하셨겠죠."

그러더니 옥분이 호탕하게 웃어젖힌다. 그 모습에 눈물이 찔끔 나왔다. 왜 이 아이를 보면 모두 관순이를 떠올리는지 다시 한번 느끼고 있었다.

"선생님, 왜 그러세요?"

"아니, 갑자기 누가 생각나서."

"유관순 선배님요?"

말문이 턱하고 막혔다. 옥분인 내 옆으로 와서 내 어깨를 감쌌다.

"선생님, 제가 이렇게 어깨를 감싸준 분이 몇 분이나 되는지 아세요? 선생님이 다섯 번째 분이세요. 선생님만 유관순 선배님을 그리워하는 게 아니에요. 왜 많은 분이 저를 보면 그분을 떠올릴까요. 아, 도대체 그분은 어떤 분이셨을지 저는 너무너무 궁금해요. 예전에 그분은 저한텐 전설이었거든요. 이화에 오고 난 뒤 너무나 가깝게 느껴지고, 또 가슴이 아파요. 모든 분이 비밀스럽게 가슴 아파하니까. 그분은 그냥 별이 되셨나 봐요. 그분을 아는 모든 사람의 마음속에서요."

"별?"

"네. 저한테 그분은 별이에요. 아름다운 별. 그러니 너무 슬퍼하지 마세요. 기뻐해 주세요. 별이 된 걸 축하해 주시고요."

"내가 이기적이구나. 나는 그 아이가 저 높은 하늘의 별 말고, 내 곁에 있었으면 좋겠어."

그러고 나서 나는 옥분에게 지금 글리클럽에서 벌어지고 있는 일들을 얘기해줬다. 옥분은 고개를 끄덕이며 말했다.

"조선음악과 서양음악, 두 장르가 잘 섞였으면 좋겠어요. 선생님이 방법을 찾으시면 저는 달려 갈게요. 못 찾으시면 저는 음악회에 보러 갈게요. 그리고 조선 음악이 어떻게 서양 음악과 어우러지는지 구경할게요."

안치용 교수의 오해

"박에스더 선생님, 그 소리하는 학생...."

"장옥분요."

"아, 예, 그 장옥분요. 그 학생은 어떻게 하고 싶으세요?"

안치용 교수가 글리클럽 문제를 상의하자며, 나를 불러 말했다.

"어제 옥분이한테 가서 말했어요. 소리와 성악이 조화를 이룰 방법을 찾고 싶지만, 어쩌면 안 될지도 모른다고요. 그랬더니 그 방법을 찾으면 글리클럽에 와서 노래를 부르고, 못 찾으면 연주회에 구경하러 오겠다더군요."

"아, 그러셨군요. 그렇잖아도 교장 선생님께서 그 소리하는 학생 문제는...."

"장옥분요."

"아, 예. 장옥분요. 아니 그런데 선생님은 왜 그렇게 그 학생 이름에 집착하세요."

"제가요?"

"예. 내가 그 이름이 입에 잘 안 붙어서 좀 그냥 학생이라고 하는데, 꼭 그렇게 이름을 상기시키세요."

"그랬나요?"

"그랬나요? 아니, 선생님, 생각을 좀 한번 해보세요. 여기 계신 선생님들은 자꾸 나보고 지나치다고 그러는데, 사실, 선생님, 좀 지나쳐요."

나는 입을 다물었다. 생각해 보니 그랬던 것 같다. 왜 그랬을까. 안 교수와 나 사이엔 또 침묵이 들어앉았다. 안치용 선생의 인내심이 나보다 짧은 듯했다. 그가 먼저 입을 열었다.

"내가 좀 심하다고 생각하세요?"

"아닙니다. 제가 그랬던 것 같네요. 아마도 이름을 부를 수 있는..., 그 행위가 너무 귀하게 느껴져서인지도 모르겠어요."

"뭐, 알아들을 수도 없는 말을...."

"죄송해요. 오랫동안 못 부른 친구 이름이 있거든요. 그래서 아마도 무의식적으로 그 이름에 집착했던 모양이에요. 제가 이상하다고 느끼셨을 만하네요."

"유관순 열사요?"

"..."

"이젠 다 지난 일이잖아요. 죄책감은 부질없는 짓이죠."

"죄책감요?"

"죄책감 때문 아니세요?"

"제가 왜 관순이한테 죄책감을 느끼죠. 진짜 우리 관순이한테 나쁜 짓을 한 놈들이 죄책감을 느껴야죠. 그것들이 관순이뿐 아니라 내가 받는 이 고통, 친구들이 받는 이 고통, 말련이를 만주로 내몬 그 지나친 고통에 대해서도 죄책감을 느껴야죠."

그런데 안 교수는 나를 노려보고 있었다.

"죄책감을 안 느끼신다고요? 뭐~ 그럴 수도 있겠네요."

"그게 무슨 말씀이죠?"

"아닙니다."

"아닙니다가 아닌데요. 말씀해 보세요. 선생님이 그렇게 끝없이 저를 비아냥대는 데는 이유가 있을 것 아녜요. 내가 죄책감을 느끼지 않는다는 말에 그런 역겨운 표정을 짓는 데에도 이유가 있을 것 아녜요."

"굳이 알고 싶다면 말씀드리죠. 이화학당에 유명한 1902년생 학동들이 있었다고 들었어요. 일명 '공리회'라고 했다던 10명. 만세운동 당시 이화학당을 이끈 결사대 5인 중 3명이나 있었던 모임이었죠. 그중 9명이 만세운동에 참여했고, 절반이 투옥됐고요. 유일하게 만세운동에서 빠진 1인이 있다고 하더군요."

숨이 턱 막혔다. 말을 이을 수가 없었다. 그러다 번뜩 생각났다.

"잠깐만요. 그러니까 교수님이 우리 학교에 첫 강의를 왔던 날, 저를 알아보셨군요. 그래서 반주하던 저를 그렇게 모욕했던 거군요."

"알아보긴 했죠. 어떻게 모르겠습니까. 충청도 갑부 박만립 가문의 장손녀 아니십니까. 그 유명한 천재 박말련 선생님 언니이시고."

"제가 조선의 혼에 관해 얘기할 자격이 없다고 한 것도 그래서군요."

"아, 예. 어쨌든 앞으로 계속 함께 일해야 하니 터놓고 얘기하죠. 이건 제 생각이 아니고, 항간에 평이 그래요. 생각해 보세요. 제2의 박에스더로 꼽히는 박말련 선생은 영어식 이름을 거부하고 계속 박말련인데, 언니 본명은 아무도 몰라요. 그저 박에스더죠."

"박에스더가 어때서요. 제 본명은 말숙이에요. 그 집안 첫 손인데 아들이 아니라고 돌림자는커녕 이제 딸은 그만 나오라는 뜻으로, 노골적으로 붙인 그 이름을 내가 꼭 수용해야 하나요? 그런데 나는 또 여동생이 있어요. 내 여동생을 위해서라도 그런 이름은 없애는 게 맞죠. 말련이가 말련인 게 조선 이름을 존중해서? 잘못 아셨어요. 그 아이는 그 이름을 씹고, 씹고, 또 씹으면서 자신을 고문하고 있어요. 이 비참한 조선 여인들에게 조금이라도 순탄한 세상을 만들어 보겠다고, 절대 게을러지면 안 된다고 자기 자신을 담금질하느라 그 역겨운 이름을 붙들고 사는 거라고요."

"제가 박 선생님을 비난하려는 게 아니라, 항간에서 그저 박말련 선생은 조선의 동서남북을 돌고, 만주까지 돌아다니며 독립운동하듯 의사생활을 하고 있는데, 박에스더 선생님은 만세운동에서조차 빠지셨고 하니까....”

“그래서 항간에서 저는 자기 잇속만 차리는 부잣집 딸이라고 씹어대고 있군요.”

“씹는다기보다..., 만세운동은 많은 사람의 인생을 바꿨어요. 저도 만세운동 직후에 조선 땅을 떠나서 신흥무관학교에 들어갔어요. 학교를 졸업하고 독립군에 들어갔고요. 그러다 여러 경험과 이유로 조선으로 다시 돌아와 음악 공부를 계속하게 됐죠. 음악이 내가 하는 독립운동이니까요.”

“들었어요. 음악으로 조선의 혼을 지키고 싶다고 하셨다고요. 저도 그 얘기를 듣고, 교수님이 비록 옹졸하고 편협하고 역겨운 인간이긴 하지만, 내가 할 수 있는 일을 해보고 싶었어요. 그래서 그냥 글리클럽 조교로 남은 거고요.”

“펴, 펴, 편협하고 역겹다고요?”

나는 더 이상 말을 이을 수 없었다. 그래서 그 자리를 떠났다.

“에스더, 너무 걱정하지 마. 어머니는 곧 괜찮아지실 거야. 내일은 국장일이니까 바깥이 시끄러울 거야. 그러니까 어디 나가지 말고, 어머니 곁을 잘 지켜야 해.”

그날이 1919년 2월28일이었다. 늦은 저녁에 말련의 중등과 동급생 다섯 명이 병원에 왔었다. 관순과 내 02년생 동갑내기 친구 세 명도 그 안에 있었다.

"오늘 무슨 학생 총회 한다는 얘기 들은 것 같은데, 내가 알아야 할 게 있어?"

"야, 일단 너는 어머니나 잘 지켜. 어머니가 편안하셔야 우리 천재 동기 말련이 맘 편히 공부하고 빨리 의사 돼서 조선의 불쌍한 여인들을 구원하러 오지."

관순은 웃으며 그렇게 말했었다. 나중에 보니 그들이 비밀결사 5인이라고 꼽혔던 아이들이었다. 말련과 그 친구들은 그렇게 비범하고 극성스러웠다.

그해 4월, 관순은 아우내 장터 시위 주동자로 체포됐다. 그때 어머니는 자신의 고통스러웠던 삶을 마무리하는 더 큰 고통 앞에 몸부림치고 있었다. 이를 전후로 친구들이 차례차례 체포됐다. 나는 이 소식을 어머니한테 전하지 않았다. 그러던 어느 날 병원에 가니 어머니는 넋 놓고 눈물을 흘리고 계셨다.

"어머니, 많이 아프세요?"

"얘, 관순이 체포됐다며? 일본 놈들이 그 애를 때리면 어떡하냐."

"일본 놈들은 눈이 없겠어요? 어떻게 그렇게 아까운 애한테 손을 대겠어요."

"아이고, 관순아! 현숙이, 복순이는 또 어떡하냐."

어머니에게 관순은 특별했다. 그 아이만이 말련을 웃게 했었다. 말련은 저 멀리서 관순이 보이기만 해도 얼굴에 웃음이 번지기 시작했다. 그리고 그 어려운 공부를 하느라 잠잘 시간조차 빠듯한 시절에도 자신의 모든 짬을 내 관순을 찾아 다녔다.

말련은, 어쩌면 타고난 천재라기보다 스스로 각성한 천재였다. 그 아인 타인의 고통을 자신의 것으로 받아들이는 감수성이 대단히 발달했다. 나보다 철이 더 먼저 들었고, 초등과 시절부터 학교에서 돌아오면 어머니의 일을 도우며, 그 고사리 손으로 전을 부치고 나물을 다듬었다. 어머니가 그렇게 질색을 하는데도 말이다.

그리고 중등과에 진학하자마자 자신은 의사가 되겠노라고 했다. 몸이 약했던 어머니를 보며 든 생각이었겠지만, 나중에 말하기를, 주변을 돌아보니 수많은 어머니 같은 여인들이 치료도 제대로 받지 못하고 아픔을 참으며 살아가는 모습이 보였고, 그 사실이 너무 끔찍했다고 했다. 말련은 중등과 이래 독학하면서, 모르는 것은 선생님들을 찾아다니며 묻고 배워 한 학년 과정을 한 학기만에 끝냈다. 서둘러 공부를 마치려고 안간힘을 썼다.

관순은, 자신이 스스로 쌓아 올린 높은 이상으로 인해 힘에 겨웠던 말련을 기대게 해주고 품어줄 수 있는 유일한 친구였다. 그 아이는 태평양보다 넓었다. 어머니의 마지막 기도 중엔 "관순이 다치지 않고 무사히 풀려나게 해 달라."는 것도 있었다. 그건 말련을 위한 간절한 기도이기도 했다.

나는 편지지를 꺼냈다. 어쨌든 민요 합창은 내가 하기로 한 것이었고, 그걸 해낼 수 있는 사람은 안치용 교수였다. 이 일을 무사히 하려면 그의 마음에 꼬여 있는 나에 대한 오해를 풀어주고, 나도 그로부터 풀려나 자유로워져야 할 필요가 있었다.

안치용 교수님께

오늘은 매우 난감했으나 오랜 궁금증이 풀려 다행스러운 날이기도 했습니다. 저의 궁금증은 풀렸으나 교수님의 의혹은 풀리지 않았을 것이기에 변명 삼아 그때의 일을 잠시 말씀드리려 합니다.

저는 만세운동에 참여하지 않았습니다. 못한 게 아니라 안 한 게 맞을 수 있습니다. 저는 그날 학교에 있지 않았으니, 그 결과는 알지 못합니다. 제가 잠겨버린 교문 안에 머물렀을지, 동무들을 따라 담장을 넘었을지 저도 당해보지 않은 일이니, 단정하기 어렵습니다.

그리하여 제가 그날 학교에 가지 못했던 이유를 설명해 드리고자 합니다. 그해 2월25일 제 어머니가 하혈하며 쓰러지셨습니다. 그날로 입원하셨고, 그해 4월20일 병원에서 작고하셨습니다.

만세운동 전날, 유관순과 동무들이 병원에 방문했었지요. 그들은 모두 박말련 선생의 중등과 시절 동급생 친구들이었습니다. 아시는 바와 같이 만세운동 당시 학당 담장을 넘는 통로

를 만든 학생들 모두가 제 아우 박말련의 친구들이었습니다. 저희 어머니 병문안을 왔던 그 아이들은 이미 이튿날 있을 만세운동을 준비 중이었지요. 그러나 제게는 밝게 웃으며, 고종황제 국장일엔 어머니 곁을 꼭 지키라고만 말했습니다.

그 이후에 돌아간 저간의 사정이야 교수님도 다 아시는 일입니다. 아시다시피 저는 전혀 뛰어난 구석이 없는 사람입니다. 창가 반주 때문에 저를 모욕하셨던 그 당시, 저는 어머니와 가장 아까운 동무의 죽음을 딛고, 겨우 추슬러 나가던 때였습니다. 제가 그 나이까지 대학과를 졸업하지 못하고 학교에 다녔던 건, 이런 과정을 겪으며, 몇 해를 집 밖으로 나오지 않고 허송했던 세월 때문이었습니다. 겨우 용기를 내 학교로 돌아왔던 저는 그 일로 무너질 뻔했습니다.

그때 아펜젤러 교장 선생님께서 제게 이런 말씀을 하셨죠.

"에스더, 피아노는 연주자만 치는 게 아니야. 반주자가 더 많은 사람들에게 필요한 존재란다. 너는 연주자가 아니라 반주자로서 탁월하단다. 반주는 노래를 부르는 많은 사람을 동시에 이끌어야 하니 가끔 맞지 않는 사람도 있겠지. 그런데 우리는, 아니 네가 지금 반주해 주고 있는 교회 목사님들도 모두 네가 아주 훌륭한 반주자라고 칭찬한단다."

만세운동으로 얼마나 많은 인생이 변하고, 관계가 어긋났는지 교수님도 경험하셔서 아실 것입니다. 그 당시 학생들 앞을 가로 막고 호통치셨던 프라이 교장 선생님에 대해 이화

학동 전체가 얼마나 냉정하게 마음을 돌려버렸는지 아시는지요. 그 일 이후 2년여 만에 교장 선생님이 돌아가셨을 때, 우리의 냉정함을 반성하면서도, 응어리는 풀리지 않아 얼마나 복잡한 심경이었는지 모릅니다. 저에게 늘 따뜻한 조언을 해주시는 아펜젤러 교장 선생님에게조차 일정한 거리가 좁혀지지 않는 것도 바로 그 당시의 기억 때문일 겁니다.

우리는 모두 그 일로 인해 상처받았고, 고통스럽고, 그리하여 지금 우리가 처해 있는 이 결박된 상황을 벗어나려면 더 성장해야 하고, 성장을 위해선 몸부림쳐야 한다는 걸 알게 됐습니다. 제가 교수님의 옹졸한 마음을 이해할 수는 없으나 저간의 사정을 말씀드리고자 하는 것은, 앞으로도 저는 계속 살아남아야 하기 때문입니다.

저는 선생님이 하셨다는 그 말씀, "노래는 그 어떤 언어보다도 깊은 말"이라는 말씀 하나만 믿고 이 자리를 지켰습니다. 그 깊은 말이 무력하기만한 저를 흔들어 깨워 주기를 바라면서 말입니다. 아시는 바와 같이 저에겐 특별한 재능이 없습니다. 다만 곁에서 도울 수 있는 인내심만 있을 뿐이지요. 이런 저는 조선의 혼을 말할 자격이 없는 사람일까요?

쓰다 보니 너무 길어졌다. 이렇게 구구절절하게 쓸 일인가 싶기도 하다. 그러면서도 내 손은 계속 편지지 위를 달려갔다.

그리고 제 조부이신 박만립옹을 거명하셨지요. 제가 그 집안 소생인 건 맞습니다만, 지금의 제가 있기까지 그 집안에서 제게 해준 것은 아무것도 없습니다. 저를 교육시키고 기른 건 모두 어머니셨죠. 아버지는 우리 집안일을 도우러 다녔던 젊은 과부와 바람이 나서 아이들을 줄줄이 낳았습니다. 우리 어머니가 위대한 것은, 조선이 여인들에게 강요해 온 바, 그런 걸 모두 숙명으로 받아들이라는 그 허황한 명령을 따르지 않고, 그 집을 뛰쳐나와 딸들을 교육시켰다는 것입니다.

어머니가 전라도 부안의 천석꾼 딸로 태어난 것은 맞으나 박가네에서 뛰쳐나온 이후 친정의 도움도 받지 못했습니다. 다만, '조선 반가 음식은 한성보다 부안이 진짜'라는 말처럼 고향의 음식솜씨를 전수한 덕분에 경성에 와서 대가댁 잔치 음식과 이바지 음식을 해주며 저희를 기르셨습니다.

대문 열리는 소리가 들린다. 성규가 온 모양이다. 그들은 나한테 그런 수모를 당하고도 물러나지 않았다. 아버지만 내려가고, 봉 씨와 성규는 아직도 우리 집 방 한 칸을 차지하고 들어앉아 있다. 그들은 내가 들고 날 때에 내 눈에만 띄지 않으면 된다고 생각하는 양, 마치 까투리처럼 얼굴만 가리고 눌러앉았다. 나는 퍼뜩 정신을 차린다.

'내가 이 편협하고 옹졸한 자에게 어머니 얘기까지 하는 건 너무 구차하다.'

그 대문 소리 덕에 어머니 얘기는 안 쓰는 게 좋겠다는 데에 생각이 미쳤다. 그래서 어머니 얘기는 빼고 두서없이 마무리하고, 편지를 봉투에 넣는다.

마루로 나갔다. 두 모자는 마당에 있는 펌프에서 물을 끌어올리고 있었다. 성규가 등목이라도 하려는 듯 웃통을 벗고 있다가 내가 나가자 얼른 앞을 가린다. 봉 씨가 펌프질하면서 나 들으란 듯이 말했다.

"그저 아부지가 너그러워서 말을 못혀 그렇지. 까놓고 말해 이 집이 성규 거지. 법적으로다 어매가 죽으면, 재산이 딸한테 간다나? 아들헌티 오지. 아무리 집문서 틀어쥐고 있어도 법적으로다 소송하면 우리가 다 이겨. 그려도 우리가 인간적 도리로다 길거리로 나앉으라 하지 않는 거지. 내 참, 아부지도 무르기만 혀 갖고, 지 재산 하나를 못 챙기네, 그려."

어머니가 돌아가셨을 때, 나는 고향으로 전보를 쳤다. 장사를 다 지내는 동안 고향에선 아무도 오지 않았다. 전국 도처에서 여전히 만세운동이 계속되고 있던 때였다. 조선 사람들은 이동이 자유롭지 못했다. 나는 말련이 다니던 병원 측의 도움으로 겨우 어머니의 소박한 장례를 치를 수 있었다. 열여덟 살 때였다. 겨우 장례를 치르고 집으로 기어들어 왔을 때, 할머니가 와 계셨다. 할머니만 와 계셨다.

"다들 지금 시국에 움직이면 위험하다고 지럴들을 하던데, 어린 너 혼자 어떡하겄냐."

그때 할머니가 내게 위로가 됐었는지는 잘 기억나지 않는다. 그 한탄 소리만 기억에 남았다.

"아이고, 이제 박씨 집안은 망한 거여. 누가 있어 곳간열쇠를 물려줄 거나. 이제 누가 있어 곳간열쇠를 물려줄 거나."

실제로 충청도 갑부 박만립 집안을 지탱한 건 할아버지가 아니라 할머니였다. 할아버지는 바람을 피지는 않았지만, 인색했다. 내가 기억하는 할아버지 모습은 "마누라가 손이 크다." 며 타박하던 것뿐이었다. 그러나 그 집안 대대로 안방 마님한테 물려오는 곳간열쇠에는 할아버지도 손을 대지 못했다. 그게 그 집안 질서였다. 그래서 아까운 곡식들이 밖으로 나가도 타박만 할 뿐, 어찌하지는 못했다. 매년 가을걷이철이면 한 해 먹고도 남을 만큼의 쌀이 고향에서 왔던 건 할머니의 권한 덕이었다.

나는 그 갑부집 마님인 할머니가 뒤꼬리가 있는 한복을 입고 있는 모습을 기억하지 못한다. 할머니는 언제나 꼬리까지 다 꿰매 몽당치마처럼 해입고, 집안일을 돌보고 조랑말을 타고 박가네가 소작 주는 모든 마을을 이 마을 저 마을 돌아다녔다. 그래서 어느 집에 상사가 있는지, 아픈 사람이 있는지 모두 살피고, 우환이 있는 집에는 쌀섬을 지워 보냈다. 할아버지 손은 맨질맨질했지만, 할머니 손엔 언제나 굳은 살이 박여 있었다.

그 집안이 여전히 갑부로 살아가는 밑천은 이렇게 곳간 열쇠를 틀어쥐고 있는 그 집안 며느리들이었다. 할머니는 시어머니에게서 "조상한테 재산을 물려받은 자들은 인색하고, 인색하면 인심이 떠나고, 인심이 떠나면 집안이 망하니, 언제나 곳간 곡식은 식구들 먹을 만큼만 남기고, 다 나눠 주라."는 가르침을 받았다고 했다. "재산은 박가가 만드는 것이고, 성씨 다른 부인네는 베푸는 일에만 전념하라."는 게 유언이었다고도 했다. 내 어머니가 집을 떠난 후에도 할머니가 호적을 붙들고 있었던 건, 아마도 그 박가네를 살리기 위해서였을 거다.

"할머니가 박가예요. 뭐 그렇게 평생을 남의 집구석을 위해서..."

"세상이 바뀐다니? 내 환갑 가까이 살면서 나라 주인이 바뀌는 꼴까지 봤어도, 집구석 질서가 바뀌는 건 못 봤다. 니 어매 집 나갈 때, 니 할배한테 그랬다. 며느리 혼수해온 만큼은 줘서 보내야 한다고. 그래야 니들도 먹고살 것 아닌가. 그래야 니 어매도 한이 적을 것 아닌가. 니 어매가 박가네한테 한이라도 적어야 안심하고 곳간열쇠를 맡기지 않겠는가. 그렇게 말을 해도, 니 할배는 어땠는지 아는가. 박가네 들어온 건 다 박가네 것인디, 왜 혼수가 네 어매 거냐고 하더라. 사람도 돈도 다 박가네 거. 징한 것들."

그때 할머니는 속바지 깊숙이에 감춰온 작은 뭉치를 꺼냈다. 금붙이들이었다.

"이건 어디다 잘 감춰둬라. 니 어매 나갈 때 대충 긁어주고, 나도 이제 남은 게 별로 없다. 이걸로 공부혀라. 니 어매 말이 맞다. 부잣집에 시집가봐야 그 집 종살이하는 거지. 에고, 추수한 뒤에 곡식은 보낼 수 있는디, 그래도 니 어매는 그거 팔아서 쓸 수나 있었는디, 니 주변머리에 곡식을 보낸다고 팔아 쓸 수 있겠는가."

어머니의 죽음 때문에 올라왔던 할머니는 정작 어머니에 대한 애도나 회한의 말은 짧고, 온통 박가네의 앞날과 내 삶에 대한 걱정만 늘어놓고 내려가셨다.

봉 씨와 성규 모자의 투덜거리는 소리는 끝나지 않는다. 나는 그 모습에 헛웃음이 나왔다.

'충청 갑부 박만립 장손녀? 사람들은 도대체 뭘 안다고...'

내 웃음소리에 투덜거리던 봉 씨가 입을 다물고 나를 봤다.

"이보세요. 봉 씨. 이 집이 어머니 옥 씨 부인 명의가 아니요. 이제야 알았네. 두 사람이 왜 그랬는지. 그거 때문에 이렇게 무리한 거면 진작 물어보지 그랬소. 이 집은 나랑 말련이 앞으로 돼 있소. 애당초 이 집을 살 때부터 할머니가 어머니 하고 올라오셔서 변호사까지 사서 그렇게 서류 꾸미고 공증도 했소. 딸들 재산으로 등록하느라 관청에 뇌물까지 먹이면서. 변호사비, 뇌물, 다 할머니가 대셨소. 할머니한테 가서 물어 보시오. 아버지한테도 가서 꿈 깨라고 하소. 그게 이유였으면, 이제 귀한 아들 구박덩어리 만들지 말고, 어서 좀 나가소."

변호사비와 뇌물을 마련하느라 할머니는 할아버지 몰래 땅 한 뙈기를 남한테 넘겼다고 했다. 그때 나는 무슨 돈을 그렇게 쓰나 생각했었다. 할머니와 어머니는 아마도 이 광경까지 예상했던 모양이다. 박씨 성이 아닌 예리한 두 여성의 합심이 나를 살리고 있는데, 세상은 나를 박 아무개 집안 자손이라고만 떠들어댄다.

민요 합창 연습

"지난 1년 동안 민요 합창에 대한 고민이 많았을 걸로 생각합니다. 시행착오도 겪고요. 모두 좋아요. 우리가 겪어야 할 과정들을 겪은 거니까 무의미한 시간이었다고 생각하지 말길 바래요. 우리는 민요를 부릅니다. 그런데 서양식으로 부릅니다. 그게 민요냐고요? 맞아요. 그래도 민요예요. 세계 음악계는 오선지 음계로 통일돼 가고 있어요. 조선 음악도 거기에 편승하지 않으면, 다른 나라 사람들이 이해할 수 없게 돼요. 우리는 조선인만이 아니라 서양사람들도 공감하는 조선노래를 부르는 거예요. 서양인들도 무대에 서서 부를 수 있는 조선 노래를 부를 거예요. 처음엔 민요 같지 않을 수도 있어요. 그렇지만 결국은 모두 알게 됩니다. 그게 조선 노래라는 걸."

여름방학을 코 앞에 두고, 안치용 교수가 이끄는 글리클럽의 민요 합창 연습이 시작됐다. 연습에 앞서 그는 참으로 길게도 민요 합창의 의미를 설명했다. 그는 힘이 넘쳤고, 확신에 차 있었다. 우리가 그동안 어떻게 처리할지 몰라 전전긍긍했던, 예를 들어 '꺾는 소리' 같은 조선의 음계를, 그는 간단하게 탈락시켜 버렸다. 서양의 음계로 바꾼, 그저 흉내만 낸 듯한 음을 받아들이라고 했다. 우리가 연습했던 소리를 배와 가슴으로 내는 창법도 금지했다.

'성악화 된 민요'. 그게 안치용 선생이 요구하는 노래였다. 오히려 그렇게 하자 모든 일이 단순해졌다. 음의 범주가 넓고 재량권이 많았던 조선의 창법을 포기하고, 정확한 음을 내야 하는 서양 창법으로 자로 잰 듯한 노래가 시작됐다.

소프라노, 메조, 알토가 포지션별로 오선지에 그려진 음대로 음을 잡은 뒤 화음을 맞췄다.

"상상 이상으로 좋은데요."

메리 영 선생님만 손뼉을 치며 '브라보'를 외쳤다. 안치용 선생도 고개를 끄덕였다. 그러나 참관했던 나도, 합창단도 모두 고개를 갸웃했다. 김아용이 알쏭달쏭한 눈빛을 나에게 보내고 있었다.

소프라노의 윤민숙이 겨우 말문을 열었다.

"그런데 민요로 들리나요?"

그동안 계속되어 온 질문. 오선지 음계대로 부른 후엔 항상 제기되던 질문이 또 나왔다. 사실 꺾는 소리가 없는 민요는 우리 귀에 아직 민요로 들리지 않았다. 안치용 교수가 미간을 확 찌푸리더니 성질을 부렸다.

"창법만 바꿨어요. 그래도 우리 가락, 우리 리듬이잖아요. 지금 여러분은 창법에 너무 매몰돼 있어요. 기생들이 부르는 민요도 진짜 민요 같지는 않으니까 신민요라고 부르잖아요. 이화여전생이 부르는 또 다른 민요가 탄생했다고 생각합시다. 새 노래의 탄생. 이젠 좀 기존 민요를 잊으세요."

모두의 얼굴에 의문의 표정이 떠올랐다. 메리 영 선생이 말했다.

"여러분은 조선 민요를 너무 잘 아니까 어색하게 들릴 거예요. 그런데 나한테는 너무 신선하게 들려요. 어느 곳에서도 들어본 적 없는 리듬, 그리고 황홀한 박자 감각. 우리를 믿으세요."

그렇게 몇 번을 더 맞춰보고, 첫 연습은 끝났다. 그 자리에서 나는 관전자였다. 관전자의 눈으로 보니 나쁘지는 않았지만, 어색한 느낌은 지울 수 없었다. 그 예민한 안치용 교수가 그걸 포착하지 못했을 리 없다. 그러나 그는 아무 말도 하지 않았다. 연습이 끝나고 안치용 교수와 메리 영 교수가 퇴장한 후 다들 고개를 갸웃하는 모습이었다.

김선회가 내게로 왔다. 3년 전 피아노과를 졸업하고, 지금은 한 여학교에서 교편을 잡고 있는 친구였다.

"언니, 우리 제대로 하고 있는 거 맞아요?"

"민요 창법을 포기하고 선율만 살리자는 얘기인 것 같아.

성악으로 어떻게 꺾는 소리 같은 민요 창법을 표현할 수 있겠어?성악으로 표현하자면 어쩌면 이게 최선일지도 모르지."

"물론 민요 맛을 다 살릴 순 없을 거예요. 그런데 너무 낯설잖아요."

"어떻게 했으면 좋겠어?"

그러는데 윤민숙이 왔다. 지난해 성악과를 졸업하고, 지금은 오페라단에 입단한 친구였다.

"선생님, 이렇게 하는 노래가 맞아요?그리고 안 교수님도 민요로 조선의 혼을 노래하자고 해놓고 민요를 잊으라니, 그게 말이 돼요?"

"뒷담화 말고, 노래 잘 하는 네가 대책을 좀 내놔봐."

선희가 말했다.

"민숙아, 네가 문제인 것 같아."

민숙이 발끈하며 물었다.

"무슨 말이에요."

"네가 노래를 너무 잘하잖아. 내 생각에 민요는 성악을 너무 잘하는 애들이 하면 안 될 것 같아. 너무 서양 성악 같아. 무슨 자즌산 타령이 오라토리오로 들려."

선희의 말이 곧바로 머리에 꽂혔다.

"선희야, 너 천재다. 이제 보니 그게 문제일 수도 있겠다."

민숙이 가려던 단원들을 불러세웠다.

"얘들아, 아직 안 간 사람들은 좀 있어봐."

단원들이 돌아왔다. 민숙이 성악과 출신들을 전부 빼더니 내게 반주를 부탁했다.

우리는 성악과가 빠진 채로 '자즌산 타령'을 불렀다.

노래가 끝난 뒤 모두 조용해졌다. 서로 얼굴을 쳐다봤다. 내가 먼저 소리 내어 웃었다. 그러자 일제히 까르르 웃었다. 고도의 성악 발성을 빼버리자 훨씬 더 감칠맛 나는 민요 가락이 느껴져서였다.

"완전히 민요 같지는 않지만, 오선지 음악으로도 뭔지 매력적인 민요로는 들린다."

민숙의 말에 또 한 번 까르르 웃었다.

그날 밤, 나는 집에 돌아와 단잠을 잤다.

나는 푹 자고 나왔는데, 안치용 교수는 잠을 설친 모양이었다.

'흥~, 잠을 설쳐야지. 그렇게 큰소리를 쳐놓고....'

나는 그가 고민을 털어놓기 전엔 절대로 우리가 찾은 해법을 얘기해주지 않으리라 마음먹었다. 내가 그의 책상 위에 편지를 놔두고 온 뒤, 그는 편지를 읽었네 말았네 반응이 없었다. 그러나 그의 태도에서, 나는 그가 편지를 읽고 당황하고 있다는 걸 느낄 수 있었다. 그는 찔끔찔끔 내 눈치를 보는 듯했다.

'그저 통쾌하게 사과 한 번이면 될걸, 뭘 저렇게 소심하게....'

메리 영 선생님이 나를 찾았다. 그녀는 나를 보더니 고개를 흔들어 보였다.

"에스더 선생, 아닌 것 같죠?"

"어제는 엄청 좋다고 하셨잖아요."

"용기를 준 거죠."

그러더니 악보 몇 개를 챙겨왔다.

"이거, 모두 다 방아타령이에요."

그러면서 악보를 늘어놓으며 말했다.

"무슨 방아타령이 이렇게 다양해요? 그래서 생각해 봤는데, 이걸 하나의 곡처럼 모으는 거예요. 3부 합창을 기본으로 하되, 솔로 파트와 4부로 성부 변화도 주고, 완전히 선율이 다른 노래들을 모아서 하나의 방아타령을 이루는 거죠. 전혀 다른 노래인 것 같은데, 모두 하나의 노래. 너무 흥미롭지 않아요?"

나는 악보들을 뜯어봤다.

"민요는 그렇게 부르기도 하죠. 재량권이 많은 노래니까요. 그런데 지금은 우리가 부를 곡보다 창법이 더 문제 아닌가요?"

"악곡에 변화를 줘서 창법의 문제를 해결해볼까 하는 생각을 해본 거죠."

'아이고! 이건 또 무슨 소리냐.'

여하튼 혼돈의 시기였다. 각자 자기가 무슨 말을 하는지도 모르면서 하고 있는 것 같은 느낌이었다.

"교수님, 어제 교수님들 나가시고, 저희가 다시 연습해 봤어요. 김선회가 자즌산 타령이 오라토리오처럼 들린다고 말하는 바람에 성악과를 다 빼고 노래를 불러 봤어요. 그랬더니 오히려 창가가 더 좋았어요. 민요를 서양식 창법으로 리듬과 선율만 차용해도 새로운 민요처럼 들리긴 하더라고요. 그런데 성악의 여러 발성 기교가 섞이면 너무 낯선 노래가 되는 것 같아요. 그래서 성악과 학생들도 너무 열심히 부르지 않도록 자제했더니 노래가 섞였어요. 오히려 성악적 기교를 빼고, 좀더 평범한 창법으로 노래하면서 소리의 조화를 만들어보면 어떨까요?"

메리 영 선생의 눈이 반짝였다.

"다음 연습이 언제죠?"

"토요일이죠."

"안치용 선생님하고 얘기해 봐야겠어요."

"네. 알겠습니다. 아, 그리고 선생님, 방아타령 아이디어가 좋은 것 같습니다."

그로부터 문제는 하나씩 풀리기 시작했다. 글리클럽 단원들은 "나만 믿으라."고 단언하는 안치용 교수만 믿지는 않았다. 그들은 계속해서 나타나는 문제들에 해답을 내기 시작했다. 그리고 창법 문제는 이 해답들 속에서 풀려가기 시작했다.

여름방학이 시작되었지만, 글리클럽은 방학 중에도 몇 차례의 연습을 진행했다. 10월 리전음악회 공연에서 부를 노래를 정하기 위해 메리 영 선생님과 안치용 교수가 치열하게 편곡에 매달렸다. 편곡은 수시로 바뀌었다. 같은 곡조인데도 지난 시간에 연습했던 선율이 다음 시간에는 또 다른 선율로 바뀌어 있기 일쑤였다. 우리는 노래를 부르면서 선율을 만들어 갔다.

서양음악처럼 작곡가가 곡을 만들어 연주자들이 익히는 방식이 아니라 노래를 부르다 말고 음률을 바꿔 악보를 다시 쓰기도 했다. 민요를 서양음악처럼 표준화하자던 계획은 조금씩 조선의 방식에 적응하기 시작했다. 연주자들이 작곡과 편곡에도 관여하는 방식. 참 조선다운 방식이었다. 메리 영 선생님이 편곡자로 나섰던 '방아타령'은 그렇게 여러 손과 입을 거치며 완성됐다.

방아타령

요 몇 년래 이렇게 상쾌하고 들뜬 기분으로 새 학기를 맞은 적이 없었다. 방학 기간에도 달린 덕에 우리는 드디어 '민요합창'의 골격을 잡게 되었다. 연주곡은 '방아타령' '이팔청춘가' '아리랑' 세 곡으로 정했다. 모든 것이 순조로웠다.

개학 직후부터 리전음악회 준비가 본격적으로 시작됐다. 10월26일, 경성공회당. 조선에서 최고의 공연장으로 꼽히는 곳이다. 이화여전은 음악 전문 고등교육기관으론 조선에서 최초로 인가된 학교였다. 그래서 졸업 연주회인 '리전음악회'는 단순히 학생들의 아마추어적 연주회를 넘어서는 것이어야 했다. 음악과 조교들은 모두 리전음악회 준비 요원으로 자동 편입됐다. 조교마다 각각의 임무가 주어졌다. 나는 매표 관리 업무를 맡았다. 여기에 내가 담당하는 글리클럽 공연 준비는 당연히 해야 한다.

담당 교수와 공연 에이전시가 함께 모여 입장표 가격을 정했다. 1원 50전과 1원짜리 표로 나누고, 학생들에게는 50전을 받기로 했다. 지난해보다 올린 금액이었다.

"학생 50전. 작년엔 30전이었는데 너무 올린 거 아닐까요. 설렁탕이 10전 하는데 학생들한테 50전은 좀...."

내 말에 입장표 에이전시는 "더 올려도 됩니다. 리전음악회는 매년 인기가 치솟고 있으니까요. 금세 다 팔릴 거예요."라고 말했다. 실제로 매표는 순조롭게 진행되고 있었다.

글리클럽엔 일이 쌓여 있었다. 무대의상을 정하는 일이 시급했다. 기존의 의상들을 점검했다. 대개는 분홍 치마에 흰 저고리, 검정 치마에 흰 저고리, 흰색 드레스를 주로 입었다. 글리클럽 단원들은 이 정도 의상은 기본적으로 가지고 있었다. 의상 제작에 돈을 쓰지 않는 방법으로 가장 적당한 것은 검정 치마에 흰 저고리를 입는 것이었다. 이 의상이 모든 곡에 딱 떨어지지는 않지만, 그래도 이팔청춘가가 있으니까. 뭔가 내내 찜찜하긴 했지만, 그냥 이대로 가야겠다고 내심 정해놓고 있었고, 단원들과도 대략 무언의 합의에 이르러 있었다.

방 문 두드리는 소리가 들렸다. 김아용의 난처한 표정이 먼저 쑥 들어왔다. 그 뒤엔 흰색 두루마기를 차려입은 노인과 그의 며느리로 보이는 사람이 함께 있었다. 그들이 모두 글리 클럽 동아리 방으로 들어오기도 전에 노인이 소리쳤다.

"이화여전이 기생 양성소여?"

나는 어정쩡하게 일어나 노인과 아용과 그 옆의 중년 여인을 번갈아 쳐다봤다. 노인은 계속 기세를 높였다.

"도대체 네가 어떤 집안에서 자라 교육받았는지는 모르겠으나 우리 정한이는 안 된다."

"정한이요?"

"그려. 유정한"

"아, 예, 그 정한이요."

유정한은 글리클럽 메조 단원인 가사과 학생이었다. 중년 여인이 말을 받았다.

"아니, 여학생들이 무대에 서서 타령을 부른다면서요. 경천동지할 일이지요. 반듯한 양갓집 규수를 세워서..., 무슨 기생도 아니고"

노인은 지팡이로 바닥을 쾅쾅 내리치며 나를 위협하듯 말했다.

"네가 꼬셔냈다매."

"아이, 아버님, 그래도 선생님께 반말하시는 건 좀...."

"내가 인륜도 모르는 금수 같은 것헌테 존대해야 것냐. 학생들 공부시켜서 요조숙녀 만드는 게 학교지. 어디 돼먹지 않게 기생질을 시키는 거여."

'어쩐지 이렇게 순조로울 리가 없지.'

"정한 학생은 합창단에서 여러 차례 무대에서 노래했어요. 지난주 개학 기도회에서도 합창했는데요. 혹시 합창하는 걸 모르셨어요?"

"그것하고 그것이 같은가?"

"그것하고 그것이라뇨?"

"아, 무대에 서서 찬송가 부른 것하고, 타령 부르는 게 같냐 말이지."

"다를 게 뭐죠?"

"교수들은 다 어디 갔나. 책임자 나오라고 해. 말귀도 어두운 젊은 계집하고 내가 뭔 말을 섞겠어."

이미 우리 방문 앞엔 구경꾼들이 빽빽했다. 잠시 후 정한이 허겁지겁 달려왔다. 할아버지는 정한을 보자마자 소리부터 냅다 질렀다.

"내, 오늘 경성 왔다 기절초풍하는 줄 알고, 이리 달려왔다."

정한은 곧바로 무릎을 꿇었다. 할아버지는 거의 폭주했다.

"내, 이 학교가 요조숙녀 만들어 시집 잘 보낸다 하기에 들여보내라 했지, 무대에 세워서 기생질시키는 덴 줄 알았으면, 어찌 보내라 했겠냐. 당장 때리치라."

정한의 어머니까지 무릎을 꿇었다. 노인은 나를 흘끔 봤다. 그의 눈빛엔 '너도 빨리 꿇으라.'라는 무언의 암시가 담겨 있었다. 도대체 이 노인은 뭘 믿고 이렇게 무례한지 모르겠다. 나는 정한에게로 가서 그녀를 일으켜 세웠다. 그리고 치마를 털어줬다.

"정한아, 다 모시고 나가라. 그리고 네가 무대에 설 수 있는지 없는지만 곧 알려줘. 안 서도 되니까 부담 갖지 마라."

그러고 나서 나는 내 책상으로 돌아와 앉아서 등을 돌린 채 그 일가에는 눈길을 주지 않았다. 그러나 내 안에선 큰 떨림이 올라오고 있었다. 사실은 무서웠다. 이건 시작에 불과할지도 모른다. 내가 처음 '민요 합창' 얘기를 들었을 때도 기생을 연상했었다. 아마 모두 그럴 거다. 실은 내내 이게 마음에 걸렸다는 걸 고백하지 않을 수 없다.

등 뒤의 소란스러움이 대충 정리되는 걸로 보아 정한의 일가가 돌아간 모양이라고 생각했다. 잠시 후 또 노크 소리가 들렸다. 문을 열어보니 처음 보는 남자가 서 있었다. 기분 나쁜 기운을 풍기는 남자였다.

"누구십니까?"

"저, 이화여전 담당입니다."

"예?"

"종로경찰서 정보과, 이화여전 담당이라고요."

"아, 예, 무슨 일이십니까?"

그는 대답도 하지 않고 방으로 들어왔다. 그러더니 대뜸 물었다.

"민요를 준비하십니까?"

"예."

"아니 왜요? 여기가 기생 양성소도 아니고...."

그러더니 이 웃기지도 않은 말에 낄낄거리고 웃더니 손을 흔들며 말한다.

"아니, 농담입니다. 그런데 왜 이화여전 학생들이 민요를 부릅니까?"

나는 순간적으로 둘러댔다.

"저희 메리 영 교수님께서 방아타령을 편곡하셨습니다. 서양 선교사가 조선 노래를 편곡하고, 흐뭇하신 나머지 저희한테 좀 불러달라고 하셨거든요."

"아, 선교사가 민요를? 그분이 찬송가에 싫증이 났나?"

그러더니 또 이 웃기지 않은 말에 낄낄거린다.

"뭐가 문젭니까? 요즘 총독부에서도 조선 민요 채보를 하고 있다고 들었는데요. 신민요도 유행이고."

"문제라는 건 아니고요. 그냥 궁금해서. 알겠습니다. 계속 관심 있게 지켜보겠습니다."

나쁜 전망은 빗나가지 않는다. 합창 연습이 순조롭게 진행되어 민요가 서양식으로 불러도 이렇게 조선의 맛이 살아날 수가 있나 감동하면서도, 가슴 속에서 뭔지 모르게 꼬물거렸던 불안감이 실체를 드러내고 있었다. 나는 글리클럽 계획안을 다시 들여다 봤다. 무대의상 칸에 적어놓았던 '흰 저고리 검정 치마??' 라는 메모를 지웠다.

이 의상이 전투적으로 보일 수 있겠다는 생각이 들어서였다.

흰 저고리 검정 치마는 우리 시대 신여성의 상징적 차림새였다. 또 지난 만세운동에 참여했던 신여성들의 옷차림이었던 터라, 그 평범한 차림새에 비해 저항적 여성이라는 이미지가 덧씌워 있었다. '민요'는 그 자체로 이미 이목을 집중시키고 있는데, 거기에다 대놓고 싸우자는 인상까지 남길 수는 없었다.

'분홍 치마는 당연히 안 되고, 흰 드레스는 말도 안 되지. 타령하면서 웬 드레스....'

혼자서 생각을 쪼고 있는데 안치용 교수가 방으로 들어왔다. 내가 아직 선생님들께 보고도 하기 전인데 이 일이 벌써 알려진 모양이다.

"박 선생님, 정한이..."

"정한이야 무대에 못 서면 그만이죠. 스물여덟 명이나 스물일곱이나 스무 명이나 합창은 다 가능합니다. 그보다 종로경찰서 정보과 형사가 다녀갔습니다."

안 교수는 입을 다물었다. 그러곤 정신 사납게 방안을 왔다 갔다 했다. 그래도 이 골치 아픈 상황에 얘기할 상대가 안 교수밖에 없었다. 그 정신 사나운 와중에 나는 생각이 정리돼서 불쑥 말했다.

"무대의상을 바꿔야겠어요."

정신이 산란하여 일찌감치 집으로 돌아갔다. 또 자물쇠가 열려 있었다. 나는 고개를 끄덕였다.

'그럼 그렇지. 어째 개학을 했는데, 안 온다 했다.'

나는 또 한 번 일전을 치르기 위해 나의 고갈된 에너지를 저 밑바닥에서부터 다시 끌어 올리고 있었다. 문을 벌컥 열고 들어갔다. 그런데 대청마루엔 할아버지와 할머니가 앉아 계셨다. 할아버지는 몇 년 전 세브란스 병원에 입원하셨을 때 한 번 찾아뵌 후 처음이었다. 나는 절을 올리고, 집에 있던 잎차를 우려냈다. 할아버지는 차를 한 모금 마시더니, 이내 탁 내려 놓으셨다.

"도대체 이게 몇 년 묵은 이파리냐. 이런 것밖에 먹을 게 없나. 너는."

나는 대꾸하지 않았다. 할아버지는 한참 입을 다물고 있다가 불쑥 말을 꺼냈다.

"내, 분재할라 한다."

"예? 분재라뇨?"

"보시게, 그것 좀 꺼내오게."

할아버지가 할머니한테 뭔가 시키니 할머니는 보따리에서 서류 봉투 하나를 꺼내 상 위에 두었다. 할아버지는 봉투 안에 있던 서류를 꺼내서 내 앞에 디밀며 말했다.

"선리, 현리 땅 니랑 말련이 앞으로 해놨다. 정미소도 니들 가져라. 선리 땅 한 뙈기가 없어져서 물어봤드니 니 할미가 이 집, 니들 앞으로 해주느라 뇌물 썼다 하드라. 잘했소 했다."

"에? 아니, 왜요? 여자 앞으로도 땅 분재가 돼요?"

"뇌물 앞에 장사 읎다. 법 하는 늠들도 다 지들 뇌물 챙기려니, 빈구석 하나씩은 마련해 둔다. 뇌물이면 그 빈구석이 살구멍이 되지 않는가. 너도 재산 지킬라면 이런 요령은 알아야 헌다. 고지식하게 산다고 누가 밥 안 준다."

"제가 여기 앉아서 땅을 어떻게 하라고요. 게다가 정미소는 또 어떻게...."

"그래도 농사짓는 고을서 정미소만큼 돈 되는 것도 읎다. 내 살아있는 동안은 내가 계속 관리할 것이고, 그래도 앞으로는 니가 연 두서너 번은 내려와서 눈도장 딱 찍어야 한다. 사람을 믿을 수가 있나. 내 앞선 다 쥐 죽은 듯해도, 내 죽으면 또 어찌 변할지 알 수 없는 게 사람인 것이고. 그리고 선현리는 바로 읍내랑 접해 있고, 내 중등핵교까지 세워줬고, 거기에 니가 고등핵교도 하나 지어서 교장 해라. 그럼 누가 감히 니를 업신여긴다냐."

"갑자기 왜 이러세요?"

"내, 일흔 넘게 살았는디, 박가에선 제일 장수 아닌가. 언제 갈지도 모르고. 느그집이나 셋째네 집이나 아들이라곤 다 서출밖에 없고, 곳간열쇠 물려줄 며느리도 없는디, 내 죽고 나면 박가가 계속 온전하겄냐? 내 연전에 세브란스에 입원해 보니, 말련이 명성이 장난이 아니드라. 박가야 땅 부자지, 워따 그렇게 크게 명성을 떨친 자손이 있었간디. 게다가 바다 건너 미국서도 말이다. 세상도 변했고, 딸이라 혀도 갸가 박가지, 남의 집 자손이다냐? 그라고 여자가 돼겄고, 그리 존경받을 수가 있나.

그 젊은 아그가 말이다. 재산, 딸 안 주는 거야 내 재산으로 남의 집 일궈줄 필요 없으니 그런 건디, 내 보니 너하고 말련이한텐 줘도 박가 재산 박가 거지, 호락호락 남의 집구석으론 안 가겠더구먼."

"그럼 말련이를 도와주셔야죠."

"내, 만주로 사람 놔서 어찌 사나 알아봤다. 형편없는 진료소 하나 열어 근근이 산다 하드라. 그래서 만주에 3층짜리 건물 하나 사서 1층은 병원 하고, 2층은 입원실 하고, 3층은 살림집 하도록 했다. 그라고 복순 어매가 자식들 다 시집장가 보내고, 남편도 죽고 혼자 돼가, 혼자 여 있음 뭐하냐며 간다 하기에 침식이나 챙겨주라고 보낼라 한다. 갸가 박만립이 손녀 거 모르는 사람 어딨다냐. 내, 그 일 먼저 처리했다."

어안이 벙벙했다. 이 구두쇠 노인한테 도대체 무슨 일이 일어난 건지 궁금했다. 할머니가 상 위에 흩어져 있는 땅문서 서류들을 주섬주섬 챙기더니, 마치 할아버지가 다시 뺏을까 걱정스러운 양 내 품에 턱 안겼다.

"어여 챙겨. 이런 건. 아이고 숭악한 것들. 이 코딱지만한 집 하나 뺏겄다고 그것들이 작당을 혀서. 이제 안 올 거여. 니 할배가 단단히 주의를 줘놨어."

"박가가 원래 여자를 좋아한다. 니 증조 할배도 여기저기 씨를 뿌려서 내 그것들 땜시 을매나 고생했는지 안 디야? 내, 아주 결심을 했다. 이복 핏줄은 안 만들겄다고. 내, 니 어매가

을매나 흡족했는지 아는가. 원래 박가네야 똑똑한 안방마님 덕에 대를 물려온 것인디. 니 할매 전귀화 여사야 말할 것도 읎고, 우린 원래 며느리 들일 때, 집안도 얼굴도 안 보고 똑똑한 것만 본다. 그랬는디 아들 새끼들은 어째 다 저 모양이고, 제일 잘났던 내 큰아들은 그리 젊어 횡사허고, 자손으론 낙이 없드만, 어찌 손녀딸이 이리 풍풍광광하게 이름을 날린다니. 내가 핵교 지을 때도, 이화여전에서 선생하고 있는 니도 교장감이지 않은가. 다 너랑 말련이 있어서 하지 않았는가."

나는 그저 멍한 상태였다. '쿵'하고, 묵직한 것이 떨어진 뒤 꼼짝도 않는 상태. 그때 머릿속엔 '어머니'만 떠올랐다.

"내 딸들 공부시켜 박가네 코를 납작하게 해줄 거야. 감히 딸이라고 입도 뻥긋 못 하게 만들 거야."

어머니는 입버릇처럼 그렇게 말했다. 그건 자신을 향한 주문 같은 거였을 거다. 몸이 약했던 어머니는 극성스럽게 딸들 교육에 모든 것을 바쳤다. 학교 자모회에서도 궂은일은 도맡아 처리하고, 타국살이하는 선교사들의 입성부터 먹을거리까지 살뜰하게 챙겼다. 박말련은 천재 소녀이기도 했지만, 어머니가 뒷배로 든든하게 버티고 있어서, 선생님들이 더 각별하게 챙긴 대목도 있다는 생각이 들었다. 어머니가 옳았다.

정미소 문서가 눈에 들어왔다.

"정미소가 결국은 쌀 방아 찧는 곳이죠?"

할아버지가 말했다.

"요즘 다 기계로 혀. 누가 방아 찧냐. 내가 다 신식으로 젤 좋은 기계 들여놨어. 우리 땅뿐 아니라 인근에서 쌀농사 지어서 다 우리 정미소로 와."

"아뇨. 그냥 방아타령. 왠지 운명인 것 같아서요."

"뭔 소리랴. 방아타령은 또 뭐여."

"아니에요."

그러다 문득 할머니의 옷이 눈에 들어왔다. 흰색 모시 적삼과 치마 차림이었다.

"할머니, 그래도 9월인데 왜 모시를 입고 계세요?"

"어제 을매나 더웠간디. 그라고 기차 타고 올 틴디 시원하게 입어야제."

'그래. 아낙들이 방아 찧으러 갈 때 입는 옷 있잖아. 흰색 치마 저고리.'

리전음악회

"소복을 입는다고? 여름철 모시옷 정도라면 몰라도, 가을에 웬..."

음악과 조교들과 모여 점심 도시락을 까먹으면서 합창의상에 관한 내 생각을 얘기했다. 그러자 대략 첫 반응이 이랬다. 실제로 조선 여인에게 흰옷은 과부이거나 백성 아낙이 입는 옷이었다. 양갓집 규수들, 이화여전 학생들이 아래위로 흰 치마저고리를 입는다는 건 왠지 상상이 안 갈 법도 했다.

"내, 반응, 이럴 줄 알았어."

"그러잖아도 타령 부르는 건 용납할 수 없다며 합창단에서 딸 빼가는 부모들도 나오는 판에 소복까지 입는다는 건 좀."

나는 그림까지 그려가며 무대의상을 설명했다.

"소복인데, 과부 소복이나 백성 옷하고는 달라. 흰색 치마를 종아리까지 오도록 깡똥치마로 만들고, 흰 커버 양말을 신고,

검은색 양장 구두를 신는 거야."

그러나 모두 고개를 갸웃했다.

"아니, 그럼 방아 찧으러 가면서 분홍색 치마 입을 거야? 아니면, 신여성처럼 검정 치마 입어?"

내 말에 피아노과 조교 메리가 조심스럽게 말했다.

"언니, 단원들하고 먼저 얘기해 보세요. 왠지 그렇게 입어도 소복은 소복인 것 같아서."

"나도 그럴 거야. 그냥 사전에 반응 조사 좀 해봤어."

이들 반응을 보니, 이 뜻을 관철하려면 뭔가 단단한 준비가 필요할 걸로 보였다. 나는 합창단 파트장들과 임원들을 모아 회의했다.

먼저 내가 그린 무대의상 그림을 보여주면서 말했다.

"이런 의상이 어떨까 해."

"소복이네요. 그런데 왜 이런...."

선희가 먼저 반응했다. 그런데 뜻밖에도 영문과 졸업반 학생으로, 글리클럽에서 알토 파트장을 맡고 있는 지주영이 나섰다.

"그게 딱 맞네요. 방아 찧으러 가는 백성들의 차림이기도 하고, 그러면서 치마 길이를 조절하고, 신발로 포인트를 줘서 이화여전의 이미지도 살리고요. 방아타령이 메인 송인데, 그거 부르면서 분홍 치마를 입겠어요. 검정 치마를 입겠어요."

'오, 애는 내가 하려던 말을 다 하네.'

순간 감동했다. 나는 한참 논쟁을 벌이고, 이러쿵저러쿵 말이 많을 걸로 생각했는데, 의외로 별 논란 없이 순탄하게 의상에 합의가 됐다. 오히려 그게 너무 어이없었다.

"그럼, 빨리 의상 제작에 들어가죠. 우리 오페라단 무대 의상 하는 바느질집 잘해요. 거기로 제가 섭외할게요."

윤민숙이 바느질집부터 의상 제작 일정까지 다 짰다. 의상 시안이 결정되자마자 이 유능한 단원들은 일사천리로 일을 진행시켰다.

"주영아, 덕분에 일이 수월했다. 나는 반대가 엄청 많을 줄 알고 마음의 준비를 단단히 했었거든."

"선생님, 종로서 정보과 형사들이 쑤시고 다니는 건 아시죠? 될수록 시골 아낙으로 보이도록 꾸미는 게 좋을 것 같아요."

"미친것들, 민요 한 곡 부르는 걸로 호들갑이야."

"선생님도 이게 민요 한 곡이 아니라는 건 아시잖아요. 우리는 이미 저들의 사정권 안에 들어갔어요."

"어떻게 하면 좋겠니?"

"밀고 나가야죠. 순진무구한 얼굴로 영혼 없이 해맑게, 아무것도 모르는 척하면서, 우리는 그저 노래 부르는 건데요, 헤헤헤..., 이런 전략."

"통할까?"

"결국은 안 통하겠죠."

"그런데 왜 그래야 하지?"

"버틸 수는 있을 테니까요. 한동안, 어쩌면 좀 더 오래. 서로

속고 속이는 거죠. 일본 놈들한테 정직해지는 건 민족을 파는 일이에요. 속일 수 있을 때까지 속여야죠."

나는 그때 지주영이라는, 그 친구를 다시 보게 됐다. 그녀는 광산 갑부집 딸이어서 그저 좋은 집에 시집가는 일에만 신경 쓰는 처자로 생각했었다. 그때 순간적으로 가슴이 덜컹 내려앉았다. 지나치게 영민한 친구들을 보면, 내게 일어나는 반응이었다. 나는 말련과 관순처럼 똑똑한 여성들을 통해, 지나치게 영민한 여인들이 얼마나 고단한 인생을 살아야 하는지 알고 있었기 때문이다. 이토록 영민함이 그녀를 얼마나 힘든 길로 끌고갈까. 걱정스러웠다. 우리는 그런 시대에 살고 있었으므로. 그녀의 얼굴 위로 유관순, 박말련의 얼굴이 지나갔다.

한동안 나를 고심하게 했던 무대의상 문제는, 그러나 시작에 불과했다. 메리 영 과장실 조교가 와서 나를 찾았다.

"지금, 교장실로 좀 가보세요."

"무슨 일?"

"리전음악회 후원 문제로 기독교 원로들과 이사님들이 교장실에 와 계시는가 봐요. 글리클럽 공연 때문에."

"그럼 안치용 교수님이 가셔야지. 방에 계실걸."

"저, 아펜젤러 선생님께서 안 교수님은 계셔도 안 계시는 거니까 박 선생님이 오시라고…."

알아들었다. 뭔가 골치 아픈 문제가 생길 모양이다.

'아, 정말 성질은 드럽고 볼 일이다.'

분명 안 좋은 얘기들이 오갈 듯하니, 안 교수는 못 오게 한 거다. 가만히 듣고 있을 사람이 아니니 말이다. 나는 투덜거리면서 교장실로 갔다.

교장실엔 교장 선생님과 영 교수님, 그리고 학교 보직 교수 두어 분과 검정색 무명 두루마기 차림의 기독교계 어른 세 분이 계셨다. 그중 갓을 쓰고 계신 분이 기독교단에서도 여전히 상투를 고집하는 이순근 목사님으로 보였다. 다른 두 분은 하이칼라 머리에 두루마기 차림이었다. 그분들 앞에는 검은색 중절모가 놓여 있었다. 그때 그분들을 보며, 뜬금없이 '왜 남성들은 실내에서 갓은 쓰고 있는데, 중절모는 벗어놓을까?'하는 궁금증이 일었다. 그렇게 본질에서 벗어난 생각 속에 헤매고 있을 때 목소리가 들렸다.

"우리가 합창이라 함은 대략 성스러운 찬송가가 불려지기를 고대하는 바가 큰데, 그와는 다소 다른 이야기가 들려 당황스러운 마음에 여기까지 확인하러 왔는데, 메리 영 교수님은 미국 선교사인 터라 정확히 그 노래의 의미를 모르셨고, 그렇다면 조선인 조교가 노래의 위상을 제대로 알려드려야 했음에도 불구하고 그리하지 아니하여, 그 문화적 맥락을 이해할 수 없는 상황에서 사회적 통념에 위배되는 일을 하려는 잘못된 시도가 진행되고 있는 것으로 보이니, 이것이 어찌 심히 걱정되지 않는 일이라 할 수 있겠습니까."

하이칼라 어른이 말했다. 나는 메리 영 과장님을 쳐다봤다. 그분은 아무것도 모르겠다는 듯한 가장된 순진무구한 표정으로 나를 쳐다봤다. 대략 분위기를 보고 파악됐다. 영 교수님은 자신이 외국인임을 앞세워 타령을 그저 아름다운 조선의 노래로만 웅변한 것으로 보였다. 이에 대해 어떻게 답변해야 정답일까. 그저 알 수 없었기에 입에서 나오는 대로 지껄였다.

"찬송가 합창이야 이화여전이 가장 잘하는 분야이고, 그동안 계속 진행해온 것이기에 이번에는 조금 분위기를 쇄신하기 위해 새로운 시도를 해보았습니다. 특히 이번에 분위기를 바꿔야 하는 이유가 입장권료를 조금 높게 올리다 보니, 더욱이 새로움을 선사해야 한다는 강박이 있더군요. 또 방아 타령은 추수의 기쁨을 노래하는 백성의 노래로 그 내용이 대단히 희망적이고 건전합니다. 이 노래는 메리 영 교수님께서 그 건전하고도 다이내믹한 기운에 감명 받으셔서 직접 편곡하신 첫 조선의 노래라는 점에서 의미가 있습니다."

영 교수가 눈을 동그랗게 뜨고 쳐다봤지만, 모른 척하고 무시했다. 실제로 이 곡을 제안한 건 영 교수가 맞지만, 편곡엔 안치용 교수와 많은 합창단원이 달려들어 공동 작업을 해서 윤곽을 잡았던 터였다. 그러나 나는 일본 경찰에게도 그렇고, 대외적으로도 모두 영 교수님의 편곡으로 소개하고 있었다.

"그렇군요. 한데 방아타령 말고 또 다른 타령도 있다고 들었는데요. 이팔청춘가? 아니, 제목부터가 품위없고 음탕하기까지."

나도 짜증이 확 났다. '무슨 교계 지도자들이 이팔청춘이라는 말만 듣고, 음탕이라니. 도대체 저 머릿속엔 뭐가 들어있는 거야.'

그러나 말은 곱게 했다.

"가사가 얼마나 해맑은데요."

그러나 그들은 말을 빙빙 돌려 계속 새로운 문제를 끌어냈다. 나는 그들이 '이팔청춘가'보다 '아리랑'에 문제를 제기하고 있는 것이라는 걸 알았다. 연전 나운규 선생의 영화 '아리랑' 발표 후 민요에 대한 일제 당국의 검열이 강해졌고, 특히 '아리랑'은 그 자체로 불온한 말처럼 인식되고 있었다. '아리랑'은 그렇게 모두에게 껄끄러운 주제였다. 그래서 '아리랑' 얘기는 꺼내지도 않고 애먼 '이팔청춘가'만 잡고 있는 것이었다. 결국 내가 먼저 꺼냈다.

"우리가 나운규 선생의 '아리랑'을 보면서야 처음으로 그 노래가 그렇게 처연하고 비극적이라는 걸 생각하게 됐지요. 하지만 실제로 조선에 얼마나 많은 아리랑이 있으며, 신명나는 아리랑은 또 얼마나 많은지요. 우리가 공연하려는 아리랑도 바로 어깨춤이 절로 나는 우리의 아리랑 가락을 알리려는 의도도 있습니다."

아리랑 얘기가 나오자 대화는 뚝 끊겼다. 이순근 목사님이 침묵을 깼다.

"그 충정을 이해는 합니다만, 리전음악회는 우리 교계에서도 중요한 행사이고, 교단 전체로 보아 우리에게 무엇이 유리할지

심사숙고해야 할 문제이기도 하고…."

모두가 말을 빙빙 돌리는 바람에 정확한 의미를 파악하기 어려웠다. 이내 선생님들이 나에게 나가보라고 말씀하셨다. 어른들끼리 남아 더 논의할 문제가 있었던 모양이다. 그 후 무슨 우여곡절이 있었는지는 모른다. 어쨌든 합창 레퍼토리는 '어메이징 그레이스'와 '방아타령'으로 최종 결정됐다.

음악회 레퍼토리가 확정된 날, 합창단원들은 모두 그 확정안 문건에서 눈을 떼지 못했다. 그들은 왜 이렇게 갑자기 바뀐 거냐고 물었다. 그러나 실은 나도 알 수 없었다. 누구도 내게 얘기해주지 않았다. 교수님이 사는 세상과 조교가 사는 세상은 달랐다. 교수님이 내게 설명해줘야 할 의무는 없었다. 그들이 결정하면, 우리는 실행하면 그만이니 말이다.

나는 가사과 뒤편에 있는 정자에서 문복과 점심 도시락을 함께 먹으며, 이번 음악회 문제에 관해 이야기했다.

"그래도 방아타령은 살았잖아. 그럼 됐지. 여하튼 시작은 하는 셈이네."

문복 말을 듣고 보니, 또 그럴듯했다. 그동안 겉으로는 평온함을 가장하고 있었으나, 내 속에선 뭔가 폭발하지 못한 것들이 들끓고 있던 터였다. 문복의 얘기를 들으니 시름 하나가 툭 떨어지는 느낌이었다.

"그러네. 문복이 너 굉장히 긍정적이고 낙천적이구나. 다른 건 달라지지 않았지만, 내 마음은 좀 달라진다."

그러는데 어디선가 "선생님!" 하는 발랄한 목소리가 들렸다. 장옥분. 그녀가 손을 흔들며 우리가 있던 정자로 올라오고 있었다. 나는 벌떡 일어나 옥분을 맞았다. 오랜만에 본 옥분과 안부를 물으며 회포를 풀고 있는데, 옥분이 내 등 뒤에 대고 인사했다. 돌아보니 마치 교수였다. 나는 정말 무의식적으로 옥분의 팔을 잡아끌어 내 등 뒤로 숨겼다. 미소 짓던 마치 교수의 표정이 급격히 무너졌다. 그러곤 등을 휙 돌리더니 가버렸다.

옥분이 눈을 동그랗게 뜨고, 나와 문복과 마치 교수를 번갈아 보았다. 훈훈했던 분위기는 금세 냉각됐다. 옥분을 보내고 나자 문복이 말했다.

"에스더, 너, 너무 티 냈어."

"뭐, 그러면 안 되니?"

"10년이나 지난 일이잖아. 그래도 미스 마치 교수가 옥분이를 얼마나 챙기는데. 그걸 보면, 또 저분 마음속에도 풀어지지 않은 응어리가 있는 게지 하는 생각을 하게 돼."

"아무리 네가 같은 과 교수여도 잊지 말아야 할 일을 잊거나 용서하지 말아야 할 걸 용서해선 안 돼."

어머니 장사를 치르고 뒤늦게 복교했을 때 본 마치 교수 모습이 눈에서 떨어지지 않는다. 그녀는 눈을 희번덕대며 "이화 학동들이 폭도가 되면 안 된다. 폭도들을 벌하지 않는 나라는 없다."고 강변했었다.

'폭도?다만,평화롭게 만세를 불렀다는 이유만으로 옥에 갇히고,죽을 만큼 맞고 있는 동무들이 폭도라고?이화 학동들에게 조선인임을 포기하라는 말인가?'

나의 의문은 커져 갔다.선교사 선생님들은 조선에는 관심이 없었다.그들은 다만 '이화'의 문패를 지켜내기 위해 고군분투하고 있었다.조용히 고군분투하는 사람들도 있었고,학동들에게 "분란에 휩쓸리지 말라."며 집요하게 강요하면서 고군분투하는 사람들도 있었다.마치 선생님은 자신이 주임을 맡았던 고등과 1학년 학생들이 다수 투옥된 상황에서도 구명을 위한 청원에도 나서지 않았다.많은 학생들이 "제발 학교가 나서 달라."고 울며불며 간청해도 듣지 않았다.

"마치 선생님이 언젠가 이런 얘기를 하더라.일본 놈들 손에서 이화를 지키고,남은 선량한 학생들을 지키려면 어쩔 수 없었다고.그리고 감옥에 있는 학생들을 위해 항상 기도했다고."

"기도?그 아이들이 하나님한테 체포됐어?사람들이 저지른 일을 사람들이 먼저 해결하려고 행동해야지.할 수 있었던 어떤 일도 하지 않으면서 기도했다는 게 면죄부가 돼?그리고 뭐?나머지 선량한 학생들?감옥에 갇힌 학생들은 선량하지 않았어?그 아이들이 나쁜 짓하다 잡혀 갔어?진짜 위험한 게 나머지 학교 울타리 안에 있던 학생들이었어?왜 자기가 그들을 지켜.

모든 사람은 각자에게 자기 인생이 우주의 전부야. 그런데 자기가 뭐라고 머릿수로 인간의 일을 결정한다니. 너는 다 잊은 거야? 저 사람 머리통 속에 든 거라곤 제자들 시집 잘 보내서, 그 잘난 선교 가정 수를 확확 늘려 바자회 때 모금 빵빵하게 땡기는 거 외엔 없어."

"지금 생각해 보면 마치 교수도 그때 지금 우리 나이보다 몇 살 더 먹은 정도였잖아. 뭘 알았겠어. 두려웠겠지."

"두려웠겠지. 그래. 돕지 않은 건 그럴 수 있어. 겁먹은 사람이 어떻게 남까지 생각하겠어. 이해해. 그렇다고 해서 막말을 하면 안 되지. 해야 할 말과 입 밖에 내선 안 될 말이라는 게 있어. 저 사람은 관순이와 우리 동무들을 '폭도' 라고 했어. 그런 말을 해선 안 되는 거야. 말은 입 밖에 내놓는 순간 쏟아져 버린 물처럼 주워 담을 수 없어. 너, 아무리 저 사람과 계속 같이 지낸다고 해도, 저런 무리를 동정해선 안 돼. 더구나 나한테 저 사람을 위해 이해를 구해도 안 되고. 너, 어떻게.... 넌 어떻게 혀끝에만 하나님을 올리고, 장황한 수다로 자기를 미화하는 저런 인간을 참고 이해하라는 말이야? 정말 도움의 손길이 필요했던 건, 투옥돼 있던 내 동무들이었잖아. 그런데 걔들을 폭도라고 몰아 붙였던 저 인간을?"

"그럼, 어떡할까. 나도 내 배움을 포기해? 다른 친구들처럼.... 그랬어야 해? 메리 영 교수는 그때 여기 없었지. 그 사람은, 그래서 무고한 거야. 그러니 너는 아무 가책 없이 영 교수한테 배울 수 있었던 거야.”

우리는 한동안 아무 말도 하지 않았다. 얼마나 지났을까. 문복이 먼저 말했다.

“너, 그때 여름방학 끝나고 학교로 돌아오지 않았잖아. 나, 알고 있었어. 네가 매일 서대문 형무소에 갔다는 거. 두 달이나 매일 거기에 갔지?”

“왜 그때는 안 물었니?”

“나는 무서웠어. 그래서 너를 볼 엄두도 나지 않았어. 내가 참 형편없이 느껴졌지. 우리의 소녀시절은 그렇게 끝났고, 고통만 남았으니까. 그런데 궁금하긴 했어. 넌 왜 두 달이나 매일 간 건지.”

“두 달 만에 관순을 면회할 수 있었으니까. 다른 동무들은 얼추 면회했는데, 관순이만은 만날 수 없었어. 거기에서도 만세를 불렀다더라. 그래서 ‘최고 악질’로 꼽혀서 그 아인 면회가 안 된다고 하더라고.”

“그런데?”

“그래서 나도 매일 가서 면회 신청서를 넣었지. 그리고 종일 앉아 있었어. 아무리 금수 같은 자라도 어쩌다 한 번씩은 인간의 마음이 돌아올 때가 있지 않을까 생각했었지. 그 교도관들도 사람 얼굴이긴 했으니까. 그 중에 누구라도 한 명한테 사람의 마음이 갑자기 깨어나는 순간이 오면, 면회를 할 수 있지 않을까 하는 생각.”

"만났어?"
"만났지."
"어땠어?"
"…"

나는 말을 할 수 없었다. 문복이 옆에서 나를 빤히 쳐다보는 눈길이 느껴졌다. 나는 고개를 돌려 그 아이와 서로 마주 보았다. 문복은 그렇게 잠깐 동안 내 얼굴을 들여다보더니, 더 묻지 않고 자기 도시락통을 챙겨서 사무실로 돌아갔다.

어머니 장례식이 끝난 후 말련은 눈물로 얼룩덜룩해지다 못해 쭈글쭈글해진 편지를 보내왔었다. 그 편지에는 어머니에 대한 애도 만큼이나 관순에게 전해 달라는 말이 잔뜩 쓰여 있었다.

"관순을 꼭 만나서 우리 약속을 잊지 말라고 전해줘. 무슨 일이 있어도 무사해야 한다고 전해줘. 지금까지 다친 건 내가 다 고쳐준다고 전해줘. 그래도 더 다치진 말라고 전해줘."

그래서 나는 관순을 만날 때까지 물러설 수 없었다. 내가 처음으로 학교에 돌아가지 않았던 그해엔 학교에 대한 실망과 같은, 많은 내 동무들이 학교를 그만 두었던 동기가 있었던 것은 아니었다. 관순과의 면회가 늦어지는 바람에 학교로 돌아가지 못 했다는 게 더 맞는 말일 거다.

당시 관순의 모습을 나는 다시 상기할 수조차 없다. 언뜻 그

장면이 머릿속을 스쳐 가기만 해도 숨이 막힐 만큼 고통스럽다. 이미 3년 형을 선고 받았고, 그러면 3년 동안 조용히 감옥살이를 하면 되는 줄 알았다. 그러나 이미 형까지 확정된 그 아이의 몰골은 인간에게 당한 것이라곤 생각할 수 없을 만큼 처참하게 무너져 있었다. 그러나 그 아이는 나를 보고 웃었다.

"말련이, 그때 조선에 없어서 다행이야. 앞으로 내가 조선 땅에 없어도, 말련이 지킬 테니까."

그때 그 참혹했던 광경을 말련에게는 알리지 못했다. 다만 "관순이 잘 있고, 3년만 기다리면 다시 나올 것"이라는 희망적인 말들을 적어 보냈다. 이듬해 관순이 고문 당한 독이 번져 감옥에서 죽었다는 부고가 날라왔을 때, 나는 이 소식을 말련에게 전하지 못했다. 그러나 말련은 곧장 이 소식을 들었던 모양이었다.

"말련이 위독하다."는 국제전보가 도착했다. 나는 급히 관순이 내게 했던, 이 유언 같았던 말을 전보로 보냈다. 얼마 후 말련이 내게 전보를 보냈다. 딱 한 마디였다.

"지키겠음."

나는 그 전보를 받고 털썩 주저앉았다. 말련이 병을 떨치고 일어났다는 안도보다 뭔지 모를 두려움에 떨려왔다. 이 두 비범한 아이들 중 한 명은 지키려다가 꽃다운 나이에 죽었다. 남겨진 아이는 그 약속을 지키기 위해 또 얼마나 자신을 갈아 넣을 것인가. 그길로 나도 집안에 처박혀 버렸다. 아펜젤러 교장과 어머니와 친했던 목사님이 나를 교회 반주자로 끌어낼 때까지 1년여 동안 끼니 때면 입에 뭔가를 집어넣고 있는 나 자신을 혐오하면서도, 계속 살려고 아등바등하는 나 자신을 어째야 할지 몰라 혼란스러웠다.

"민요 세 곡 정도는 불러야 이화여전 학생다운 기개가 있어 보이지. 뭐야, 갑자기 어메이징 그레이스는. 정말 어메이징하네."

선회가 투덜거렸다. 공연 레퍼토리가 확정된 후 합창단 도처에서 투덜거리는 소리가 나왔다.

"너희들은 왜 이렇게 불만이 많아. 그렇게 말 많았던 민요 합창곡 수 줄였으면 됐지."

나도 불끈 짜증스러웠다. 그래서 투덜거리는 단원들에게 한마디했다.

"선생님, 우리가 언제 민요 합창 한다고 말이 많았어요. 어떻게 하면 민요를 합창으로 더 잘 부를 수 있을지에 말이 많았지요."

성악과 이순영이 그렇게 말대꾸했다. 생각해 봤더니 그녀 말이 맞았다. 민요 합창 자체를 놓고 말이 많았던 건 오히려 나였다. 그들은 '노래 부르는 일'에 집중해 있었다. 문득 궁금해졌다. 이들은 어떻게 이렇게 민요 합창에 진심이었을까.

10월 26일. 공연 날은 기어코 오고야 말았다. 매표 관리였던 나는 현장 매표 관리를 하느라 일찍부터 매표소에 가 있었다.

이미 상당수가 예매됐음에도 불구하고, '관객이 구름처럼 몰려들었다는 표현은 이럴 때 쓰는 말이구나.'싶을 만큼 대성황이었다.

"이화 학교는 일찍이 조선 악계에 끼친바 공헌이 많을 뿐 아니라 실로 악단에 패권을 잡은 그만큼 만도滿都의 인기는 여기 집중돼야 정각 전부터 서양 사람, 중국 사람, 일본 사람, 조선 사람 할 것 없이 과연 국제적으로 떼를 지어 모여들어 장내는 삽시간에 대만원을 이뤘다."

조선일보가 공연 당시의 모습을 이렇게 묘사했을 정도였다. 합창은 음악회의 마지막 프로그램이었다. 마지막 곡이 '방아타령'이었다. 관객들은 프로그램 팸플릿에 쓰인 '방아타령'을 보고, 오히려 이건 무슨 곡이냐며 서로 물어보곤 하는 광경이 펼쳐졌다. 그들 중엔 아마도 서양 어디에선가 연주되는 '방아타령'이라고 생각한 사람도 있었을 거다.

합창 공연 시간. 조선 민요 '방아타령'이 시작됐을 때, 공회당 안은 갑자기 정지라도 된 듯 모든 움직임이 멎었다. 그리고 잠시 후 '와~'하는 탄성이 여기저기서 터져 나왔다. 반응은 뜨거웠다. 신문사들도 리전음악회를 주요 기사로 다뤘는데, 두 시간 가까이 펼쳐졌던 다양한 기악 연주들은 거의 다루지 않았고, 모든 기사의 중심은 '방아타령'이었다. 찬사와 비판이 극단적으로 갈렸다.

"조선의 고악古樂을 현대화하기 위한 노력이 청중들에게 자극을 줬다."

"테너 안치용이 미국 유학에서 돌아오자마자 이화여전은 대변혁을 이뤄냈다. 역시 안치용의 힘은 무시무시하다."

그러나 더 큰 비중을 차지한 건 비판과 비아냥이었다.

"여학생이 무대에서 민요 합창을 하는 것은 도덕적으로도 부합하지 않으며, 사회적 통념에 위반되는 행위이다."

"신여성의 산실이자 조선 여인들에게 많은 영향을 주는 이화여전이 민요를 공개적으로 부름으로써 창기를 모방하는 풍조를 퍼뜨려 여인의 정숙함을 해할까 우려스럽지 않을 수 없다."

"기생집 노래를 합창으로 부른 이화여전의 저의는 무엇인지 궁금할 따름이다."

민요의 발견

공연 직후의 여론이 예상치 못한 반응은 아니었다. 항간엔 이번 기회에 어떻게든 이화여전을 기생과 동급으로 끌어내려 보려는 악의가 넘쳤다. 술상에선 "이화여전 학생들 불러다 창가나 한번 부르게 하자."는 등의 시시덕거림이 끊이지 않는다는 말이 들려 왔다.

입방아는 담장 밖의 일만도 아니었다. 이화여전 내 교수들도 나를 보면 혀를 끌끌 차며 혼내기 일쑤였다. 내가 알지도 못했던 한 선교사 선생님은 일부러 나를 찾아와 장황하게 설교를 늘어놓기도 했다. 한 귀로 듣고, 한 귀로 흘리긴 했다.

하지만, 이 말은 기억에 남았다. "우리는 이 땅에 거룩한 가정을 이루기 위해 이렇게 열정적으로 일하는데, 어찌하여 조선인이 기독가정 정신에 어긋나는 타락한 노래를 들여와 풍토를 어지럽히냐."는 것이었다. 정말 화가 났다. 나는 그때 그 선생님에게 "당신네 나라 포크송도 타락한 노래냐."고 맞받아쳤다. 그녀는 눈을 동그랗게 뜨고 말했다.

"우리나라 사람들은 포크송을 타락한 노래라고 하지 않아요. 그런데 조선의 상식적인 사람들 모두가 민요는 타락한 노래라고 입을 모아 말하잖아요."

이후 나는 더 이상 논쟁하지 않았다. 조선인들이 이렇게 민요를 모욕하고 있는데, 외국인들이 뭐라고 하는 것까지 반박할 수는 없었다. '참을성'이 왜 필요한지를 절실히 느끼게 해준 계절이었다.

나는 그 무렵 참을 인忍자를 수없이 새기며 살고 있었다. 그러던 어느 날 이화련 씨가 글리클럽 동아리방을 방문했다. 그때 문 쪽을 바라보았는데, 눈부시게 아름다운 여인이 문 안으로 걸어들어왔다. 문에 해가 걸린 줄 알았다. 이내 나는 그녀가 유명한 가수 이화련임을 알아채고, 너무 놀라 벌떡 일어났다. 가기歌妓 출신의 가수인 그녀는 당대 신민요 가수 중 으뜸으로 꼽히는 이였다. 그녀는 미소 띤 얼굴로 말했다.

"글리클럽을 찾았더니 선생님께 가보라고 하더군요."

"저는 저 문에 해가 뜬 줄 알았어요. 생전 가야 밝은 꼴을 못 봤는데, 너무 눈부셔서요."

그녀는 까르르 웃었다.

"아이구, 이화여전 선생님께 그런 찬사를 듣다니 영광입니다."

그러더니 그녀는 우리 글리클럽에 500원을 후원하겠다고 했다. 엄청난 액수였다. 쌀 한 가마니에 12~13원이었으니, 내가 세상 물정에 아무리 어두웠어도 그 정도면 경성에 작은 집 한 채는 살 수 있다는 걸 알았다. 이화련이 돈을 많이 번다고 해도 그렇게 큰 금액을 냉큼 낼 수 있을까 싶을 정도였다.

"그렇게 큰 금액을 어떻게 저희한테요?"

"리전음악회를 봤어요. 민요가 그렇게 고급스러울 수 있다는 데에 감동을 받았죠. 저는 민요를 부르면서 그 안에 담긴 내용을 되새기다 보면, 가끔씩 눈물이 나곤 해요. 백성들의 삶이 그려져서요. 이토록 험하고 두려운 삶을 기원과 해학으로 이겨보려는 몸부림 같은 느낌을 받거든요."

"저도 같아요. 그래서 점점 민요가 좋아지고 있지요."

그녀가 크게 한숨을 쉬었다.

"얼마 전 최수보 선생의 신문 비평 기사를 보셨나요?"

"봤죠. '잡가 민요 박멸을 위한 걸음을 떼어야 한다.'는 비평 기사 말씀이시죠?"

"보셨군요."

"어떻게 안 보겠어요. 리전음악회에서 우리가 불렀던 민요 합창을 돌려 까는 비평이었는데."

음악회가 끝난 후 조선 최고 문필가로 꼽히는 최수보 선생은 "민요란 원시성과 순종성을 그 밑바닥에 둔 몰가치적 유산이며, 기생집과 요릿집에서 불리우는 잡가는 계속 귓전에 맴 돌아 조선의 정신에 백해무익한 것"이라며 통렬히 비판했었다. 특히 '수심가' '아리랑 타령' '춘향가' '추풍감별곡' 같은 노래를 열거하며, 이들은 아예 뿌리 뽑아야 할 악종惡種이라고도 했다.

"제가 가장 경멸하는 인간이 바로 최수보 선생이랍니다. 몇 년 전, 제가 경월루 가기로 있을 때였어요. 최수보 선생을 비롯해 내로라하는 조선 엘리트들이 잔뜩 오셨었죠. 그때 춘향가를 불렀어요. 그런데 그 양반이 이러더군요. 춘향가야말로 역겨운 노래라고요. 저는 크게 충격을 받았죠. 왜 그러하냐고 여쭸더니, 계집들을 잘못된 길로 이끈다는 거예요."

"계집들을 잘못된 길로 이끈다고요? 그게 무슨 말이죠?"

"저도 이해할 수 없었죠. 무슨 뜻인지 여쭤봤어요. 그랬더니 정절을 잃은 계집들이 구원받을 수 있다는 환상을 갖게 한다는 거예요. 그래서 제가 말씀드렸죠. 춘향은 수절하려다 곤욕을 치르지 않았느냐고요. 뭐라는지 아세요? 이도령한테 잃은 정절은 정절이 아니냐고요. 혼인도 안 한 주제에 정절을 바치고, 이도령 바짓가랑이를 잡고 늘어진 악독한 계집이라는 거예요. 이번에 그 글을 읽고 그때의 기억이 났어요. 그가 왜 춘향가를 악종이라 하는지 들은 바가 있으니."

"어처구니가 없는 말이네요."

"그렇죠. 그런데 그 자리에 오신 엘리트들께서 모두 손뼉을 치며, 그 말에 찬동했죠. 여인네와 신분이 천한 자들은 사람 취급하지 않는 그 오만함에 넌더리가 나요."

나는 그러다 '이팔청춘가'를 음탕하다고 말했던 기독교계 지도자들이 생각났다. 그때 그 말을 듣고, 우리 합창단에 와서 이 얘기를 하자 우리 단원 모두가 똑같이 어리둥절한 표정을 지었다. 그러곤 "왜 음탕해요?"하고 물었다. 나도 알 수 없어 대답해줄 수 없었다. 그래서 이화련 씨에게 이 얘기를 들려주며 '이팔청춘가'가 음탕한 노래로 분류되느냐고 물었다. 그러자 그녀는 까르르 웃었다.

"도대체가 민요에 같은 노래가 있나요. 이팔청춘가도 제각각이겠죠. 그런데 남정네들은 이팔청춘이라고 하면 무슨 생각을 하는지 아세요? 16세 소녀를 떠올리죠. 그 해맑고 아름다운 시절의 소녀를 보며, 그들은 스스로 음탕한 생각을 하는 거예요. 그 노래가 음탕하다고 하는 것은, 노래가 아니라 자신의 마음이 음탕한 것일 뿐인데, 남정네들은 그런 것에 부끄러움을 몰라요. 자신의 마음을 설레게 한 그 이팔청춘의 소녀가 부끄러움을 모르는 음탕한 계집이라고 우기는 거죠."

그러더니 진지한 표정으로 말을 이었다.

"이화여전 학생들이 민요를 부른 후 물론 항간의 시시덕대는 소리를 못 들은 건 아닙니다만, 우리 민요가 천대받지 않을 수 있는 길이 있다는 희망을 갖게 됐습니다. 그러니 계속해서 그렇게 고급스러운 민요를 불러주세요. 우리 민요를 잡가니 악종이니 박멸이니 하면서 모멸하는 사람들이 줄어들 겁니다. 그래서 계속 민요 합창을 해달라는 의미로 후원금을 내고 싶어요."

나는 진심으로 이화련 씨에게 말했다.

"언젠가 이화련 선생님과 협연하면 좋겠네요."

그러자 그녀는 까르르 웃으며 말했다.

"아니요. 제가 후원했다는 사실도 밝히지 마세요. 제가 후원하고 협연하는 순간, 입 달린 것들이 또 떠들어댈 텐데요. 거봐, 이화여전 민요 합창은 기생질이라니까. 이렇게요."

그녀는 그저 500원이 입금된 조선저축은행 통장과 도장을 내려놓고, 표표히 사라졌다.

나는 통장과 도장을 들고 메리 영 교수와 안치용 교수를 만났다. 우리는 모두 예상치 못한 거금을 앞에 놓고, 한참이나 말없이 통장을 들여다보기만 했다. 모두 생각들이 많았다.

"민요 합창으로 조선 순회공연을 해보면 어떨까요."

내 제안에 안치용 선생이 말했다.

"합창단을 더 모집합시다. 팀을 두세 개 정도는 만들 수 있어야 학업에 지장 받지 않고 나눠서 순회공연을 할 수 있을 테니. 무대의상부터 밥값까지 다 우리가 대고."

"민요 레퍼토리를 더 많이 만들어야겠어요."

메리 영 선생님이 이 말을 마치자마자, 과장실 문 두드리는 소리가 들렸다. 연희전문학교 교수인 정인보 선생이었다. 정 선생은 이화여전에서도 국사와 국문학 강의를 하셨고, 메리 영 선생이 작곡하는 곡에 가사를 써주기도 하셨다. 정인보 선생님이 들어오는 걸 보고, 메리 영 교수와 안치용 교수는 큰 소리를 지르며 환영했다. 정 선생이 깜짝 놀라 눈이 휘둥그레지면서 말했다.

"내가 무슨 좋은 일을 했다고, 이렇게까지 환영을 받습니까?"

정인보 선생의 말에 메리 영 선생님이 말씀하셨다.

"앞으로 많은 일을 하실 거예요."

실제로 정인보 선생은 이날로부터 민요의 난해한 표현들을 모두 가사로 풀어내는 일을 전담하다시피 했다. 정 선생님이 글을 풀어준 덕분에 편곡 작업도 순조롭게 진행되었다. 영 선생님은 이날의 일을 '하나님이 시키신 일이 아니면 일어날 수 없었던 일'이라고 했다.

우리는 이제 막 한 개의 공연을 끝내고, 곧바로 더 많은 공연을 위한 준비에 들어갔다. 영 선생님과 안치용 교수는 합창곡으로 편곡할 민요들을 선별하고 편곡 작업에 들어갔고, 나는 단원 추가 모집에 나섰다. 교내에서도 찬반이 확실히 갈린 사안이었는데, 참여하려는 학생들은 제법 많았다. 그래서 소정의 오디션을 통해 참여자를 선별했다.

그렇게 정신없이 가을 학기는 흘러가고 있었다. 그러던 어느 날 동아리방으로 갔더니 그 앞에서 정한이 기다리고 있었다. 지난번 할아버지가 들이닥쳐 타령을 부르는 무대엔 손녀딸을 세울 수 없다고 소리치면서 데리고 간 후 그녀는 합창단을 떠났었다. 그 이후 처음 보는 거였다.

"선생님, 저에게 혼담이 오가고 있습니다."

"지금 3학년 아니야? 공부 마치려면 1년 더 해야 하지 않나?"

"네. 그런데 집안에선 혼인을 서두르세요. 공부를 중단하라고 하셔요."

"어떻게 하고 싶은데?"

"저는 공부를 마치고 싶습니다."

"그럼 그렇게 하면 되잖아."

"어떻게요? 어른들을 어떻게 설득해야 할지 모르겠어요."

그녀는 나에게 도움을 요청하고 있는 거였다. 그러나 나도 그 방법을 알 수 없었다.

"정한아, 설득이 되는 상태니? 말하자면 너희 할아버지, 아버지, 어머니께서 네 말을 들을 준비가 돼 있느냐는 거지. 말을 하면 들어주기는 하시니?"

그녀는 고개를 저었다.

"요즘 이화여전 민요 합창을 두고 신문에까지 비판 기사가 나는 걸 보고, 할아버지는 당신이 저를 구해오셨다고 믿으세요. 그렇지 않았다면 기생질했다는 오명을 썼을 거라고요. 대단한 노력에 대한 찬사에는 귀를 기울이지 않으세요."

"그런 사람을 어떻게 설득할 수 있어?"

"그럼 그냥 시집을 가요?"

"두 가지 길이 있겠지. 싸우거나, 순종하거나. 사람들은 흔히

대화로 해결하라고 충고하지만, 그렇게 성공한 사람은 거의 없어. 일단 싸워서 이기고 난 뒤라야 대화도 시작되는 거야."

"그래도 제가 어떻게 어른들과 싸우겠어요."

"네가 싸우지 않으면 누가 싸워? 네 일이잖아. 아무도 대신 싸워주지 않아."

"선생님은 싸우지도 않잖아요. 민요 합창을 두고, 기생질이라고 그렇게 비난해도 선생님은 대꾸하지도 않으시잖아요."

"대꾸해 봐야 소용이 없으니까 안 하지. 네 할아버지와 대화해도 소용없듯이, 소용없는 짓을 왜 하겠어? 그 교계 어른들부터 신문에 글줄이나 써서 밥 먹고 사는 지성인들까지 입을 모아 기생 타령을 하는데 무슨 말을 한들 통하겠어? 참 어이없지 않니? 그분들은 도대체 머릿속에 뭐가 들었으며, 뒤에서 무슨 짓을 하고 다니기에 그렇게 기생집을 잘 안다니."

"그럼 어떻게 싸워요?"

"계속 민요를 불러야지. 모든 사람에게 익숙해지도록. 이화여전 합창단뿐 아니라 전국의 합창단이 다 부르도록, 외국의 합창단도 부르도록, 그래서 민요 합창이 일상이 되도록, 길게 계속하는 수밖에 없지 않겠어?"

"저는 그렇게 길게 시간이 없어요. 어떻게 싸워요."

"그건 네가 생각해 내야지. 그걸 생각해 내기 위해 머리를 싸매는 순간부터 네 싸움이 시작되는 거겠지."

'아, 내가 해야 하는 일이 이거였구나. 그냥 계속하는 것. 남이 뭐라 해도 그저 우직하게 앞으로 나가는 것. 모두가 익숙하고 자연스럽게 받아들일 때까지 지치지 않는 것.'

나는 정한과 대화하는 동안 비로소 내가 하는 일, 해야 할 일이 머릿속에서 정리되고 있었다. 그러나 정한은 싸움을 포기했다. 얼마 후 그녀는 고등문관시험에 합격한 엘리트와 혼인하며, 학업을 중단했다.

려화勵火

리전음악회 공연이 끝나고 가을을 지나 겨울로 접어들 때까지 우리는 게을러도 좋을 명분을 찾을 수 없었다. 가수 이화련의 기부금은 우리 모두를 몰아붙였다. 노래가 있는 데다 돈까지 넉넉한데, 가만히 있는다는 건 양심 있는 사람이 해야 할 일이 아니어서였다.

그리하여 우리는 리전 글리클럽이 설 수 있는 무대를 찾아 나섰다. 나는 평양 기독연합회장에게 연락했다. 리전음악회가 끝난 후 그는 "언젠가 평양에서 공연해 달라."고 말했었다. 내가 올겨울 공연을 제안하자 오히려 그가 당황했다. '언제 밥이나 먹자.'는 말처럼 그저 인사말로 건넨 것이었는데, 이렇게 나올 줄은 몰랐으리라. 메리 영 선생님도, 안치용 교수도 각자 인맥을 동원해 공연장을 찾았다. 대략 비슷한 반응이었다고 했다. 하지만 우리가 움직이자 그들도 움직이기 시작했다.

우리는 1월에 인천, 평양, 의주 등 세 곳의 연주회 초청을 받아냈다. 우리에게 민요 레퍼토리는 많지 않았다. 그래서 찬송가와 서양 합창곡, 민요를 섞어서 레퍼토리를 꾸미고 있었다.

이때 기악과 송선숙 선생님이 찾아왔다. 그들의 탄금 동아리에선 여러 대의 가야금과 거문고 병주를 준비하는데, 우리 공연에 동참할 수 있을지 물었다. 그들은 궁중 무용반주곡으로 유명한 '춘앵전' 같은 정통곡과 병주곡으로 재구성한 '춘향가' '아리랑' 등 우리 가락의 다양한 레퍼토리를 준비했다. 특히 이들 조선의 현악기로 연주하는 찬송가와 서양악곡의 새로운 기법을 개발해 연주곡을 만들었다고 했다.

우리는 새로운 연주회 준비로 무척이나 분주했다. 나는 동아리 협연의 일환으로 가야금, 거문고 반주에 맞춘 민요 합창을 구상했었다. 그러나 이들 조선 현악기와 합창은 묘하게도 맞출 수 없었다. 내가 이런 시도를 하고 있을 때, 안치용 교수는 "그런 무모한 시도는 하지 말라."며 짜증을 내기도 했다.

'조선 악기와는 어우러지지 않는 조선 민요.'

나는 한동안 이 풀리지 않는 문제 때문에 많이 답답했다. 결국 내가 실패를 인정하려던 순간, 안치용 교수가 연습실에 들어와선 화난 듯이 쏘아붙였다.

"선생님, 참, 조선 사람들은 외부와의 어울림에 왜 이렇게 약한지 몰라요. 우리의 합창은 서양 속의 조선, 조선 속에 서양을 품어보자는 훨씬 큰 의미로 기획됐어요. 조선사람에게만 익숙한 음악이 아니라 외국인한테도 쉬운 음악. 그런데 민요 합창을 하니 조선 악기로 반주하자고요? 이건 내 의도와 완전히 다른 거예요. 조선 악기로 서양음악을 연주하고, 서양 악기로 조선 음악을 반주할 수 있는 것. 그래서 조선의 음악이 세계와 소통하는 것. 다른 나라 사람들도 보편적으로 따라부를 수 있는 조선 음악. 바로 그게 내가 추구하는 음악이라고요."

공연 준비가 본격화하면서 나와 안치용 교수는 사소하고도 자잘한 논쟁과 부딪침의 연속이었다. 물론 최소한 나는 그가 어떤 음악을 하려는지는 알았다. 그는 언제나 당당하게 자신이 추구하는 음악을 주장했다. 나의 이해와 취향에는 아랑곳하지 않았다. 대부분 그의 의견이 관철됐다. 그러나 나는 그 무렵 절대로 안 교수에게 동의할 수 없는 부분이 있었다.

"그것도 좋은 생각이에요. 서양 사람들도 조선 음악에 매력을 느끼고 좋아하게 된다면, 조선인들의 자존심과 긍지도 올라가겠죠. 떨어진 긍지를 끌어올리는 일, 그런 걸 음악은 할 수 있죠."

"맞습니다. 그거죠. 우리가 음악으로 이뤄내야 할 일이죠."

"그럼, 이 노래들은 서양 사람들이 싫어할까요?"

어젯밤 부던 바람 금성金聲이 완연宛然하다
고침단금高枕單衾에 상사몽相思夢 훌쳐 깨어
죽창竹窓을 반개半開하고 막막莫莫히 앉았으니

만리장공萬里長空에 하운夏雲이 흩어지고

천년강산千年江山에 찬 기운氣運새로워라

(어젯밤 불어온 바람 가을바람처럼 선명하구나/ 높은 베개 베고 홑이불 덮고 사랑하는 이 그리는 꿈꾸다 깨어나/ 대나무 창문 반쯤 열고 쓸쓸히 앉았으니/ 아득히 먼 하늘에 여름 구름은 흩어지고/ 천년강산에 찬 기운이 새로이 감도네)

나는 '추풍감별곡'의 한 소절을 읊었다. 그리고 잇달아 '수심가'의 한 대목도 읊었다.

약사몽혼若使夢魂으로 행유적行有跡이면/

문전석로門前石路가 반성사半成砂로구나/

생각하니 임의 화용花容이 그리워/나 어이 할까요

(만약 꿈속에서 내 넋이 걸은 자리에 자취가 남는다면, 집 앞 돌길 절반은 모래가 되었겠네. 생각하니 님의 얼굴 그리워 나 어이 할까요)

이 노래가 끝나자 그는 인상을 확 구겼다. 이는 안치용 교수를 포함해 조선 대표적 문인과 음악가들이 만든 '조선민요연합'에서 내용이 퇴폐적이어서 박멸해야 할 악성 민요로 지적한 노래들이다. 나는 그에게 물었다.

"우리 합창단은 이런 퇴폐적인 노래를 부르면 안 된다는 거죠? 그런데 교수님, 이 노래가 왜 퇴폐적이죠?"

"건전하지 않잖아요. 이런 노래를 읊조리면 패배주의와 허무주의만 남겠죠. 그건 우리들이 추구해야 할 진취적인 정신을 갉아먹고, 감상주의와 체념의 풍토를 심화시켜 사회 개혁과 정신 무장을 하려는 의지를 약화시켜요."

"교수님은 음악이 군가나 전투가여야 한다고 생각하시나요? 여인들의 한과 정서를 대변하는 노래는 퇴폐적이고, 진취성을 해하는 것이어서 박멸해야 할 대상이라고요? 사라진 대상에 대한 그리움은 패배적 감정인가요? 그러면 조선을 그리워하는 조선인은 모두 패배자인가요? 선생님이 이런 노래를 부르지 않는 건 좋습니다. 그러나 그렇게 노골적으로 경멸하는 태도가 맞나요? 조선 여인네들의 정서는 퇴폐적이어서 이 사회의 해악이 된다고 공표하고, 모욕하는 걸 저는 받아들일 수가 없습니다. 혹시 선생님도 노래의 진취성보다 그 이름도 떠올리기 거북한 모씨가 말했다는 '철면피 부인네'에 동감하는 건 아니세요?"

"박 선생, 나를 어떻게 보고…"

안 교수는 순간 얼굴이 벌개지며 소리쳤다. 단원들의 이목이 안 교수에게로 집중됐다. 안 교수는 손을 몇 번 휘저으며 "나를 어떻게 보고"를 연발하다 휙 나가버렸다. 어쩌면 나는 이 여리고 감성적인 노래를 악종, 악성, 박멸 같은 강렬한 용어로 비난했던 자들 중, 문단의 이름난 작가인 모씨가 했다는 말에 대한 불쾌감을 안 교수에게 쏟아놓은 것인지도 모른다.

"이런 노래는 무섭다. 지가 늙는 걸 탓해야지, 집 나가면

꽃다운 처녀들이 무럭무럭 자라고 있는데, 늙어가는 제 곁으로 돌아오라고 이 발악이니, 참으로 부인네들이 철면피가 아닌가."

어쨌든 나는 또 일을 저질러 버렸다. 대략 사람들은 나를 무심하고 참을성이 많다고 보는데, 왜 이런 일엔 투사처럼 되는지 모르겠다. 이 일은 나와 안 교수가 전 단원이 있는 앞에서 대판으로 붙었던 사건이었다. '나의 새로운 시도가 성공적이지 않다는 걸 인정하려던 순간, 나를 그렇게 비난하지만 않았어도 이렇게 막 나가진 않았을 텐데....'하면서 각종 핑계를 끌어다 대며 후회했다.

'도대체 이를 어쩐다.'

내게 이성이 돌아왔을 때, 나는 참으로 난감했다. 숨소리조차 멎어 있던 그 자리에는 눈알 굴리는 소리만 요란했다. 해산하라는 얘기를 안 했는데도, 단원들은 서로 딴짓을 하며 가방을 챙겨 나가고 있었다. 그때 지주영이 내게 왔다.

"선생님, 저는 여인네들이 떠난 서방 그리는 이 노래들이 참 싫습니다. 진취적이지 못하죠. 그런데 그것도 우리 자매들의 삶이니 품어 안아야죠. 이 땅의 남성 엘리트들을 보면, 그들은 도대체 이 땅에서 일본 놈들을 내쫓고 싶은 것인지, 여인들을 내쫓고 싶은 것인지 모르겠을 때가 많거든요. 왜 그들은 독립 운운하면서도 조선 여인들을 동지로서 제 편에 두려고 하지 않을까요."

'자매'라는 말이 콕 와서 박혔다. 그건 페미니스트 운동가들이 여성을 이를 때 쓰는 용어였다. 그들은 곳곳에서 외쳤다.

"자매들이여, 단결하라."

그 무렵, 페미니스트 검거령이 내려져 극렬 페미니스트 조남옥이 얼마 전 체포됐다. '여성권리 신장' 같은 주장만으론 잡아들일 명분이 약했지만, 많은 페미니스트가 여성해방운동과 함께 사회주의 운동이나 독립운동에 뛰어들고 있다는 걸 빌미로, 꼬투리만 잡히면 페미니스트 운동가들을 잡아들였다. 일본의 여성관도 조선 남존여비 사상과 별반 다르지 않았다.

"주영, 요즘 페미니스트 검거령 내린 건 알지?"

주영은 어깨를 으쓱해 보이더니 돌아갔다.

이 사건 이후 안 교수와 나는 데면데면하고 있었다. 글리클럽은 말 그대로 동아리 활동인지라 평소엔 각자의 본업에 충실하다 매주 두 차례 연습 때에만 모이기 때문에 연습이 아니면 굳이 봐야 할 일도 없었다. 하지만 공연도 얼마 남지 않은 터라 다음 연습 전까지 이 대결 국면을 끝내야 할 필요가 있었다. 결국 메리 영 선생님의 중재 하에 서로 영혼 없는 사과를 하고, 대충 무마하는 선에서 정리했다.

이제 곧 방학이어서 이화학당과 대학과에서 하고 있는 합창과 반주 레슨 수업도 마무리되고, 시험만 남은 상태였다. 글리클럽만 아니면 시간 여유도 있던 터였다. 기분도 꿀꿀한 김에 일은 작파하고, 방안에 돌아다니던 잡지 [신여자]를 펼쳤다.

김일엽 선생이 창간한 데다 나혜석, 주세죽, 박인덕, 허정숙 등이 시대 이름난 페미니스트들이 죄다 가담하고 있는, 대놓고 페미니즘을 지향하는 잡지다. 그래도 이 시대 신여성이라면 [신여자]쯤은 읽어줘야 하는 것도 상식이다.

그러다 려화의 칼럼을 읽기 시작했을 때, 갑자기 머릿속으로 기묘한 생각이 휙 지나갔다. 나는 방안을 뒤져 [신여자] 지난 호들을 찾아 려화의 칼럼만 다시 읽었다. 려화의 칼럼은 [신여자] 대표 칼럼 중 하나다. 언제부터 시작됐는지는 기억나지 않지만, 꽤 오래됐다. 주로 외국에서 벌어지고 있는 여성 운동을 소상히 기록하고, 해설하는 탁월한 칼럼이었다.

나도 이 칼럼을 통해 여성 참정권을 주장하며 목숨을 내던진 에밀리 데이비슨을 알게 되었고, 메리 울스턴크래프트가 쓴 [여성의 권리 옹호]를 읽었고, 에멀라인 팽크허스트, 엠마 골드만 등 숱한 여성들의 투쟁과 고난사를 접했다.

'이런 자료들을 모으고, 이렇게 해박하게 해석하고 해설까지 하려면, 최소한 영어를 잘 해야 하고 돈도 있어야 한다.'

머리에 떠오르는 인물이 딱 한 명 있었다.

지주영. 그녀는 광산업을 하는 갑부 지은오 백작의 서녀였다. 역시 이화여전 출신인 그녀의 정실 소생 언니 지나영이 '주영은 서녀'라고 공공연히 떠들기도 했고, 그녀의 모친은 한때 이름난 명월관 예기藝妓 출신으로, 지 백작이 일본에서 석공을 모셔와 지은 호화로운 집을 바치고서야 측실로 삼았다는 것은 유명한 얘기다. 지 백작의 딸들은 4명이 이화여전을 다녔거나 다니는 중이다. 그녀들이 지 백작의 사업밑천이라는 건 공공연한 비밀이었다. 좋은 교육으로 아름답게 가꾸어 혼맥 만들기에 투입되는 존재 말이다. 지나영의 말에 따르면, 주영은 일본 귀족 가문의 측실이나 후처로 갈 팔자였다. 그리고 최근엔 그녀가 일본의 어느 명망가 후처로 곧 시집 간다는 소문도 있었다.

여기까지 추리했을 때, 지주영에 대해 미스테리하게 느껴졌던 것들이 해결되는 느낌이었다. 그녀는 빈틈없이 유연하고 상냥해 보였지만, 늘 보이지 않는 촉수를 바짝 세우고 있다는 느낌을 받았었다. 그녀가 정말 려화라면, 그녀는 실제의 삶과 내면적 삶이 완전히 분리된 세계에서 살고 있는 거였다. 등골이 오싹했다. 그런 이중적 삶을 어떻게 지탱할 수 있을까.

'의주 공연?'주영을 생각하다 의주 공연에 대한 의구심으로 이어졌다. 의주 공연을 수소문해 온 것이 주영이었다.

'그 추운 1월에 왜 의주일까?'

크리스마스 이브 예배가 시작되기 전, 나는 주영을 찾았다. 그녀가 영문과 사람들과 함께 있는 걸 보고 그녀에게 갔다.

"주영! 메리 크리스마스!"

"아, 선생님, 메리 크리스마스!"

"주영, 예배 끝나고 약속 있어? 성탄 전야를 혼자 보내야 하는 게 좀 서운해서. 차 한 잔 함께 할 사람을 찾고 있거든."

"뭐, 특별한 건 없어요. 그럴게요. 선생님하고 차 한잔하죠."

예배가 끝나고, 나는 주영을 우리 집으로 데리고 왔다.

"내년에도 합창단을 계속할 수 있어?"

내 말에 주영은 가타부타 말없이 미소만 짓고 있었다.

"어렵겠지? 일본으로 시집간다는 소문, 나도 들었거든."

그녀는 역시 미소만 짓고 있었다.

"그런데 내 생각엔 지주영은 일본에 갈 것 같지 않아. 려화, 그대가 려화라면."

드디어 그녀의 얼굴에서 떠나지 않던 그 상냥함을 가장한 미소가 싹 거두어지고 있었다. 문밖에서 바람소리가 꽤 크게 들려왔다. 그녀는 아무 말도 하지 않았다. 어쩔 수 없이 내가 말을 이었다.

"그대가 왜 의주 공연을 끼워 넣었을까, 뒤늦게 궁금해지더라고."

"의주 공연을 안 하시게요?"

"아니, 그냥 의주 공연에서 무슨 일이 있을지 알고 싶어서."

"그게 무슨 말씀이세요?"

"그대가 려화가 아니라면 아무 일도 없겠지만, 만약에 려화라면 의주 공연 이후 아무 일도 일어나지 않으리란 보장이 없을 것 같더라고. 려화가 일본 명망가의 후처로 간다. 부자연스럽지 않아?"

"합창단에 피해 가는 일은 없어요."

"려화가 맞구나."

"그런데 왜 그런 생각을 하셨어요? 내가 려화라고."

"그냥 어느 순간, 머릿속에 팍 꽂혔어. 내가 눈치챘는데, 그대 주변에 눈치채는 사람이 없을까?"

"그러게요. 경계해야겠네요."

"근데 왜 려화야? 언뜻 듣기엔 '아름다운 꽃'麗花 같은데, 그 이름 려화勵火는 '불을 일으키려고 힘쓴다', 뭐 이런 뜻으로 들리네."

"You cannot put a Fire out. 에밀리 디킨슨의 시에서 영감을 얻어 지은 이름이죠. 불길은 한 번 일어나면 꺼뜨릴 수 없다는. 그러니 먼저 꺼뜨릴 수 없는 불이 일어나도록 힘써야겠죠."

"그런 불같은 사람이 일본 귀족 가문에 측실이나 후처로 갈 리는 없을 것 같은데."

"그런 일은 일어나지 않아요."

"이런 생각이 들더라고. 그대가 만일 려화가 맞다면, 얼어붙은 압록강을 건너서 대륙으로 떠날 것 같다는."

그녀는 충격을 받은 듯 잠시 아무 말도 하지 않았다. 그러더니 태도를 바꿔 나를 설득하기 시작했다.

"선생님, 이 일은 아주 많은 자매들이 힘을 보태 진척시킨 거예요. 저한테는 시간이 없어요. 실패해선 안 돼요. 제발 모른 척해주세요. 경성에선 도저히 방법이 나오지 않아요. 열차도 안 돼요. 철도국도 지 백작 손이 다 미치거든요. 인천에서 배를 탈 생각도 해봤어요. 그러나 역시 그것도 안 돼요. 지 백작 손에서 벗어나지 못해요. 대륙으로 숨어버리는 게 유일한 희망이에요."

"압록강을 건너면, 도와줄 사람은 있어? 안전한 사람들이야?"

"제가 려화가 된 것도 바로 이 순간을 위해서였어요. 대학과 입학 직후부터 미국과 영국 페미니스트들과 소통해 왔거든요."

"만주나 상해 쪽 독립군으로 가려는 건 아니구나."

"아니에요. 조선은 저까지 힘쓰지 않아도 해방될 거예요. 이렇게 극성맞은 조선인들이 지치지 않고 독립에 힘쓰니까요. 여성해방을 주장하는 페미니스트 선배들도 경중을 따지면, 조선 독립에 더 무게를 두죠. 실상은 모두 조선의 해방에만 열을 올리고 있죠. 여성해방은 후순위예요. 저는 코스모폴리탄이에요. 해방 이후를 준비할 겁니다. 해방이 돼도 우리 자매들의 삶은 나아지지 않을 거예요. 그런 모욕적인 세상을 저는 받아들일 생각이 없어요. 선생님, 도와달라는 건 아니에요. 모른 척만 해주세요."

그녀도 나도 할 말이 없었다. 한동안 적막이 흘렀다. 그러다 문득 옛날이야기가 생각났다.

"옛날에 묵자께서 길을 떠나다 친구를 만난 얘기 알아?"

"묵자요? 선생님은 그런 것도 배웠어요?"

"아니, 우리 할머니한테 들은 거야. 그리고 우리 어머니가 얼마나 극성이었게. 나랑 말련이 서당에는 안 보냈는데, 나 일곱 살 때 훈장 선생님 모시고 집에서 공부했어."

"그 빌어먹을 '여훈' 뭐 이런 거 아니에요?"

"그럴 리가. 우리 어머니가 어떤 분인데. 천자문, 동몽선습, 명심보감. 생각하니 골치 아프다. 우리 박말련 선생이 워낙 뛰어나다 보니 어찌나 진도가 빨랐는지. 어머니가 이화 학당에 보내주지 않으셨으면, 나는 벌써 가출했을 거야. 여하튼 다시 묵자로 돌아가서. 한번은 묵자가 이웃 나라들이 전쟁을 준비한다는 얘기를 듣고, 이걸 말리려고 길을 떠났대. 그때 길에서 만난 친구가 묵자에게 '지금 세상에 도의는 사라지고, 아무도 정의를 위해 애쓰지 않는데, 왜 혼자서 이렇게 분주히 다니느냐.'고 했대. 그랬더니 묵자가 뭐랬는지 알아?"

"뭐랬는데요?"

"집에 열 아들이 있는데, 한 아들만 농사를 짓고 다른 아들들은 모두 게으름을 피우거나 놀고 있다면, 그 한 아들은 어떻게 해야겠느냐고 되묻더래. 려화, 그대는 어떻게 해야 할 것 같은가?"

"한 아들이라도 부지런하다니 다행이네요. 부지런한 사람이라도 부지런히 일해야겠죠."

나는 깜짝 놀라 주영을 들여다봤다. 이 질문에 이런 대답을 한 사람은 이제껏 주영이 처음이었다. 말련은 이 얘기를 가슴에 담아두고 실천하는 데 열을 올렸고....

"주영 선생, 거의 묵자 내지는 박말련 급이구나. 묵자께서 그랬대. 그 한 아들이 더 열심히 일해야 나머지도 먹고살 수 있지 않겠냐고."

그 대답을 듣고, 그녀는 평범한 사람의 생각과 마음을 넘어서는 인물이라는 생각이 들었다.

"려화님, 모르는 척뿐 아니라 도와줄 일이 있으면 도와도 줄게. 언제든 말해."

새해 벽두부터 우리는 공연 준비로 숨돌릴 틈 없이 바빴다. 일찌감치 인천 공연을 끝내고, 잠시 쉬었다가 평양을 거쳐 의주까지 가서 공연을 하고 돌아오는 여정으로 길을 떠났다. 나는 이 공연 준비의 한편으론 주영이 마음에 콱 걸려 있었다. 주영은 '포커페이스'의 달인이었다. 이제 스물두 살 된 어린 여자가 어떻게 저런 얼굴을 갖고 있을까 궁금했다. 어쩌면 그녀의 삶은 우리가 상상하기 힘든 살얼음판 같은 것이었을지도 모른다. 그리고 앞으론 더 예측할 수 없는 삶으로 뛰어들 준비를 하고 있었다. 상상 이상으로 용감한 여성이었지만, 그래서 그녀를 보면 마음이 서늘했다.

의주 공연이 끝나고, 우리는 무대에서 내려와 관객들과 만났다. 조선인뿐 아니라 외국인들도 상당히 많았다. 돌아보니 주영이 두 명의 서양 여성과 인사를 나누며, 즐겁게 이야기하고 있었다. 외국인들이 공연에 많이 왔던 터라 아주 자연스러워 보였다. 주영이 이 틈을 타 자신을 데리러 온 사람들과 접선하는 걸로 보였다.

나는 의주에 온 뒤론 그녀가 언제 떠날 것인지에 신경이 곤두서 있었다. 경성에서 떠날 때, 할머니가 내게 주었던 금붙이를 몇 개 챙겨오기도 했다. 나는 원래 내가 하지 못하는 일을 감행하는 사람을 존경하는 터라, 뭐든 도움을 주고 싶었다. 이제 밝은 날 교회당 낮 예배에서 찬송가 두 곡만 부르면, 모든 일정이 끝난다. 그리고 하룻밤 더 자고, 다음 날 새벽에 의주를 떠날 계획이었다. 나는 주영이 그 마지막 밤에 떠날 거라고 예상했다.

그러나 주영은 내 예상을 벗어났다. 왜인지는 모르겠지만, 깜깜한 새벽에 눈이 떠졌는데, 내 방 앞에서 인기척이 느껴졌다. 벌떡 일어나 문을 여니, 역시 주영이었다. 그녀가 달랑 '편지 한 장'을 내 방문 아래로 밀어 넣으려던 찰나였다. 나는 얼른 옷을 주워 입고, 금붙이를 챙겨 조용히 그녀를 따라나갔다. 바깥은 충격적이라 할 만큼 추웠다. 나는 준비한 주머니를 얼른 그녀 손에 쥐어 줬다.

"작은 걸로 몇 개 넣었어. 그게 더 실용적일 것 같아서."

그녀는 그걸 열어보더니 말했다.

"지 백작 땅에 수태 묻혀 있는 거군요."

"건강하고, 스스로를 아끼도록 해. 그대를 그리워하고, 걱정하는 사람 많으니까."

"사람들이 제가 유괴됐다고 잘못 생각할까 봐, 떠난다는 메모를 남겼어요. 가능하면 그 메모를 오픈하는 시간을 길게 끌어

주시면 더 좋고요. 그걸로 사고가 아니라는 걸 아시면 돼요."

우리는 짧게 포옹했다. 나는 훌쩍거리기 시작했는데, 그녀는 활짝 웃으며, 주먹을 한 번 쥐어 보이고 손을 크게 흔들더니 눈 덮인 의주 골목길을 뛰어갔다. 그 길 끝에 두서너 명의 여성이 그녀와 함께 가는 모습이 보였다.

나는 그녀가 사라진 어두운 골목길을 보며, 나와 어머니와 할머니, 말련이, 그리고 나의 이화여전 동무들을 생각했다. 나는 할머니와 어머니의 등에 업혀 이 자리까지 왔고, 이 시대에 교육의 혜택을 받은 내 동무들도 어쨌든 누군가 등을 내주는 사람에게 업혀서 여기까지 올 수 있었다. 사람은 홀로 모든 것을 해낼 수 없다. 자기 발로 설 때까지, 누군가 업어주고 무등을 태워 어느 곳까지 데려다 주어야 한다.

그러나 조선 여인들에겐 기꺼이 등과 어깨를 내주는 이가 드물었다. 나는 운이 좋았을 뿐. 주영의 뒷모습을 보며, 어쩌면 주영이 업힐 등이 없는 수많은 조선의 여인들에게 자기 등을 내주는 일을 할 수도 있지 않을까, 그런 생각을 했다.

나는 방문 밑으로 밀어 넣었던 주영의 편지를 잘 보이지 않는 방문 옆으로 밀어놓고, 다시 잠이 들었다. 날이 밝아 아침식사를 하고, 교회 공연 준비를 할 때까지 주영과 한방을 쓴 문과 학생조차 주영의 부재를 알리지 않았다. 어쩌면 그녀도 주영이 떠난 사실을 될수록 알리지 않으려고 했는지도 모른다.

교회로 떠나기 직전에야 누군가 주영이 없다는 걸 발견했다.

그러자 룸메이트였던 학생은 아무렇지도 않게 말했다.

"어제, 여기에 동무들이 있어서 만난다고 했어요. 어쩌면 동무 집에서 자고 교회로 올지도 몰라요."

그러나 메리 영 선생님은 뭔가 께름칙했는지 주영의 방으로 갔다. 거기엔 그녀가 공연을 위해 가져온 짐들이 그대로 있었다. 메리 영 선생님의 당황한 목소리가 들렸다.

"여기에 오늘 입어야 할 의상까지 그대로 있는데, 어떻게 교회로 곧장 온단 말이에요. 모두 주영이를 찾아요."

정말 발칵 뒤집혔다. 나도 방으로 가서 새벽에 주영이 밀어 넣고 간 편지를 뒤늦게 찾은 듯이 들고 왔다.

"제 방에 이 편지가 있었어요. 제가 미처 못 본 모양이에요."

접힌 편지지엔 네 줄짜리 영문 시가 적혀 있었다.

Flame in My Heart

With flame unquenched I go away,

Through distant fields and seas of gray.

Yet fate shall bend, and time shall start,

To bring me back with joyful heart.

(**가슴 속에 타오르는 불꽃**

꺼지지 않는 불꽃 안고 나는 떠나네/먼 들판과 잿빛 바다를 건너

운명이 구부러지고, 새 시대가 시작될 때/

나, 기쁨 안고 돌아오리라.)

1929년

암중모색

춘래불사춘春來不似春.

그해의 봄이 딱 그러했다. 의주 공연을 마치고 돌아온 후, 리전 글리클럽엔 지방공연 문의가 들어오기 시작했다. 그러나 글리 클럽은 체제 자체가 붕괴하기 직전이었다. 추가 공연 일정을 잡을 수 없었다. 지주영 이탈 사건 여파였다. 정확히는 지은오 백작의 영향력이 생각보다 컸기 때문이다.

주영의 아버지 지 백작은 학교를 뒤집어 놨고, 이화학당에 다니던 막내딸은 자퇴시킨 후 일본 성심학원으로 보냈다. 가장 큰 타격은 그가 그동안 이화학원에 내놓던 상당액의 후원금을 끊었다는 점이었다.

의주에서 경성으로 돌아온 날, 나는 종로 경찰서로 불려갔다. 그저 참고삼아 조사할 거라고 했다. '지주영 실종사건'이라는 제목으로 나를 조사했다. 납치 내지는 불온 세력과의 공모 등등을 물었다. 그러나 내가 온 김에 우리 합창단을 파헤쳐 보자는 의도가 더 큰 것 같았다. 안치용 교수의 사상부터 합창단원 개개인의 신상까지, 지주영보다는 합창단 일을 캐느라 더 열을 올렸다. 어쨌든 거기에서 알게 된 것도 있었다. 주영이 상하이에서 발견됐으나 프랑스 조계 지역으로 숨은 뒤 행방이 묘연하다는 것이었다. 얼마나 시간이 흘렀는지 감도 오지 않았다. 어쨌든 형사들이 돌아가면서 질문을 쏟아놓더니, 또 모두 나가버려 혼자서 조사실에 한참 앉아 있었다. 얼마후, 조사실로 지 백작이 들어 왔다.

"선생님, 우리는 이 수치스러운 사건이 더 확대되는 걸 원치 않아요. 그래서 우리가 이 조사를 이 선에서 마무리해 달라고 했어요. 하지만 내게 얘기해줘야 할 게 있어요."

그러더니 그는 내게 지난 크리스마스 이브에 주영과 차를 마신 일부터 주영이 의주 공연을 주선한 문제까지 다 캐물었다.

"그런데 제가 주영과 차를 마신 건 어떻게 아셨습니까?"

"나는 딸의 안전을 위해 주변에 사람들을 붙여서 보호하지요. 그때는 별 생각이 없었는데, 이렇게 되고 보니 의심스럽더군요. 선생님은 아시죠? 주영이 지금 어디로 갔습니까? 만주? 중국? 프랑스? 미국? 영국?"

"어디로 갔는지 모릅니다."

"그럴리가요. 내가 보기엔 주영이 선생께는 털어놨을 것 같은데요."

"왜 그렇게 생각하시죠?"

그는 내 앞에 주영이 남기고 간 이별 시를 밀어놓으며 말했다.

"이 쪽지를 점심 무렵이 다 돼서야 발견하셨죠. 그럴 수가 있습니까? 방 안에 처음 보는 편지가 놓여 있는데, 일어나자마자 발견하지 못한 게 말이 됩니까? 이건 미리 받아놓은 거 아닌가요?"

"그렇군요. 의심스럽네요. 그런데 돌아가신 제 어머니를 걸고 말씀드리지만, 어디로 갔는지 모릅니다."

실제로 나는 몰랐다. 주영은 말하지 않았고, 나는 묻지 않았다. 다만 짐작만으로 그녀가 영국으로 갔을 거라고 생각했을 뿐이었다. 그저 영국이 페미니즘 운동의 본산이었고, 미국인 선교사들이 주류인 학교에서 그녀는 영국식 영어를 구사하는 걸로 유명해서였다.

"혹시 박말련 선생하고 연계를 맺도록 해주셨나요? 물론 지금 만주로 사람을 보내놨습니다. 혹시 이 년이 독립군 패거리랑 어울리는 건 아니겠죠?"

"말련은 건드리지 마세요. 내가 백작댁 영예께서 도망가는데 왜 우리 귀한 박말련 선생을 끌어들이겠습니까. 따님을 잘 모르시네요. 주영인 독립운동 같은 거에 관심 없습니다."

"그럼, 뭐에 관심 있습니까?"

"일본인 후처가 되는 거에 관심이 없다는 것만 알고 있습니다. 그리고 스스로 코스모폴리탄이라고 하더군요."

"미친년, 내가 좋은 가문 공자하고 혼약을 맺어줬더니, 제

복을 발로 차다니. 이제 집 나가서 이미 금이 간 계집이 됐으니, 정말 측실 밖엔 못할 팔자가 되버렸구만. 분에 겨워서...."

나는 지 백작에게 주영이 려화라는 사실을 말하지 않았다. 알고보면 딸이 얼마나 대단한 사람인지, 그는 알 자격도 없다고 생각해서였다. 지 백작이 나가고 난 후, 형사가 오더니 나가보라고 했다. 어리둥절해서 밖으로 나왔더니, 아펜젤러 교장 선생님과 메리 영 선생님이 계셨다. 그분들은 그저 내 손을 잡고, 교장 사택으로 갔다. 거기엔 저녁상이 차려져 있었다. 우리는 아무 말 없이 밥을 먹고, 차를 마셨다. 차도 다 마시고, 이젠 돌아갈까 하고 있는데 교장 선생님이 비로소 내게 물었다.

"주영이 간 걸 언제 알았어?"

"제가 배웅했어요."

"그걸 형사들한테 얘기했어?"

"그 아버지한테도 얘기하지 않았어요."

"아직 어린데..., 세상 물정 모르는 아이가 잘못될 수도 있잖아. 안전할까?"

"안전할 거예요."

"장담하는 걸 보니 뭔가 알고 있는 거지?"

나는 더 얘기하지 않았다. 메리 영 선생님과 함께 사택을 빠져 나왔다. 영 선생님은 내 팔짱을 끼고 걸으며 말했다.

"에스더 선생은 결국 아펜젤러 교장 선생님도 믿지 않는 것 같아요. 아예 외국인 선교사들을 다 믿지 않지요?"

나는 깜짝 놀랐다. 그녀를 쳐다봤더니, 그녀는 내 팔을 톡톡 치면서 말했다.

"내가 이 학교에 왔던 게 1919년 6월이었어요. 참, 분위기가 험악했지. 나는 미국에서 '조선 여인들은 총명하지만, 순종적이고 다정하다.'고 들었거든요. 그런데 학교에서 본 조선 여학생들은 대단히 고집스럽고, 비타협적이더군요. 만세운동 이후 학생들이 많이 학교를 떠나기도 했지만, 남은 학생들도 선교사들에게 완전히 마음을 닫아버렸더군요. 그래서 나는 생각했어요. 내가 들었던 조선은 진짜가 아니라고. 처음부터 내 눈으로 다시 보고, 다시 판단하자고 말이죠. 지금 아펜젤러 교장 선생님이 '다음 교장은 반드시 조선인이 되어야 한다.'고 공언한 것도, 다 그 경험에서 나온 거라고, 나는 봐요."

"정말 다음 교장을 조선인에게 넘길 거로 보세요?"

"몰라요? 벌써부터 키우고 있잖아요. 만세운동에도 적극적이었고, YWCA를 만들고 치열하게 사회운동을 벌이던 김활란 선생을 굳이 미국에 보내서 지금 박사 과정까지 밟게 하고 있는 게 왜 그렇다고 생각해요?"

영 선생님은 잠시 후 쓸쓸하게 말했다.

"가끔은 섭섭해요. 우리는 조선에 정말 가득한 선의를 가지고 있거든요. 그런데 아펜젤러 선생님이 그렇게 아끼는 에스더도 마지막 순간엔 그녀를, 그리고 우리를 믿지 않잖아요."

그 얘기를 들으니, 내가 배은망덕한 사람처럼 느껴지기도 했다. 그러나 나도 역시 선교사 선생님들에게 선의를 가지고 있었지만, 결코 우리들의 비밀을 공유하진 않았다. 그들이 결코 일본인 편을 들지 않으리라는 것도 알았고, 이곳 학생들에게 해를 끼치지 않으려고, 반대로 도우려고 노력한다는 것도 알았다. 그런데 내 마음은 왜 이런 걸까. 짧지만 깊이 생각했다. 그러고 나서 이렇게 대답했다.

"아마 우리한테 필요한 건, 선의가 아니어서일 거예요."

"그럼?"

"음, 글쎄요. 아마 각자 목적이 달라서 그럴 거예요. 일제가 조선을 강점한 건 말도 안 되는 일이거든요. 그저 해적질이나 하는 골치아픈 섬나라, 우리가 문화를 전달해준 미개한 나라라고만 봤던, 그 왜소한 일본의 식민지가 됐어요. 5천 년을 이어온 문명국이 말이죠. 용납할 수 있나요? 우리에게 필요한 건 선의가 아니라 힘이에요. 운명을 구부릴 수 있는 힘. 새로운 시간을 열 수 있는 힘. 그냥 우린 그 일로 알게 된 거죠. 어찌됐든 조선인의 유일한 목적은 조선의 독립인데, 선생님들의 유일한 목적은 그게 아니라는 거. 아마 선생님들의 목적은 학교를 지켜내는 것. 그것이었겠죠."

영 선생님은 걸음을 멈췄다. 그녀는 한동안 아무 말도 하지 않았다. 그러더니 화제를 바꾸어 말했다.

"에스더, 대학과 학생들 상당수가 글리클럽에서 탈퇴했어요. 그 부모님들이 다 데리고 나갔어요."

"전부 다요?"

"아마도 졸업생들 몇 명 정도만, 10명도 안 남았을 걸."

"회복하려면 시간이 걸리겠네요. 올 공연은 힘들겠어요."

"에스더 선생이 힘들여 준비했는데, 참 속상해요."

"다시 하면 돼요. 한 번 해봤으니 멈추지 않아요. 주영이 그랬죠. 한번 일어난 불은 결코 꺼지지 않는다고. 만세운동이 일어났던 그해, 선생님들이 우리 동무들을 지키기 위해 함께 나섰다면, 이화 전체가 그들의 뒷배임을 자청했다면, 최소한 유관순을 때리던 그들의 손에 주저함을 느끼게 할 수는 있지 않았을까. 그런 생각들을 늘 하죠. 그렇다고 이화가 없어졌을까요. 제 생각은 그렇지 않아요. 물론 힘든 시기는 거쳤겠지만, 우린 함께 버텼을 거고, 더 단단해졌을 거예요."

우리에게 그때 일은 늘 중요한 준거가 되었다. '그때 이랬다면…'을 끊임없이 되새기고, 되새겨 왔다. 그때문이었는지도 모른다. 내가 주영의 탈출을 돕고 싶었던 건. 정말 그런 일로 합창단이 없어질지 알고 싶었던 것 같다.

"지금 중요한 건, 주영이 자기 삶을 자주적으로 사는 선택을 했다는 거죠. 이젠 지켜 봐야죠. 합창단이 이렇게 지리멸렬하게 끝이 날지, 다시 소생할지. 그런데 제 생각엔 중단하지 않을 것 같아요. 선생님도, 안 교수님도 결코 포기하실 분들이 아니고. 우린 또 할 수 있을 거예요."

집으로 돌아온 후 한바탕 아팠다. '이러다 죽을 수도 있겠구나.'하는 생각까지 들 정도로 밤새 끙끙 앓았다. 다음 날 오전, 내가 경찰서에 다녀왔다는 소식을 듣고 윤민숙이 집에 들르지 않았다면, 정말 죽었을지도 모른다. 민숙이 나를 동대문 부녀 병원으로 데리고갔다. 마이신과 해열제로 열이 내리고, 정신이 돌아왔을 무렵, 소식을 들은 단원들이 내 병실로 모여 들었다. 모두 일곱 명이었다. 거의 대부분 졸업생이었다.

"지금 글리클럽에 남은 사람은 여기 있는 사람이 전부인가?"

그들은 한두 명 이름을 더 댔지만, 어쨌든 10명이 안 되는 사람들만 남아 있었다. 그러나 거기 모인 모두는 글리클럽의 장래에 관해 얘기하지 않았다. 다만, 순회공연의 잔상과 추억을 얘기하는 데 집중했다. 까르르 하는 웃음소리가 병실에 퍼졌다. 모르는 사람들이 보았다면, 걱정·근심 없는 여인네들로 보였을 거다.

다른 단원들은 가고, 메조와 소프라노 파트장인 김선회와 윤민숙만 남았다. 더 이상 웃음소리는 없었다. 민숙이 말했다.

"주영이 려화라는 거 알고 계셨어요?"

내가 선회의 눈치를 보니 그녀도 이미 알고 있는 듯했다. 민숙이 말했다.

"지금 영국에 있겠죠?"

"왜 그렇게 생각해?"

"주영이 오래전부터 성공회 교회당에 나갔어요. 몇 번 그 앞에서 봤는데, 영국식 영어를 배우기 위해서라고 하더군요.

그런데 나중에 알아보니 성공회에서 주요 인사더라고요. 헌금을 쏟아 붓는.... 이제 생각해 보니 도망치려고 미리 작정했던 건 아닌가, 그 쏟아부었다는 헌금도 전부 헌금은 아니고 영국으로 일부 빼돌려 놓은 게 아닌가 생각도 되고요."

"다행이네. 주영은 영리해서 어디서든 잘 살아남겠다."

선회가 말했다.

"민숙이 미국 유학 떠나는 거 알죠?"

"알지."

민숙이 말했다.

"지금 글리클럽이 이렇게 와해되기엔 너무 아까워요. 그래서 저라도 필요하면 유학을 늦출 수도 있어요."

나는 궁금해졌다. '도대체 일종의 취미활동인 글리클럽에 이들은 왜 이렇게 열정적일까.' 나는 민숙에게 말했다.

"글리클럽이 뭐라고, 네 인생의 1년을 허비해? 그리고 1년 늦게 간다고, 글리클럽이 정상화될 수 있겠어? 또 네가 일찍 간다고 글리클럽이 정상화가 안 될까? 그냥 각자 부지런히 자기 인생을 살자."

"어떡하시려고요. 이대로 접어요?"

"접을 수야 없지. 너무 아깝잖아."

선회도 거들었다.

"아깝죠. 안 교수도, 미스 영 선생님도 모두 혼혈을 바치고 있는데.... 게다가 우리는 이제야 조선 노래를 시작했잖아요.

우리 단원들의 걱정은 그거예요, 언니. 여기서 멈추면, '거봐, 조선인은 끈기가 없다니까...'하면서 일본 것들이 시시덕대는 거. 그걸 참을 수가 없어요."

나는 뜬금없이 물었다.

"그래서 너희들은 주영이 잘못했다고 생각하니?"

나는 다만 글리클럽이 이런 위기로 몰리게 된 원인이 주영에게 있다고 그들이 원망하는지가 궁금했다. 그러자 민숙이 말했다.

"선생님, 주영인 그럴 수밖에 없었어요. 선생님이 주영을 배웅한 것도, 우린 감사하게 생각해요. 어쨌든 주영이 문제는 잘 해결됐고, 나머진 자기가 알아서 해야 할 일이죠. 이젠 우리한테 닥친 문제를 해결해야 한다는 거죠. 글리클럽을 어떻게 살리느냐 하는 문제요."

단원중엔 이미 주영이 떠날 것을 알고 있던 사람이 몇 명 있었던 걸 알게 됐다. 배웅나왔던 친구들이 내가 쫓아나오는 걸 보고, 뒤에 숨어버린 모양이다. 주영이 마지막으로 주먹을 불끈 쥐고 크게 손을 흔들었던 건, 나한테만 인사한 게 아니었었다.

"내가 믿는 건 하나야. 리전은 합창을 멈춘 적이 없잖아. 채플은 계속될 것이고, 학생들은 늘 찬송가를 합창할 것이고, 좀 잠잠해지면 단원은 더 모을 수 있을 거야. 좀 쉬어가더라도 중단되진 않을 거야. 그 사이 레퍼토리를 좀 더 늘리면서 준비하면 되지."

이건 예언이라기보다 바람을 얘기한 거였다. 얘기하다 보니 우리가 가야 할 길이 정리가 되었다. 이런 얘기를 나눌 수 있는 단원들이 있다는 게 상당히 위안이 됐다.

겨울방학이 끝나고, 봄학기가 시작되었다. 지방공연에서 큰 사달이 난 후 글리클럽 단원 모집은 순조롭지 않았다. 단원들이 애를 썼지만 10명에서 딱 멈췄다. 민숙이 6월 유학길에 오른 후에 단원들이 또 한 명을 겨우 섭외해 10명을 채웠다. 우리는 그래도 두 자리 숫자를 포기하지 못했다. 공연도 없으니 연습을 매주 한 번으로 줄였는데도 연습 날 단원들은 무척이나 열심히 참석했다. 그렇게 아무 일도 성과도 없이 한 학기가 끝났다.

나는 여름방학을 맞아 처음으로 고향에 내려갔다. 내가 지켜야 할 재산이 그곳에 있다는 건 굉장한 동기를 부여했다. 할머니를 따라 소작 마을들을 돌아다니고, 정미소 돌아가는 사정도 익혔다. 짬짬이 나는 중학교에 가서 학생들에게 합창을 가르쳤고, 재능 있어 보이는 몇 명에게 피아노 레슨도 했다.

그때 내가 발견한 사람이 강영재였다. 그는 한 번 본 피아노 연주에 완전히 매료돼 있었다. 그러곤 내가 피아노 치는 걸 어깨 너머로 한 번 보고도 따라서 쳤다. 11살의 어린 학생이었다. 깡촌 출신의 이 어린아이에게 나는 정말 놀랐다. 방학내내 이 아이를 가르쳤다. 당시 내 머릿속엔 온통 '영재를 어떻게 하면 계속 교육시킬 수 있을까.'에 대한 궁리밖에 없을 정도였다.

"할아버지, 정미소에서 들어오는 수입을 저한테 얼마나 주실 거예요?"

할아버지는 내게 통장을 건네줬다.

"네가 일하는 거 아니고, 여적 내가 돌보고 있으니 네 몫으론 2할만 넣었다."

통장엔 생각보다 돈이 많았다. 그때까지 나는 근검절약하며 살았고, 내가 벌어서 사는 방법을 알았기 때문에 돈이 더 있어도 어떻게 써야 할지 잘 알지 못했다. 그래서 그 돈으로 '박만립 예술장학재단'을 만들었다.

조선인의 공부 열정은 워낙 높아 뜻있는 지역 유지들이 공부 잘하는 학생들에게 장학금을 대주는 일은 많았다. 시골서도 공부만 잘하면, 온 동네가 나서서 후원자를 물색하고 다니며 그를 도우려고 했기 때문에 시골 수재가 경성으로 유학할 수 있는 길은 있었다.

그러나 예술 인재들에겐 인심이 박했다. 예술 인재는 인재로 생각하지 않았다. 화가는 환쟁이, 음악가는 딴따라라고 부르며, 예술적 재능을 경시했다.

내가 예술장학재단을 만들겠다고 했을 때, 할아버지도 "공부 잘하는 학생들 도와주는 것도 아니고, 환쟁이·딴따라한테 돈을 대주는 게 무슨 의미가 있느냐."며 계속 나무라셨다.

그럼에도 나는 예술장학재단을 만들었다. 재단이라고 해봐야 그저 재단 이름이 적힌 통장 하나 만들어 그 통장에서 장학금을 주는 정도였지만, 이런 재단이 있음을 알릴 필요는 있어서 '박만립 예술재단 창립회'를 열고, 1호 장학생 강영재에게 장학금 수여식도 했다.

"어이구, 쇠귀에 경 읽기여. 대체 으떻게 저렇게 황소고집이랴. 내가 내 발등을 찍었어. 박가네 여자들은 남한테 퍼줄 줄만 알지, 돈 아낄 줄을 몰러."

할아버지는 내내 나한테 좋은 소리는 한마디도 안 했지만, 어쨌든 당신 함자가 들어간 장학재단 설립식에 참석했다.

나는 강영재를 경성으로 데리고 와서 배재학당에 넣었고, 이화여전 피아노 레슨실에서 가르쳤다. 그의 피아노 소리를 들은 피아노과 선생님들도 돌아가며 가르쳐 주었다. 금남의 집 이화여전 레슨실에선 훗날 전 일본제국 피아노 콩쿠르와 러시아 피아노 경연 등을 휩쓸고, 유럽에도 진출했던, 조선이 낳은 천재 피아니스트도 배출했다.

그가 반도 음악콩쿠르에서 우승했을 때는 '충청이 낳은 인물 강영재'라며 충청도가 들썩였고, 일본 콩쿠르와 러시아 콩쿠르 등에서 우승하자 '조선의 인물'이 되었다. 그는 조선인 모두에게 기쁨과 긍지를 주는 존재였다.

"박만립하면, 한동안 안다 하는 사람들은 박말련이 할배라 하더니 이젠 강영재를 키웠다 허네. 조선팔도 모르는 사람이 없네그려."

할아버지는 조선의 피아노 영웅 강영재를 다루는 기사마다 '박만립 예술장학재단'이 꼭 등장하는 데에 대단히 큰 기쁨을 느꼈다. 그리고 돌아가시기 전에 재산 거의 전부를 장학재단에 기부했다.

'인류에게 음악은 가장 깊은 언어다.'

이런 과정을 통해 확실하게 깨달은 진리는 바로 이거였다. 아니, 이미 깨달은 것이 더 확고해졌다. 내가 공연자, 연주자로서 타고난 재능이 있었다면 좋았겠지만, 그런 재능은 함부로 주어지지 않는 터. 나의 역할을 음악의 조력자로서 확실히 자각하였고, 기쁘게 그 사명을 받아들일 준비를 했다. 세상에 음악이 끊이지 않도록, 음악이 넘치도록 기꺼이 돕는 조력자가 되는 것. 그것은 그해 여름, 나의 결심이었다.

나는 여름방학 끝 무렵, 고향에서 영재와 성규 그리고 두 아이를 돌보고 살림을 맡길 사람으로 복순 어매도 데리고 경성으로 왔다. 복순 어매는 만주에 있는 말련에게 가겠다고 했으나 말련이 거절하여 고향 집에 머물고 있었다. 개학 준비를 위해 학교에 갔을 때, 가장 먼저 눈에 띈 것은 안치용 교수가 보낸 '창작곡 독창회' 초대장이었다.

"창작곡 독창회?"

일찌감치 학교로 돌아왔던 김아용에게 초대장을 들어보이며 물었다.

"말 그대로예요. 안 교수님이 작곡한 노래를 부르신대요."

"대단하다. 지난 학기 일어났던 그 풍파 속에서도 정말 열심히도 일을 하셨네."

안 교수는 에너지가 넘치는 사람이었다. 글리클럽 일로 뒤숭숭했던 그 시간 동안에도 아랑곳없이 꿋꿋하게 자기 길을 가고 있었다. 지난 학기 지지부진했던 건 나뿐인 것 같았다.

10월에 열린 안 교수의 창작곡 독창회는 입추의 여지 없이 들어찼다. 그는 원래 성악계의 슈퍼스타였다. 그러나 그날 연주의 의미는 단순히 한 슈퍼스타의 공연을 넘어서는 것이었다.

'음악의 경계를 넘어 새로운 장르를 개척하며,
새 시대를 열었다.'

이 공연을 보도한 한 신문 평론의 표현이 과분하지 않았다. 그의 창작곡은 완벽한 성악곡이었으나, 조선의 음악과 같은 오음계 화성으로 이루어져 있었다. 너무나 새로웠지만, 너무나 익숙한 노래. 한 번 들으면, 곧바로 머리에 쏙 박히는 음악이었다. 이후 '가곡'이라는 장르로 더 확장되긴 했지만, 처음에 이 곡을 들었을 때, 나는 오로지 전율했다.

합창단원들과 함께 공연장에 갔었는데, 공연이 끝난 후 아무도 말하지 않았다. 갑자기 선회가 웃기 시작했다. 그러고는 말했다.

“우와~, 안치용 교수를 왜 천재라고 하는지 알겠네.”

우리는 모두 격하게 공감했다.

‘저 노래들은 앞으로 우리 글리클럽 주요 레퍼토리가 될 거야.’

내 머릿속으로 이런 생각이 스쳤다. 아마 다른 사람들도 똑같이 생각했던 모양이다. 누군가 말했다.

“우리 글리클럽 무대도 앞으로 점점 더 독창적인 무대가 될 것 같아요. 세계에서 가장 독창적인...”

“맞아. 안치용 교수는 이제 우리 조선 음악계에선 천재를 넘어 전설이 되겠다.”

이 말엔 과장이 없었다. 실제로 나는 전설을 마주한 느낌이었다. 조만간 이 지지부진했던 해를 떨쳐버리고, 비상할 수 있을 것 같은 예감도. 그해 글리클럽은 무기력할만큼 어두웠으나, 그 순간 이것이 새벽으로 가기 위한 어두움일 거라며 나를 위로했었다.

안치용의 '싸움의 방식'

일은 기묘하게 흘러갔다.

독창회 이후 안치용 교수를 둘러싸고, 완전히 상반된 기류가 형성됐다. 한편에선 예상했던 바와 같이 환호와 찬사가 넘쳤지만, 또 다른 한편에선 비판으로 포장된 비난과 몰이해, 맥락 없는 문제 제기가 난무했다. 문제는 기성 음악계의 반발 강도가 생각보다 강했다는 것이다. 찬사는 음악을 잘 모르는 일반인들에게서 나왔고, 비판은 음악계에서 나오고 있었다.

모두 다 기억나지는 않지만, 그중엔 참으로 터무니없는 주장도 많았다. 한 예로 안 교수의 5음계 악곡을 놓고는 창작이 아닌 표절이라는 주장까지 나왔다. 조선의 타령조와 아악을 절묘하게 표절하여 서양음악입네 하고 들이밀었다는 것이다.

"선생님, 7음계로 작곡했으면 서양음악을 표절했다고 말해야 하나요?"

이 주장을 놓고 내가 가르치던 어린 학생조차 이런 의문을 제기했을 정도였다. 그동안 조선 음악계에선 음악가들의 지극히 평범한 시도에도 일단 칭찬하고 고무·격려하는 풍토가 있었다. 그런데 안 교수에 이르러선 이런 풍토마저 싹 무시되고 있었다. 안 교수의 모난 인성이 재능을 깎아 먹고 있는 거로 보였다. 도대체 음악계와 얼마나 척이 졌기에 이런 평이 나오는지 오히려 딱했다. 그러나 영 선생님은 "안 교수 재능이 지나쳐, 그들이 질투하고 있는 것"이라고 말했다.

안 교수도 영 선생님처럼 생각하고 있는 걸로 보였다. 이런 비난조의 평론이 나오면 거의 사흘 안에 같은 매체에 안 교수의 반박 글이 실렸다. 그의 글은 대단히 신랄하고, 논리적이었다. 그는 이런 평론을 쓴 사람이 얼굴을 들 수 없을 정도로 이론적으로 공격하면서, 그의 무식을 낱낱이 드러냈다. 이런 통쾌한 반박은 대중의 관심을 끌기에 충분했다. 그의 팬은 점점 더 늘어갔다. 그러나 그만큼 음악계 내부에 적도 점점 더 늘어났다.

나는 다만 관전자였으나, 이런 맹렬한 부닥침을 지켜보는 건 조마조마했다. 그래서 한동안 글리클럽과 안 교수를 분리해 내는 방법을 고민했다. 가뜩이나 지리멸렬한 글리클럽이 안 교수로 인해 주목받는다면, 앞으로 가야 할 길은 더욱 험난해 보여서였다. 그리고 이런 집중포화를 당하면 사람은 위축되게 마련이니, 그 역시 지쳐서 나가떨어질 수도 있을 걸로 생각했다.

그러나 나는 안 교수를 잘 몰랐다. 그는 밟으면 더 파랗게 올라오는 보리 같았다. 그가 위축됐다는 증거는 아무 곳에도 없었다. 그는 신문을 통해 설전을 이어가는 와중에도 [안치용 창작곡집]을 발간했다. 당시 워낙 화제의 중심에 있던 터여서인지는 몰라도, 악보로 이루어진 악곡집이 불티나게 팔려, 당대의 베스트셀러가 되었다. 오히려 안 교수에게 연일 뒤통수를 맞고 지쳐버린 건 나인 듯했다.

그러던 어느 날, 안 교수가 찾는다기에 그의 방으로 갔다. 그는 지쳐 보이는 기색조차 없었다. 혈기 왕성하고, 에너지가 넘쳤다. 역시 나를 보더니 언제나처럼 용건을 쏟아놓기 시작했다.

"선생님, 죄송한데 제가 그 학생 이름을 잊어버렸는데요, 여기서 소리하던 학생 있죠?"

"장옥분요?"

"아, 맞아요. 장옥분 학생. 저하고 연결해 주시겠어요?"

"옥분이를..., 왜요?"

"제가 지금 악극을 쓰고 있는데요. 거의 마쳤어요. 그런데 음악에 소리를 넣고 싶어서요. 물론 소리로 꾸며진 악극은 아니고 중요한 포인트에 소리를 넣겠다는 거죠. 그래서 그 학생한테 배역을 주고 싶은데요."

"악극요? 오페라 말씀하시는 거예요?"

"맞아요. 반도의 민담이나 역사적 스토리로 향토적 오페라를 만드는 거죠. 이번에는 심청전을 모티브로 한 악극입니다."

"심청전요? 뜻밖인데요. 왠지 선생님의 장르는 아닌 것처럼 보여서요."

"제 장르는 언제나 인민, 백성들과 소통하는 음악을 한다는 것이었습니다. 심청전은 조선 백성 모두가 좋아하는 이야기죠. 물론 이 스토리가 현대 관점에서 보자면, 고리타분한 효를 강요하는 걸로 보이지만, 실제로 대의를 위한 자기희생이 얼마나 아름다운 결과를 낳는지에 대한 이야기이기도 해요. 각자의 희생이 우리 공동체뿐 아니라 바로 자신을 살리는 길이라는 주제로 스토리를 구성했죠. 악곡도 완성했어요. 물론 아직 배역을 정하는 단계는 아니지만, 먼저 소리 부분을 확정해 놓고, 소리와 다른 악곡들이 어울리는지 봐서 조정하려고요. 그래서 장옥분 학생하고 먼저 작업을 하려고요. 겨울방학 동안 열심히 연습해서 돌아오는 봄에 공연할까 합니다."

"봄에 공연한다고요? 그게 가능한가요?"

"당연히 가능하죠. 일단 곡 자체가 조선말로 하는 건데요. 선율도 익숙하고. 한 일주일 정도 옥분 학생과 소리 부분만 정리하면, 곧바로 오디션을 할까 합니다."

나는 얼이 빠져서 멍하니 그를 바라봤다. 그렇게 욕을 먹고도 어떻게 이렇게 기운이 넘치는지 의아했다.

"교수님은 안 지치시는군요."

"네? 제가 왜요?"

"요즘 하도 선생님이 열렬히 싸우시기에…"

"개가 짖어도 원님은 행차를 해야지요. 그런 일에 머리는 쓰지만, 마음은 안 씁니다. 사람이 마음을 써야 지치지, 머리를 쓰면 오히려 기운이 더 왕성해지죠. 옥분 학생이 될까요?"

"어쨌든 옥분을 인정해 주셔서 감사합니다. 옥분은 이번에 졸업할 텐데, 어쨌든 한번 알아보겠습니다."

내가 돌아서 나오려는데, 안 교수가 또 나를 불렀다. 그는 책상으로 가서 뒤적이더니 악보 한 부를 나에게 줬다.

"한양의 봄?"

"제가 글리클럽을 위해 새로 작곡한 합창곡입니다. 민요풍의 창작곡이죠. 성부도 2부, 3부, 4부로 다채롭게 구성했고, 즐거운 곡입니다."

나는 순간, 웃음이 터졌다.

'그 와중에 글리클럽까지…'

나는 정말 그의 정신세계가 궁금해 웃음만 나왔다. 안 교수도 함께 웃었다. 안 교수와 내가 만난 후 그렇게 속 시원히 웃어본 것은 처음이었다. 나는 그에게 엄지손가락을 올려 보였다. 그가 말했다.

"우선 졸업하는 학생들과 재학생들을 상대로 신입 단원을 모아 보시죠. 일단은 소박하게 대여섯 명만 더 보충한다 생각하시고, 내년 신학기에 신입생 중에서 또 모집하고, 그렇게 20명 정도로 구성해 봐도 좋을 것 같습니다. 가장 중요한 건 우리한테 돈이 많다는 겁니다. 그걸 한번 활용해 보세요."

나는 고개를 끄덕이곤 그 방에서 나왔다. 그제야 나는 안 교수의 '싸움의 방식'이 이해됐다. 그는 자신에게 쏟아지는 욕설에 가까운 비판을 이론적으로 집요하게 꼬치꼬치 따져서 상대방의 무지를 드러냄으로써, 상대를 무력화하는 데 힘을 쏟았다. 그렇게 몇 번 정도 상대함으로써 싸움의 의지를 꺾어 버리는 방식으로 대응하고 있는 것이었다. 생각해 보니 지금 그런 터무니없는 비방은 나오지 않고 있다. 그리고 자신은 전혀 다치지 않은 채로 아랑곳없이 자기 길을 가고 있었다. 나는 그의 방식에 수긍했다.

덕분에 오랜만에 옥분의 안부를 챙겼다. 그녀는 졸업 후 이듬해 3월부터 조선일보 견습기자를 할 예정이라고 했다. 그러면서도 안치용 교수의 악극에 참여하겠노라 약속했다. 옥분을 안치용 교수에게 보내고, 나도 글리클럽 재건을 위한 단원 모집에 바짝 박차를 가하기 시작했다. 졸업을 앞둔 학생들 중엔 학교와의 인연을 계속 잇고 싶어서 학교의 여러 클럽에서 활동하려는 이들이 있었다. 이런 친구들을 집중 공략했다. 단원들 각자가 열심히 뛰어서 재학생 3명과 졸업을 앞둔 학생 4명을 더 모았다.

의주 공연 중 단원의 도주 사건은 불과 1년도 안 돼 완전히 잊힌 듯했다. 사람들은 리전 글리클럽이 그동안 왜 그렇게 부진했는지 알지 못했고, 관심도 없어 보였다. 우리 합창단의 발목을 잡았던 그 일은 그렇게 조용히 잊히고 있었다. 덕분에 우리는 마치 아무 일도 없었던 것처럼, 그저 지난 한 해 게을러서 활동하지 못했던 것처럼 다시 시작할 기반을 마련할 수 있었다.

사실 여기에 가수 이화련 씨의 기부금은 엄청난 역할을 했다. 우리는 단원을 모집하면서 무대의상과 구두, 연습할 때 식사를 제공하는 등의 다양한 특전을 걸 수 있었다. 그녀의 기부금으로 조성된 충분한 재원 덕분이었다. 당시 나는 돈이 할 수 있는 일, 돈이 어떻게 쓰여야 하는지 어렴풋이 깨닫게 되었다.

그해는 가을이 깊어질수록 우리는 오히려 다시 소생하고 있었다. 크리스마스 예배에서 글리클럽의 캐럴 합창 공연도 잡았다. 구 단원과 신입 단원들은 가을 내내 캐럴 합창 연습에 매달렸다. 안치용 교수가 악극 공연 준비에 매달릴 때여서, 이때 처음으로 내가 반주 대신 지휘를 맡았다.

예배가 끝나고 공연 후의 홀가분함을 만끽하며 아는 사람들과 인사했다. 그로부터 신정 휴일까지 학교도 문을 닫고, 긴 휴가에 들어가는 터라 말 그대로 홀가분했다. 그때 저쪽에서 화사하게 웃으며 걸어오는 정한을 만났다. 그녀는 젊은 새댁답게 올림머리를 하고, 부인들이 입는 투피스를 입고 있었다. 우리는 반갑게 인사했다.

"선생님, 그동안의 노고에 보답하는 의미로 제가 내일 차를 살게요."

그녀의 제안에 나는 흔쾌히 그러자고 약속했다.

이튿날 우리는 조선호텔 커피숍에서 만났다. 늦잠을 자고, 두 시쯤 호텔 커피숍에 들어갔더니 그녀는 먼저 와서 꿀을 뿌린 과일과 케이크를 주문해 놓았고, 본차이나 찻주전자에 담긴 홍차를 준비해 놓았다. 주로 그녀가 얘기하고, 나는 들었다. 그녀의 결혼생활 얘기 같은 것들이었다. 그러다 그녀가 물었다.

"선생님, 저는 안 도와주시고 주영 언니는 도와주셨더군요."

나는 그 말에 확 깼다.

"그게 무슨 말이야? 난 누굴 도운 일도 없지만 주영이 경우는 돕고 말고가 어딨지?"

"주영 언니가 불구가 되고 얼굴이 망가졌다는 건, 지 백작네서 꾸며댄 거 아닌가요?"

나도 나중에 안 일이긴 하지만, 지 백작네선 주영의 문제를 조용히 처리하면서 그녀가 사고로 불구가 됐다고 대외적으로 알리고 있었다.

"주영 언니, 작년 겨울에 여기에서 약혼한 건 아시죠?"

"아니, 몰랐어."

"원래 올해 5월에 동경에서 결혼식을 하기로 했었죠. 신랑이 재혼이고 나이가 서른쯤 된다곤 하지만, 동경제대 영문과 교수에 집안도 언감생심. 뭐 그런 사람이었어요. 저희 영감께서 신랑을 아는 터라 저도 약혼식에 갔었죠. 그 언니 속은 아무도 알 수가 없어요. 그날 아주 행복한 척 연기해놓고, 뒤통수를 치고 도망가다니."

"왜 도망갔다고 말하는 거야? 지 백작이 사고라고 했잖아."

"그 말을 누가 믿겠어요. 일본 약혼자야 애당초 지주영한테 별 관심이 없었으니 믿는 척했겠지요."

"그런데 그 얘길 왜 나한테 하는 거니?"

"그냥 생각이 나서요. 사실, 저도 학교를 졸업하고, 전문직 여성이 되고, 그렇게 남편과 어깨를 나란히 하는 그런 여성이 되고 싶었어요."

"그럼, 왜 그렇게 안 했니? 그렇게 했으면 됐잖아."

"어떻게요. 선생님도 말이 안 통하는 사람은 설득할 수 없다고 하셨잖아요."

"네 약혼자를 설득했으면 됐잖아."

"그 사람도..., 어쨌든 저희 영감님도 내조하는 여성을 원해요. 당연하겠죠. 어떤 남자가 그걸 원치 않겠어요. 저도 방법이 없었어요. 마지막으로 선생님께 기대를 걸었는데, 아예 저를 도와주실 생각도 없으셨죠."

"너도 도망치지 그랬니. 네가 도망칠 테니 도와달라고 했으면, 아마 나도 도왔을 거야."

"어떻게 그런 말씀을 하세요. 그렇게 인륜에 어긋나는...."

"인륜보다도 고등문관시험에 합격한 엘리트 신랑을 놓치고 싶지 않았던 건 아니야? 고관댁 마님 자리도 놓기 쉬운 건 아니지. 네가 그렇게 생각하고 있는데, 남이 너를 어떻게 도와? 아마 너한테 그 결혼을 파혼하라고 했으면, 너는 나중에 원망했을걸. 그러니 주영이 달아난 거에 배 아파하지 마."

"그러니까 지주영이 도망친 게 맞다는 말씀이군요."

"그게 너한테 중요하니?"

"중요한 건 아니고, 그냥 궁금했어요. 모두 너무 쉬쉬하니까. 그 언니는 기생 출신 어머니를 둔 서출에 도무지 그 속을 알 수 없는 사람인데, 모두 지주영한테는 관대해요. 보호해주고, 도와주잖아요. 냉정한 선생님까지도요."

"그게 무슨 말이야?"

"그냥 여기저기서 주워들은 조각난 얘기들을 맞춰본 거예요."

그녀와의 대화에선 알 수 없는 찝찝함이 느껴졌다. 나는 그 자리를 그만 끝내야겠다고 생각하고, 마무리로 인사했다. 그때 정한이 말했다.

"저는 연초에 일본으로 갑니다. 저희 영감님이 일본에서 연수하는 일정이 확정돼서요."

"축하해. 잘 다녀와. 건강하고. 다녀온 뒤에 한번 보자."

나는 인사하고 서둘러 그 자리를 끝냈다. 뭔지 알 수 없는 기분 나쁜 것이 내 뒤통수를 잡아당기는 것 같았다.

그렇게 정동 골목으로 접어들었는데, 저쪽에서 옥분이 오고 있었다. 그녀는 나를 발견하고는 경쾌하게 손을 흔들며 달려왔다. 그 찝찝했던 기분이 옥분이 덕에 싹 날아갔다.

"학교 휴가일 텐데, 웬일로 왔어?"

"휴가요? 악극 연습은 계속되고 있어요."

"재미있니?"

"너무, 너무요."

"배역이 마음에 드는 모양이네."

"무척 마음에 들어요. 어떤 역할인지 모르시죠? 저는 그냥 소리예요. 무대 위 사람들한테는 보이지도, 들리지도 않는 소리인데 관객들한테만 들리죠. 불쌍한 심 봉사와 청이가 사는 모습을 안타까워하고, 늘 살아가도록 돕고, 심청이가 꺾이려고 할 때마다 용기를 불어넣어 주죠. 그리고 심청이 인당수에 몸을 던질 때는 용궁으로 달려가 심청을 구명하기 위해서 노력해요. 그 소리의 정체는 뭘까요? 심청의 죽은 엄마의 영? 아니면 천사? 안 교수님은 그 정체에 관심을 두지 말라고 했어요. 주인공들이 고난에 처해 있을 때, 의지가 꺾이려고 할 때, 그들을 일으켜 세우는 힘이 우주에 존재 한다고 믿으라는 거예요. 늘 주인공들의 삶을 지켜보고 함께 응원하는 어떤 기운이죠. 그걸 믿으면 일어설 수 있고, 믿지 않으면 절망한다는 거죠. 저는 그래서 그 배역을 '희망'이라고 불러요."

"희망이?"

"네. 스스로 자기를 아끼고 도와야 한다. 쓰러지지만 않으면 계속 걸을 수 있다. 용기를 잃지 않으면 무서움은 사라진다. 뭐 이런 메시지를 끊임없이 전달하거든요."

"희망이, 너한테 딱 어울린다."

이듬해 봄, 그 공연 무대 위에서 옥분은 볼 수 없었다. 다만 옥분의 소리만이 쩌렁쩌렁 울렸다. 눈에 보이지 않는 그녀의 소리는 무대를 휘어잡았다. 아무도 그 소리의 주인공이 누구인지 몰랐다. 팸플릿의 출연진 소개란엔 '희망이'라고 쓰여 있었다.

그녀는 기자의 길을 가기로 마음먹었고, 자신이 소리꾼으로 주목받기를 원치 않았다고 했다. 그래서 최종적 으로 무대 위엔 등장하지 않고, 목소리만 출연하기로 했다는 것이었다.

그녀는 그 공연에서 큰 화제를 모았으나 이후에도 그녀의 존재는 알려지지 않았다.

1930년

프리마돈나 이연실

'우리는 드디어 프리마돈나 이연실을 영접했다.'

누군가 장난스럽게 던진 말이었지만, 1929년 이화여전 성악과 입학생 이연실의 아우라는 엄청났다. 그녀가 입학 시험을 치르기 위해 창가 한 소절을 불렀을 때, 입학 사정을 위해 그 자리에 있었던 음악과 선생님들은 '가슴이 쿵 내려 앉았다.'고 회고했을 정도였다.

실제로 그녀는 학교에 들어오자마자 안치용 교수에게 발탁되어 그의 공연에서 프리마돈나로 활약하면서 존재감을 드러내기 시작했다. 사람들은 "그녀의 목소리는 조선이나 일본이 품기엔 너무 크고, 라스칼라 좌 정도는 가야 한다."고 입을 모았다. 그녀의 오페라 공연 직후, 한 신문의 평론 글은 그녀가 얼마나 비상한 소프라노였는지를 잘 묘사했다.

"그녀가 무대에 발을 딛는 순간, 극장은 숨을 멈췄다.
황금빛 비단결처럼 부드러운 음성이 홀 안을 가득 메우고,
맑은 고음이 천정에 매달린 샹들리에를 스치자 전에 없이
반짝여 관객들을 황홀경으로 이끌었다. 그녀의 목소리는
폭포수처럼 힘차게 쏟아지다가도, 어느 순간 벨벳 같은
저음으로 관객의 심장을 감싸 안았다. 단순한 노래로만 들리지
않았다. 사랑과 절망, 기쁨과 비애를 한 호흡 안에 녹여내며
우리네 삶을 펼쳐 보이는 서사시, 목소리로 삶을 조각하는
예술의 경지를 그녀는 하나의 노래에서 펼쳐 보였다."

그녀는 이미 1학년생으로 안 교수의 공연에 출연하며 존재감을 드러낸 터였다. 그렇게 화제의 중심이었던 이연실이 자기 발로 글리클럽을 찾아왔다. 그녀를 처음 보았을 때의 느낌은 '저렇게 생긴 사람도 있구나.'라는 것이었다. 옷차림은 튀지 않았지만, 존재만으로 빛나는 사람. 당당하면서도 웃는 표정인데다 열아홉 살의 풋풋함과 싱그러움이 말할 수 없이 빛나고 아름다웠다. 그녀는 글리클럽 입단을 청했다.

"지난 리전음악회에서 방아타령을 듣고, 저는 이화여전에 꼭 와야겠다고 결심했어요. 글리클럽에 입단하고 싶어서요. 그런데 작년엔 신입 단원 모집도 2학기에나 하셨고, 그땐 저도 공연으로 바빠서 참가할 수 없었거든요. 지금이라도 하지 않으면 후회할 것 같아서요."

프리마돈나의 목을 타고난 그녀가 합창에 목소리를 섞는 건 아까운 일이었다. 게다가 너무 빼어난 목소리는, 오히려 합창의 조화를 깰 수 있어 걱정되는 부분도 있었다. 그러나 나는 그런 청을 하는 그녀를 덥석 안아주며 열렬히 환영했다.

'어차피 이연실은 솔로다. 솔로 성부를 더 많이 넣으면 될 일이다.'

'이연실 효과'는 컸다. 그녀가 글리클럽에 입단했다는 소식만으로 입단 신청이 밀려들었다. 우리는 예비후보까지도 확보할 수 있었다. 다시금 기세 좋게 연습에 들어갔다.

경성에 벚꽃이 필 때쯤이면, 규방의 여인들이 꽃구경하러 집밖 외출을 하는 오래된 풍속이 있었다. 언젠가부터 이화여전은 그녀들이 들러서 가는 필수 코스가 되었다. 여인들이 색색의 고운 한복을 차려입고, 양산을 받쳐 들고 이화여전 캠퍼스로 몰려 들었고, 이즈음엔 학교도 교문을 활짝 열어 그녀들을 맞아 들였다.

우리는 이 시기를 맞아 학교 안에서 합창 공연을 하기로 했다. 봄날을 노래하는 민요와 안치용 교수가 작곡한 민요 창작곡 '한양의 봄'도 공연 레퍼토리에 넣었다. 벚꽃이 만개한 화창한 봄날, 드디어 리전 글리클럽은 긴 침묵을 깨고 새로운 대중 공연을 시작했다.

영어 합창곡은 진지하고 엄숙한 표정으로 듣게 마련인데,

민요를 합창하니 꽃구경 나온 여인들이 한껏 즐거운 표정으로 호응했다. 관객과 호응하는 공연. 나는 오랫동안 다양한 합창 공연을 해왔지만, 관객의 표정이 즉석에서 나타나는 합창공연은 민요 합창이 유일했다. 그 공연을 통해 나는 공연의 새로운 경지를 경험한 기분이었다. 엄숙하게 관람하는 공연이 아닌, 관객과 소통하는 공연. 이로부터 나의 공연에 대한 철학이 달라졌다.

우리의 공연은 '방아타령' 한 곡 달랑 불렀던 지난 공연과는 다른 차원으로 넘어가고 있었다. '우리에게 과연 장래가 있을까.'를 고민하게 했던 1년여의 어두움은 슬며시 걷히고, 새로운 빛이 쏟아지는 느낌이었다. 꽁꽁 얼어붙은 긴 겨울에도 생명체들은 봄을 준비하듯이 나 홀로 부진했던 그 시간 동안에 글리클럽을 둘러싼 사람들은 모두가 부지런히 봄을 준비한 듯했다.

안치용 교수는 가곡에서부터 악극까지 다양한 장르를 작곡하고, 공연까지 하는 와중에도 합창을 위한 민요 편곡 여러 편을 완성해 놓았다. 더 놀라운 건 메리 영 선생님이었다. 영 선생님은 한동안 수렁에 빠진 듯한 난감한 조선 음악을 내놓았었는데, 새로 들고 온 곡들은 딱 떨어지는 조선 민요 합창곡들이었다. 타국의 음악을 이렇게 찰떡같이 만들어낼 때까지 영 선생님의 나날은 어떠한 것이었을까. 그분은 교사로서도 훌륭했지만 음악가로서도 매우 진지한, 그런 분이었다. 그리고 민요에 자신의 예술가적 열망을 다 쏟아부은 듯했다.

어쨌든 우리의 레퍼토리는 대단히 풍부해져 있었다. 게다가 이연실이 있었다. 그녀가 솔로로 선창하고 후렴구로 합창단이 합창하거나 합창곡 안에 군데군데 솔로를 넣는 방식으로 우리는 그녀를 십분 활용했다. 그녀의 빼어난 점은 민요를 민요답게 소화해낸다는 점이었다. 그녀가 성악으로 민요를 어찌나 잘 부르는지 편곡하는 선생님들은 그녀의 솔로부에 점점 더 높은 고음을 섞기 시작했다. 그녀는 그 모든 걸 소화했다. 고음부조차도 민요답게 말이다. 그건 생각보다 놀라운 일이었다. 이로써 민요가 대단히 예술적이고, 고급스럽게 변하는 모멘텀이 됐기 때문이다. 이 공연에 왔던 사람들은 누구나 우리의 음악에 공감했고, "민요가 이렇게 고급스러운 노래였느냐."며 찬사를 보냈다.

글리클럽엔 교회나 대학 행사, 문화 공연 등에 찬조 출연 형식의 섭외가 들어오기 시작했다. 가을까지 서너 개의 공연 일정이 잡혔다. 몸풀기 정도의 일정을 소화하며, 우리는 이듬해부터는 조선 팔도 순회공연에 나설 계획을 세웠다. 굳이 초청이 없어도 우리가 적극적으로 나서볼 요량이었다. 이화련 씨의 기부금이 넉넉히 남아 있어 돈 때문에 고민하지 않아도 된다는 점이 우리에게 큰 용기를 불어넣은 요인 중 하나였다.

지방 공연 재개에 큰 힘을 보탠 분이 바로 이연실의 아버지였다. 우리가 지방 순회공연 계획에 골몰하고 있을 때, 연실의 아버지가 찾아왔었다. 개성 상인이었던 그는, 그동안 내가 본

아버지들 중 가장 독특한 이였다. 당신이 직접 문을 열고 딸이 먼저 들고난 뒤에야 그 뒤를 따르는 아버지. 처음 이런 모습을 보았을 때, 나는 엄청난 충격을 받았다. 아버지가 딸의 문을 열어 준다는 건 상상해본 일이 없어서였다. 아들을 위해 아버지가 문을 열어 주는 사례도 드문데 딸을 위해 문을 열어 준다고?

그는 딸의 추종자처럼 보였다. 실제로 그는 노래 잘하는 딸을 위해 중국과 일본 등지를 데리고 다니며 성악을 가르쳤고, 일본에서는 이탈리아에서 공연하러 온 성악가에게 딸을 위해 한 수만 가르쳐 달라고 쫓아다녔다고도 했다.

그녀의 아버지가 개성 공연을 성사시켰다. 거기에다 개성에서 입장권 판매 등 공연과 관련하여 많은 일을 맡아서 해결해 주기도 했다. 그해 연말 개성과 평양 등 경기 북부와 평안도에서 공연할 수 있었던 데에는 그녀 아버지의 도움이 결정적이었다.

공연을 거듭하며, 우리의 레퍼토리는 꽤 단단해졌다. 한 해 공연이 마무리되고 보니 꽤 많은 기부금과 매표 수입이 생겼다. 돈이 많다는 건 굉장한 자신감과 도전거리를 제공한다. 우리는 거액이 입금된 통장을 보며 또 다른 일을 계획했다.

"올해 공연한 곡들로 음반을 만들어 볼까요?"

영 선생님이 제안했다. 반대할 이유가 없었다.

"혹시 음반사 중에 우리 합창을 제작하고 싶어하는 데는 없을까요?"

내가 외부에서 제작하고 판매하는 방식을 염두에 두고 물어보니 안치용 교수가 말했다.

"리전 민요 합창은 총독부가 별로 곱게 보지 않는데, 어느 음반사가 나서겠어요. 우리, 돈 많으니까 깔끔하게 우리 돈으로 냅시다."

결국 음반 제작 분야를 가장 잘 아는 안치용 선생님이 나서서 각 분야의 전문가들을 모아 음반 제작에 들어갔다. 비매품으로 제작해 여기저기 선물했다. 여기에 녹음한 곡들은 여러 차례 연주를 통해 꽤 안정적인 합창곡으로 인정된 곡들이었다. 그래서 우리는 이 곡들을 모아 악곡집으로 출판하는 문제도 논의했다.

조선엔 안치용 교수를 비롯해 조선인이 창작한 작곡집이 조금씩 나왔지만, 여전히 악곡집은 서양음악 중심이었다. 더구나 합창곡은 미국이나 이탈리아에서 출판된 합창곡집을 사용했기 때문에 조선의 합창단들은 대부분 서양 노래를 불렀다. 우리가 민요 합창곡집을 낸다면, 다른 합창단도 이 악곡집의 민요를 합창할 수 있을 거다. 이로써 기생음악으로 치부됐던 민요는 원래 그 음악이 있어야 했던 자리, 우리 조선의 민속음악 자리를 회복 할 수 있을 터였다. 이런 점에서 합창곡집 출판도 결정됐다. 메리 영, 안치용 두 교수가 편곡 하고, 정인보 선생이 가사를 감수하는 역할을 맡아 작업에 들어갔다.

여기까지는 비교적 순조로운 연대였다.

그러나 한편에선 연실을 둘러싸고 뭔지 기분 나쁜 기류가 형성되고 있었다. 그해 연말 공연이 모두 끝나고, 나는 경성에 남아있는 합창단 임원들을 우리집으로 불러 저녁을 먹었다. 메조 파트장인 김선회, 알토 파트장 김수남, 회계 조용봉이 왔다. 저녁을 먹다가 선회가 먼저 말을 꺼냈다.

"언니, 이연실하고 안치용 교수님 얘기 나오는 건 아시죠?"

"뭐? 무슨 쓸데없는 말이니."

이렇게 말했지만, 나도 대략 걱정하고 있는 부분은 있었다. 그 까칠한 안 교수가 이연실에게만은 맹목적이라 할 만큼 전폭적인 지지를 보냈다. 성악 수업에서 안 교수가 이연실의 노래가 끝나자 '브라보'를 외치며, 눈물까지 글썽였다는 얘기는 너무 유명한 얘기였다. 그러나 나는 이 얘기를 처음 들었을 때, 그저 '참 안 교수답다.'고 생각했다. 그는 그렇게 열렬한 사람이었다. 그 후에도 안 교수는 연실을 자신의 공연마다 가장 중요한 역할을 시켰다. 실제로 안 교수의 편애는 눈에 띄게 심했다. 이 때문에 이들 두 사람 사이를 의심하는 이야기는 종종 나왔다.

그러나 나는 이런 얘기들을 무시했다. 워낙 뛰어난 사람들은 칭찬보다 질투를 더 많이 받고, 질투에 눈이 먼 사람들이 천재를 모략하는 일이야 아주 일상적이고 흔한 일이어서였다. 그저 그 정도로 생각했다. 그래서 그런 얘기가 나오면 그냥 무시하고 안 듣는 쪽을 택했다. 물론, 이런 일로 다치는 건 늘 여자 쪽이다 보니 연실을 걱정하는 마음이 있었던 건 사실이다.

선회의 뒤를 이어 김수남이 조심스럽게 말을 꺼냈다.

"선생님, 실은 제가 봤어요. 평양에서 안치용 교수랑 연실이 손을 잡는 거요."

나는 밥상을 쾅 내리쳤다.

"무슨 딸뻘인 아이랑..."

"깜짝 놀랐네. 선생님, 무슨 딸을 10여 세에 낳아요? 그건 아니죠. 그런데 어쨌든 선생님이 좀 단도리를 해야하지 않을까 하여...."

"내가? 왜?"

"그럼, 누구한테 말해요? 안치용 교수한테 직접 말해요? 영 교수님? 미셸 교수님? 성악과엔 안 교수님 빼고 조선인 교수님도 없고. 그나마 교수님들 빼고 음악과 통틀어서 제일 대빵이 선생님이시잖아요. 게다가 연실이 글리클럽 단원이고."

수남은 열심히 나를 독려했다. 어쩔 수 없이 나는 "개학하면, 연실과 이 문제를 얘기해 보겠다."고 약속했다.

실제로 나는 그 약속을 지켰다. 개학하자마자 연실을 만나서 이 꺼내기 어색하고도 거북한 이야기를 꺼냈다.

"연실아, 사람들 입방아에 오르내리는 건 괴로운 일이야. 요즘 너를 둘러싸고 말이 많더라고. 그래서 너를 위로해주고 싶었어."

"선생님, 무슨 말씀이세요?"

"네가 아닌 거 아는데, 안 교수님이 너를 편애하시잖아. 그렇다 보니 쑥군대는 거지. 내가 안 교수님께도 언질을 줄까 해. 그래서 너한테 먼저 얘기하고...."

"선생님, 저, 안 교수님을 연모해요."

나는 조심스럽게 돌려가며 운을 떼고 있는데, 연실은 직설적으로 내 말을 받았다. 순간 '내가 무슨 말을 들은 거지?'하는 생각이 들었을 정도로 어안이 벙벙했다. 그녀는 눈물까지 쏟으며, 내게 '첫사랑의 열병'을 호소하고 있었다.

그러나 나는 얼어붙었다. 사실 나는 나이를 먹긴 했지만, 그 분야에 관해서는 아는 바가 전혀 없었다. 10살에 이화학당에 들어와 교류해 본 남성이라곤 없었다. 아마도 일에서 부닥친 안치용 교수가 거의 유일했을 거다. 내가 무지하고 경험도 없는 분야이다 보니 효과적인 조언도 해줄 수 없었다. 그래서 나는 참으로 무식하게 대응했다. 무조건 말리는 방법.

"안 된다. 연실아. 안 교수는 부인도 있고, 자식들도 있어. 너처럼 전도유망한 사람이 왜 유부남을 좋아하니. 절대 안 돼. 더 말이 나오면, 너는 졸업도 할 수 없을 거야. 너, 유부남이랑 연애한 신여성들이 이 사회에서 어떻게 매장되는지 몰라?"

생각해 보면, 그때 그래서는 안 됐다. 그녀는 첫사랑의 열병을 앓는 소녀였고, 그것이 본인에겐 참으로 소중했을 것인데.

내가 들어주고 공감해 주고 그러나 그런 감정을 절제해야 하는 이유를 친절하게 설명해주고, 그 아이가 뭔가 속내를 털어놓고 싶을 때, 찾아올 수 있는 여지를 주면서 찬찬히 보살폈다면 어땠을까.

돌이켜 보면, 나의 소녀 시절은 1919년, 그 엄혹한 시절에 막을 내렸다. 그 후 전개된 나의 삶이란 홀로 견뎌내야 하는 것이었기에 로맨스 같은 장르가 끼어들 틈이 없었다. 그러니 나이를 먹었어도 소녀들의 풋풋한 감정을 이해하지 못했고, 달래는 방법도 알 수 없었다. 나는 전투하듯이 그 문제를 다뤘다.

오랜 고민 끝에 안치용 교수에게 갔다. 이런 소문이 계속 퍼진다면 연실은 졸업도 못 하고 매장될 수 있다고 경고했다. 그러면서 이런 말도 덧붙였다.

"어린 소녀의 애정을 받는다는 게 선생님께는 훈장이 될지도 모릅니다만, 여인의 입장은 그게 아닙니다. 얼마 전 나혜석 선배님이 이혼한 것을 둘러싸고 불륜입네 뭐네 말이 많습니다. 다만 파리에서 어느 남성과 뱃놀이했다는 게 그 증거라며 들이대는 정도죠. 불륜 의심만으로도 지금 그분은 곤경에 처해 있어요. 이게 조선 사회입니다. 그러니 절대로 연실에게 가까이 가지 말아 주세요."

나는 내 얘기가 먹혔다고 생각했다. 연실은 학생 신분이었지만, 명성이 높아져 여러 무대의 초청이 빈발하는 바람에 글리클럽 활동도 1년만 하고 접었다. 하지만 재학 기간 내내 안 교수의 무대에는 서지 않았다. 이후 소문도 잠잠했다.

그 후 그녀는 무사히 졸업했다.

1931년

북간도

새해 벽두부터 나에겐 뜻밖의 손님이 찾아왔다.

학교 사환이 우리 집으로 와서 명함을 한 장 건네며, 일본의 높은 사람이 찾아왔다고 했다. 요시다 쓰토무. 동경제국 대학교 영문학부 교수 명함이었다. 순간적으로 그가 누구인지 알아챘다.

'요시다? 이 사람이 진짜 그 유명한 군벌 요시다 가문 사람일까? 오~ 지주영, 유정한!'

나는 정한이 주영의 약혼자에게 뭔가를 얘기했을 거라고 짐작했다. 인간에 대한 섬뜩함마저 느끼며, 그가 기다리고 있다는 조선호텔 커피숍으로 갔다. 그는 내가 아는 일본인들 하고는 좀 달라 보였다. 일본인으로선 비교적 키가 큰 편이고, 무표정에 가까웠으나 가식이 가미되지 않은 자연스러운 표정과 여유로운 태도를 가진 사람이었다. 그는 영어로 인사했다. 발음에 일본식 억양이 있었지만, 조선에 와 있는 일본인들 같은 터무니

없는 발음은 아니었다. 그와는 영어로 대화를 나눴다.

"발음만 보면 일본인으로 보이지 않습니다."

나는 첫 마디를 내뱉고는 '아차' 했다. 싸우러 나온 것도 아니면서 뭐하러 이렇게 일본인들을 험담하는 얘기로 시작했을까.

"이화여전 출신들은 참으로 아름다운 영어 발음을 가졌지요. 제 약혼자처럼 말입니다."

'이자가 군벌이 맞는구나. 이렇게 본론으로 훅 들어가다니....'

"아, 약혼자가 계셨군요. 축하드립니다. 그런데 저는 어떻게 아시고 연락을 주셨습니까?"

"혹시 저를 모르십니까?"

"모르죠. 오늘 처음 뵙는데...."

그러자 그는 영문 시로 대답했다.

"Why did you give no hint that night
That quickly after the morrow's dawn,
And calmly, as if indifferent quite,
You would close your term here, up and be gone
(왜 그 밤에 아무런 예고도 없이/새벽이 밝자마자 곧바로/ 그렇게 무심한 듯 조용히/그대 삶의 막을 내린 듯 흔적 없이 떠나갔는가)

나는 못 알아듣겠다는 표정으로 앉아 있었다.

"토머스 하디의 'The Going'이라는 시입니다."

"아, 시군요. 저는 시는 알지 못해서."

"제 약혼녀는 지주영이라고 합니다. 지은오 백작의 차녀이지요. 약혼식 날, 그녀를 한 번 봤죠. 빈틈없이 상냥하고 고상한 여인이었던 것만 기억이 납니다. 우리 가문이 '내선일체'의 모범이 되고자 하는 의미로 이루어진 혼약이고, 저는 그 혼약에 동의했었습니다. 그리고 혼인하면, 일본의 좋은 가문 부인들처럼 잘 대우하려고 했었지요."

그러고 나서 그는 다리를 꼬고 의자 등받이에 기대앉으며, 더 이상 말을 하지 않았다. 뭔가 말해야겠기에 입에서 나오는 대로 지껄였다.

"훌륭하시네요."

그러자 그는 '픽' 웃었다.

"긴장하지 마십시오. 그녀가 지금 어디에 있는지 알고 온 거니까요."

내 얼굴이 굳었던 모양이다. 그는 테이블 위에 사진 한 장을 올려 놓았다. 옥스퍼드 대학의 가운을 입은 여성 사진이었다.

"옥스퍼드에서 지난해 학사 과정을 마치고, 지금 석사 과정에 재학 중인 넬리 안이라는 홍콩 여인입니다."

나는 아무 말도 할 수 없었다. 지주영이었다. 정말 알 수 없었다. 그녀가 왜 홍콩 여인이 되었는지.

"홍콩에 있는 어느 안씨 댁의 양녀로 입적했더군요. 일찌감치요. 저도 약혼식 때 본 얼굴이 잘 기억나지 않아서 약혼 사진과

대조해 보고 난 뒤에야 확신하게 되었죠. 불구가 되어 얼굴이 망가졌다던 사람의 얼굴이 이렇게 멀쩡하니 저도 기쁩니다."

나는 멍하니 듣고 있을 수밖에 없었다. 나는 쓸 수 있는 패가 하나도 없었다.

"알고보니 그녀가 조선에서 이름난 페미니스트 이론가였다고 하더군요. 그래서 관심이 생겼지요. 궁금하더군요. 내 약혼녀가 어떤 사람인지."

"정보력이 뛰어나시군요."

"저희 집안 전문이지요."

"그래서 어쩌시려는 겁니까?"

"다음 학기부터 저도 옥스퍼드에서 연구할까 합니다."

"그럼 그렇게 하시면 되지, 저는 왜 찾아오셨습니까?"

"그녀가 어떤 사람들과 교류하고, 사귀었는지 궁금해서요. 주변의 사람들이 그 사람의 인품이니까요."

"만족하셨는지요."

"네, 아주요. 그래서 보답으로 한 가지 알려 드리죠."

"알려 주셔도 저는 써먹을 데가 없을 텐데요. 주영이 하고 연락하는 방법을 몰라서요."

"제가 가서 만나면, 당신의 안부를 전해 드리겠습니다. 대신, 선생님은 북간도에 있는 동생을 데려오시죠."

"무슨 말씀이시죠?"

"조만간 만주는 지옥이 될 테니, 겨울방학을 이용해서 직접 가서 데려오시면 어떨까 해서요."

"제 동생을 아세요?"

"미국, 같은 학교에서 공부했었죠. 조선에서 온 천재 의대생. 그녀를 보면, 강인함과 처절함이 느껴졌죠. 그녀를 통해 조선 여인에게 좋은 감정을 갖게 됐지요. 그래서 조선 여인과 결혼도 흔쾌히 받아들였어요. 내가 군인이 되지 않은 것에 불만이 많은 우리 가문 사람들에게 뭔가 하나 선물도 해야 하고...."

"제 동생 말련이 하고는 어떤 사이였죠?"

"글쎄요. 어떤 사이는 아닙니다. 그 사람은 달과 같은 존재이죠. 내마음 속 마돈나? 그녀는 저를 알지 못합니다. 제가 몇 년 전 경성에 들렀을 때, 동대문 병원에서 마주친 적이 있는데, 저를 전혀 알아보지 못하더군요. 제가 일부러 영어로 길을 물었는데, 손가락으로 방향만 가리키고 가더군요. 그녀의 독특한 그 무심한 표정으로 말이죠."

"주영이 아니라 말련이 때문에 저를 만나신 건가요?"

"둘 다죠. 뜻밖에도 저에게 중요한 두 여인과 선생님이 서로 엮여 있으니 궁금했습니다. 그런데 혹시 지금 나가면서 성공회 교회당으로 뛰어가고 싶은 건 아니겠죠?"

그는 내 계획을 딱 맞췄다.

"거긴 소용없을 겁니다. 북간도로 가십시오."

그는 그러더니 예이츠의 시 한 구절을 읊었다.

Though I am old with wandering
Through hollow lands and hilly lands,
I will find out where she has gone,
And kiss her lips and take her hands;
And walk among long dappled grass,
And pluck till time and times are done
The silver apples of the moon,
The golden apples of the sun.
(나는 방랑하면서 늙었지만/ 빈 땅과 구릉지를 지나/
그녀가 간 곳을 찾아내리라.
그녀의 입술에 입 맞추고, 그녀의 손을 잡고/
얼룩진 풀밭 사이를 함께 걸으며/세월이 다할 때까지/
달의 은사과와 태양의 황금 사과를)

"이 시도 모르시겠군요."

"네. 모릅니다."

"예이츠의 시입니다. 'The Song of Wandering Angus'(방랑하는 앵거스의 노래). 이해에 도움이 되셨기를 바랍니다."

'도대체 문학하는 사람들은 왜 이렇게 시를 남발하는 걸까. 대화하기도 벅찬데 나한테 시 속에 있는 의미까지 찾아내라는 건가? 도대체 뭘 이해하라는 말이지? 자기가 문학 교사야 뭐야. 학당 시절에도 싫어했던 문학 숙제를 내고 있네.'

짜증이 났지만, 조선호텔을 나와 성공회 교회당으로 갔다. 그곳엔 군데군데 일본 순사로 보이는 사람들이 있었다. 나는 길을 잘못 든 것처럼 주변을 두리번거리며 돌아서 나왔다.

'주영은 영리한 아이니 알아서 하겠지.'

나는 그냥 주영을 믿기로 했다. 그리고 고향으로 내려가려던 계획을 틀어 북간도로 향했다. 북간도의 추위는 믿기지 않을 정도였다. 의주가 추웠다고 생각했는데 북간도에 비하니 거의 아기 수준이었다. 말련이 역으로 마중나와 있었다.

말련을 본 순간, 나는 입을 딱 벌리고 말을 잇지 못했다. 마르고, 얼굴엔 주근깨와 기미가 다닥다닥했다. 겉모습만 보면, 말련이 터울 많이지는 언니처럼 보였다.

"언니! 야, 이렇게 세련된 신여성, 너무 오랜만에 본다."

"넌, 이게 꼴이 뭐냐?"

"여긴 다 이렇게 살아."

말련의 집으로 갔다. 할아버지가 사준 3층 집은 허술하기 짝이 없었다.

"근사하지? 할아버지가 주시겠다고 해서 얼른 받았지."

나는 그해 소출로 거둔 돈 중 말련의 몫으로 챙겨간 돈을 먼저 꺼내 주었다.

"내가 조선에서 부자라는 게 믿기지 않아. 여기서 이 정도 돈을 모으려면 얼마나 힘이 드는데. 좀 이따 복순이, 화정이 다 여기로 오기로 했어. 언니 온다니까 모두 그립다고."

말련은 미국에서 돌아올 때, 경성으로는 짐만 부치고 이곳에 먼저 들렀었다. 만세운동 이후 형기를 마친 학당 동급생과 학교로 돌아오지 않은 친구 여럿이 여기로 왔었다.

"그럼 먼저 너랑 얘기 좀 하자. 그 아이들은 사회주의 운동하고 있지? 너도 사회주의 운동 하니?"

"나는 의사해. 여기선 조선인뿐 아니라 중국인도 일본인도 다 진료해. 내가 독립운동, 사회주의 운동하면 환자를 놓칠 수밖에 없어. 그래서 나는 운동엔 가담 안 해. 일본 측도 나를 감시하긴 하지만, 내가 운동가가 아닌 건 알아. 그 사람들도 나한테 자기 식구들을 맡기고 있거든. 나는 인류 모두에게 공평해."

"이젠 그만 돌아가자."

"안 돼."

"나도 안 돼. 너, 혹시 일본 요시다 가문에 쓰토무 상이라고 알아?"

"몰라."

"너랑 대학, 같이 다녔다던데. 영문과."

"그 학교에 일본인 많았어. 내가 일본인까지 기억해야 해?"

"어쨌든 그자는 일본 군벌 가문 사람이야. 그 사람이 올해, 만주는 지옥이 될 거래. 너를 데리고 나오라고."

말련의 표정이 심각해졌다.

"일본이 중국과 전쟁을 벌이려고 한다는 소문이 돌고 있어. 그 첫 타격 지점이 만주가 될 거라는 말이 있어. 정말 전쟁을 벌이려나?"

"너는 일단 나랑 나가자. 이쪽 정리에 필요한 게 있으면, 내가 가져온 돈으로 다 메우고. 일단 빈 몸으로 나가자."

말련은 계속 머뭇거렸다. 그러더니 말문을 뗐다.

"좀 있으면 올 텐데, 언니한테 소개해 줄 사람 있어."

"너, 연애하니?"

"언니 온다는 소식 듣고 결혼식장도 잡았어. 돌아오는 토요일."

토요일, 말련은 허술한 예식장에서 친구들이 지어준 웨딩드레스를 입고 면사포를 쓰고, 신랑과 함께 행복하게 웃고 있었다. 신랑은 생긴 건 멀끔했는데, 내 눈엔 밉살스럽기만 했다. 러시아에서 공부한 의사라고 했다. 이름은 김의영. 그는 무장 투쟁 계열의 독립군에서 군의관으로 있다고 했다.

말련의 결혼을 앞두고, 며칠 동안 우린 치열하게 싸웠다. 말련과 내가 처음이자 마지막으로 싸운 기억이기도 하다. 애당초 내가 이기지 못할 거라는 걸 예감하고 있었지만, 이번엔 질 수 없었다. 아니, 져선 안 됐다. 그러면 그 아이를 잃을 것 같았다. 친구들은 모두 몰려와 나를 설득했다. 그러나 나는 지치지 않고 화를 냈다. 그때 복순이 말했다.

"이 결혼이 걱정스럽겠지. 그들의 삶은 너무 위험해 보이지. 네가 말련을 걱정해서 이러는 거 다 알아. 그런데 에스더,

조선인에게 지금 어디라도 안전한 곳이 있니? 아니, 안전이라는 게 있어? 경성은 말련이한테 안전하니? 우리가 조선으로 돌아가면 정말 안전해?"

나는 그 대목에서 말문이 막혔다. 곰곰이 생각해 봤다. 조선에 있는 일제의 사람들은 김의영은 둘째 치고, 말련도 가만두지 않을 거라는 생각이 들었다. 시시콜콜히 감시하고, 어떻게든 만주 사람들과 엮어서 잡아들이려고 할지도 모른다.

"너도 알고, 나도 알아. 말련인 조선에서 이미 안전하게 살 수 없어. 데려가면 저 아이를 가둬야 할 걸. 그렇게 할 수 있어? 일본 놈들이 어떤 식으로든 엮을 텐데. 우리는 관을 짊어지고 사는 사람들이야. 언제 어떻게 될지 알 수 없어. 그런데 말련이 사랑하는 사람을 찾았어. 그런 사람이랑 언제까지가 될지 알 수 없지만, 한번은 행복하게 살아봐야지. 내일이 없는 사람들이 오늘이라도 최선을 다해서 행복하게 살아야지."

복순의 말은, 냉정하지만 사실이었다. 말련에게 이미 퇴로는 없었다. 아니, 조선인에겐 퇴로가 없다는 걸 나는 깨달았다. 거기서 내가 할 수 있는 일은, 그 예식장의 가족석에 앉아주는 것밖에 없었다. 그날 결혼식엔 많은 사람들이 참석해 떠들썩하게 놀았다. 내일은 없는 사람들처럼 말이다. 그들의 즐거운 웃음 소리에 나는 가슴이 먹먹했다. 등에 관을 짊어지고 사는 그들이, 삶을 대하는 태도를 어렴풋이 본 것 같았다.

나는 떠나는 날까지 김의영과는 눈조차 마주치지 않았고, 말을 건네지도 않았다. 그동안 말련은 그래도 비교적 영리하고 안전하게 살았는데, 그 사람이 말련을 위험 속으로 끌고 들어갈 것 같은 예감이 들어서였다.

말련은 똑똑했지만, 선택은 언제나 무모했다.

조선민요합창곡집

기분 탓이었을까. 개학 후 돌아온 학교는 공기가 이상했다. 뭐라고 표현하기 힘든 기분 나쁜 공기가 대지를 뒤덮고, 알 수 없는 힘이 내 뒤통수를 잡아당기고 놔주지 않았다. 그렇게 하루하루가 지나갔다.

아펜젤러 교장 선생님은 미국에서 돌아오지 않았다. 지난해 잠시 미국에 다니러 간 줄 알았는데, 아예 이화학당의 밴플리트 교장 선생님이 리전 교장 직무대리로 공식 발표됐다. 교장 선생님은 언제 돌아올지 알 수 없었다. 그분이 그나마 말련의 문제를 상의할 수 있는 유일한 사람이었는데, 그분마저 없으니 도대체 말련의 문제를 어떻게 해야 할지 알 수 없었다.

만주에서 돌아온 후 예전에 이화여전 담당이라며 찾아왔던 종로경찰서 정보과 형사는 수시로 나를 찾아왔다. 처음엔 내가 만주에 가면서 돈을 얼마 가져갔으며, 왜 가져갔으며, 그 돈은 어떻게 사용되었는지를 꼬치꼬치 캐물었다. 그리고 노골적으로 미행이 따라붙었다.

한번은 복순 어매가 호박전을 부쳤다기에 밖에 있는 내 미행도 부르라고 해서 나와 복순 어매, 우리 집에 함께 사는 배재학당 학생 둘과 미행까지 다섯 명이 둘러앉아 호박전을 먹었다. 그 미행이 조선인 순사일 거로 생각했는데, 일본에서 파견 나온 견습형사라고 했다.

"일본에서 왜 조선에 왔어요?"

"조선으로 오면 돈을 더 많이 주거든요. 집이 가난해서 한 푼이라도 보태려고 왔지요."

야물딱진 조선인 형사들과는 달랐다. 오히려 어눌하고, 솔직하고, 예의바른 청년이었다.

"순사도 아닌 형사가 나 같은 사람을 계속 쫓아다니려면, 좀 기분 나쁘겠어요. 더 중요한 일을 하셔야지."

"아닙니다. 저에게 주어진 일인 걸요."

"여기서 호박전 먹은 얘기도 보고하세요. 괜히 별것도 아닌 걸로 뇌물이라도 받은 것처럼 오해받으면 안 되니까."

"네. 그래야지요."

"궁금해서 그러는데, 왜 나를 쫓아다니는 거죠?"

"선생님 문제는 아닌 것 같고, 만주에 있는 동생분이 문제인 것 같습니다."

나는 고개를 끄덕이고, 조선 음식은 입에 맞는지 물었다. 그는 "호박으로 어떻게 이런 맛을 낼 수 있는지 모르겠다."며 감탄하면서 잘 먹었다.

복순 어매는 집안이 가난하다는 말에 감정이입이 됐는지, 계속해서 어떻게 먹고사는지를 챙겼다. 그리곤 아예 밥까지 차려서 갖다주었다. 거기에다 갈 때는 시골서 올라온 쌀하고 말린 생선 같은 먹을 것들을 보따리에 싸주기도 했다. 복순 어매는 할머니 밑에서 일한 사람답게 손이 컸다. 게다가 이 집 곳간 열쇠는 그녀 차지였다. 덕분에 우리집은 어느덧 인심 좋은 이웃이 되어 있었다.

복순 어매는 "일본눔이 으떻게 저렇게 예의바르고 착하디야"한다. 어느 나라나 백성이야 자기에게 주어진 일을 하며 사는 거다. 개인이 나쁜 건 아니다.

"복순 어매, 저 사람은 착하고 순해서 윗사람들이 박에스더 잡아서 처넣으라고 명령하면, 곧바로 와서 조금도 망설이지 않고 나를 잡아 처넣을 사람이라오."

"그게 뭔 소리랴."

"그 역시 힘없는 백성이라는 소리지 뭐겠소."

어쨌든 그 무렵부터 일본 경찰은 뒤에서 사부작거리는 게 아니라, 아예 대놓고 매사에 끼어들기 시작했다.

그들은 안치용 교수도 찾아다니며, 그의 작업을 들여다보면서 이러쿵저러쿵 말을 보탰다고 했다. 메리 영 교수에겐 "왜 조선 민요를 편곡하느냐."라며 꼬치꼬치 캐묻기도 했다는 것이다. 특히 메리 영 교수에겐 "이젠 미국으로 돌아가는 게 어떠냐."며 우회적인 압박을 가하기도 했다.

글리클럽도 마찬가지였다. 매주 두 차례 연습하는데, 수시로 정보과 형사가 연습실에 들어와 말 없이 지켜보다 가곤 했다. 어쨌든 모든 면에서 불쾌하고 기분 나쁜 연대였다. 이런 기운은 모두에게 전파되었고, 나뿐 아니라 모두가 위험을 느끼고 있었다. 그런데 참으로 묘한 것은 이런 일에 대처하는 사람들의 자세였다. 어느덧 우리는 서로 격려하며 끈끈한 인간애로 뭉치고 있었다. 작은 일에도 크게 웃었고 물건 하나 옮기는 일에도 모두가 달려들어 떠들썩했고, 서로 예쁘다고 추어주느라 정신이 없었다. 민요 합창 연습에 더욱 맹렬히 달려들었다.

메리 영 선생님과 안치용 교수는, 그동안 편곡한 많은 민요 합창곡을 놓고 1집에 들어갈 곡들 선별을 완료하고, 인쇄소에 넘겼다. 초록색으로 단장한 [조선민요합창곡집]이 5월에 출간됐다. 우리는 출간 파티를 열었다. 이 책에 담긴 곡들을 편곡한 메리 영, 안치용 교수와 가사를 정리한 정인보 선생을 비롯해, 전·현 단원들과 음대 교수, 학교 보직 선생님들을 초청했다. 학교 보직 교수들과 음대의 선교사 선생님들은 거의 참석 하지 않았다.

합창곡집에 담긴 '도라지 타령' 합창으로 파티를 개막했다. 이 책이 나오기까지 여러 차례 화음이 변했던 '방아타령'의 시기별 버전을 각각 불러보기도 했다.

"합창곡집에 실린 화음이 가장 좋아요."

누군가가 소리쳤다. 우리는 모두 함께 웃으며 찬동했다.

"이 책엔 우리가 고심한 최고의 편곡만이 담겼습니다."

안치용 교수가 자화자찬했고, 모인 이들 모두 큰 박수로 환호했다. 와인 대신 오미자청 주스로 건배하며, 건배사를 맡은 정인보 선생님이 말했다.

"우리 민요는 너무 많지요. 이 민요들을 합창곡집으로 내려면 도대체 몇 집을 더 내야 일습할 수 있을까요. 우선 내년엔 2집, 후년엔 3집, 내후년엔 4집..., 10집을 내는 날 우리 다시 한번 거하게 건배합시다."

모두 환호성을 올렸다. 웃음소리가 높았다. 누구의 얼굴에서도 근심의 그림자는 보이지 않았다.

문득 그 파티가 어디선가 본 듯한 익숙한 광경처럼 느껴졌다. 생각을 쫓아가 봤다. 박말련의 결혼식. 그 혹독하게 추웠던 북간도의 허름한 회관에서 열렸던 결혼식과 피로연 장면이 떠올랐다. 마치 오늘 웃지 못하면, 내일부터는 웃을 기회가 없는 사람들처럼 기를 쓰고 웃었던 북간도의 그 사람들.

어쩌면 이것이 뭔가 알 수 없이 옥죄어오는 기분 나쁜 압력에 대응하는 우리들의 방식이었는지도 모른다. 우리는 그렇게 기세氣勢로, 대기를 둘러싼 불편한 기운과 싸우고 있었다.

만주사변

가을 학기가 시작됐다. 레슨실에서 학생들에게 피아노 레슨을 하고 있을 때, 피아노과 조교가 들어와 나를 잡아끌고 나갔다.

"선생님, 일본이 어제 만주를 침공했대요."

"만주에서 전쟁이 났다고?"

"예. 중국군이 무슨 철도를 폭파했다고 트집 잡아서 쳐들어갔대요."

'올해 만주가 지옥이 된다고 했던 게 이거였구나.'

나는 그제야 요시다 교수가 와서 한 얘기를 이해할 수 있었다. 일본은 이미 오래 전부터 만주 침공을 계획하고 준비했던 거다.

'말련이, 이 년이 내 말을 안 듣고....'

말련을 향해 욕지기가 나왔다. 나는 전화·전보 등등 모든 수단을 동원해, 말련과 연락을 취하려고 했다. 그러나 그녀와 연락이 닿지 않았다. 초조한 하루하루가 흘러갔다. 그 와중에 경성의 사정도 나빠지고 있었다.

총독부는 공공 안전을 도모한다는 명목의 공안정책을 발표하면서 학생들의 단체모임을 금했다. 여러 대학에서 학생들이 모였다는 이유만으로, 일본 경찰은 학생들을 끌어내고, 때리고, 잡아들였다. 경성제대에서 조선인 학생과 일본인 학생 간의 충돌이 벌어져 조선인 학생들이 대거 연행됐고, 보성전문, 연희전문, 이화여전에선 학생들이 시국성명을 발표하며 경찰과 대치하는 등의 사건이 연이어 벌어졌다.

그 단속 대상 모임의 범위는 넓었다. 모든 동아리 활동이 금지됐다. 글리클럽도 금지 대상이었다. 그래서 합창도 일단 중단되었다. 그때 나는 이미 말련이 때문에 정신이 나가서 합창단 일은 제쳐 놓은 상태였다. 말련에게선 10월이 넘어서야 연락이 왔다. '무사하니 걱정 말라'는 한 마디가 전부였다. 조선독립군이 중국과 연합해 일본과 싸우고 있다는 건 이미 다 알려진 사실인데, 독립군 남편을 둔 사람을 어떻게 걱정하지 말라는 것인지. 속이 있는 대로 타들어갔다.

그렇게 살얼음판 같은 나날을 지내고 있던 어느 날이었다. 종로경찰서 형사가 순사 몇 명을 데리고 와서 교무실을 뒤지기 시작했다. 만주사변 이후 조선 총독부와 경찰은 급격히 사나워지고 있었다. 그들은 이제 무슨 짓이라도 할 수 있었다.

그들이 주로 노리는 건 내 자리인 듯했다. 내 자리를 집중적으로 뒤지면서 서랍 속에 있는 물건들을 형사가 하나하나 꺼내 살폈다. 그러더니 내게 통장을 흔들어 보였다. 글리클럽 기부금 관리 통장이었다. 나는 어이없게도 연행이 되었다.

그들은 통장 안에 어떻게 그 많은 돈이 있는지 캐물었다. 그들은 노래에 관해선 아무 관심도 없었다. 그들의 관심사는 오직 돈뿐인 듯했다. 기부금과 공연 수익이라고 수백 번 설명해도 엉뚱한 소리만 반복하고 있었다.

"공연 수익으로 집 한 채 살 돈을 번다고? 리전 글리클럽 학생들이 접대하고 받은 화대 아니야?"

"리전 학생들이 무슨 접대를 해요?"

"아니면 여자들이 어떻게 이렇게 많은 돈을 끌어 모으지?"

"기부금이 많았어요."

"여학생들이 화대 받는 건 불법이야. 이건 불법 자금이라고. 이거 신문에 나봐. 리전 학생들이 노래 팔고, 웃음 팔아 화대 챙겼다고 말이지. 이건 압수당해도 할 말이 없는 돈이야."

기막힌 상황이었지만, 가수 이화련 씨의 기부금이라는 말은 나오지 않았다. 그녀에게 피해가 갈 수도 있다는 생각에 그건 피하고 싶었다. 그들은 나를 조사실의 딱딱한 나무의자에 앉혀 놓은 채, 가끔씩 누군지도 모르는 형사들이 돌아가며 들어와 이런 헛소리를 지껄이고 나가곤 했다.

혼자 앉아 있는 시간은 공포스러웠다. 그래서 노래를 불렀다. 방아타령, 도라지 타령, 자즌산 타령.... 민요를 부르고 있으면,

묘하게도 마음이 가라앉았다. 얼마나 지났을까. 여하튼 한참을 그렇게 홀로 앉아 타령을 부르고 있는데, 순사 한 명이 오더니 '따라오라.'고 했다. 경찰서의 높은 사람 방이었다. 거기에서 이화련씨가 화사하게 웃음 띤 얼굴로 나를 보고 있었다.

"에고, 선생님, 그 기부금을 제가 낸 것이라고 말씀하셨으면 됐을 것을, 뭘 그리 말씀을 안 하셔서 오해를 받으세요."

그러더니 그 방의 주인인 듯한 일본인에게 일본어로 말했다.

"리전 출신들은 참 고지식해요. 저는 겸양 차원에서 제가 기부했다고 밝히지 말라고 한 건데, 이렇게 말씀들을 안 해주네요. 기생들이나 부르는 노래를 리전생들이 부르니, 그게 신기해서 드린 것뿐인데요."

나는 그녀를 따라 종로경찰서를 벗어날 수 있었다. 그녀는 나를 데리고 나오면서 아무 말도 하지 않았다. 다만 주변에서 곁눈질로 그녀를 바라보는 경찰 사람들에게 미소 띤 얼굴로 고개를 까딱하며 인사를 계속 할 뿐이었다. 그리고 경찰서 문 앞에서 자기 차를 타며, 나를 향해서도 그저 눈을 내리깔고, 대수롭지 않게 고개만 까딱했다. 그녀의 여유롭고 거만한 태도를 보며, 오히려 그녀가 지금 얼마나 애를 쓰며 연기하고 있는지가 느껴졌다. 가슴이 뻐근하게 아팠다. 그런데도 그 돈은 압수당했다. 아직도 영문을 알 수 없다.

그해 가을과 겨울이 어떻게 지나갔는지 전혀 기억나지 않는

다. 다만, 그때를 되돌아보려 하면, 이유는 알 수 없으나 요시다 교수가 읊조린 예이츠의 시 한 구절만이 내 머릿속에서 맴돌았다. 아마도 그 겨우내 나는 그 구절만 읊조리며 산 모양이다.

Though I am old with wandering
Through hollow lands and hilly lands,
I will find out where she has gone
(나는 방랑하면서 늙었지만/ 빈 땅과 구릉지를 지나/
그녀가 간 곳을 찾아내리라.)

1932년

전국 순회공연

학기 초부터 대학가 전체가 뒤숭숭했다. 경성제국대학부터 심상찮았다. 지난해 만주사변을 둘러싼 이견으로 벌어졌던 조선 학생과 일본 학생 간 충돌의 여진은 해가 바뀌고 새 학기가 시작된 후에도 지속되었다. 만주사변은 이미 일본이 만주국을 세우면서 이 지역에서의 전투가 종료 되었지만, 총독부는 조선 땅에서 마치 새로운 전쟁이라도 벌이듯 가혹하게 학생 사상범을 단속하고 있었다. 이 과정에서 경성제대 법과생들이 관여한 학생 결사가 드러났고, 이로부터 사상범으로 체포된 학생이 백 명이 넘었다.

이에 각 대학 당국마다 개학 초부터 모든 토론회를 금지하는 명령을 내렸고, 이게 발단이 되어 또 학교와 학생 간에 충돌이 벌어졌다. 보성전문과 연희전문 학생들은 이에 반발해 잇따라 사회문제 토론회를 열면서 경찰과 학생, 학교와 학생 간 갈등이 고조되고 있었다.

이 와중에 이화여전에선 연극클럽에서 겨울방학 내내 준비한 연극이 무대에 오르기 전에 총독부의 사상 검열을 받는 사태가 벌어졌다. 리전 연극단의 맹렬함은 원래 유명했다. 리전 연극단이 올리는 연극은 당대의 연극이 아니라 '미래의 연극'이라고 불릴 만큼 늘 신선한 시도와 각본으로 눈길을 끌었다. 연극계에서도 리전 연극단이 공연할 때에는 자기들 연극은 올리지 않고 리전 연극을 보러 간다는 말이 있을 정도였다. 문제가 된 연극은 제목이 [오를레앙]이었는데, 잔 다르크 스토리를 각색한 거라고 했다. 어쨌든 그 연극은 개막도 하지 못했다.

이 일을 계기로 학교 측은 클럽활동에 대한 자체 검열에 나섰다. 총독부의 '학생 사상범' 단속이 예리하기도 했지만, 여기에 더해 리전의 많은 선교사가 평소에도 조선 학생들의 극성스러움에 넌더리를 내는 일이 많았기 때문에 차제에 학생들의 기를 꺾으려는 의도가 있다고, 많은 학생이 의심했다. 그들은 이 땅에 미국의 청교도적 가정을 일군다는 꿈을 꾸었다. 그런 청교도적 가정의 중심이 되는 어머니를 길러내겠다는 강렬한 동기를 가진 선교사가 많았다. 그들에게 가르칠수록 진취적으로 바뀌는 조선인 여학생들은 골칫거리였을 거라고 이해는 한다. 어쨌든 이 무렵, 기선 제압에 나선 학교 측의 클럽활동 검열에 학생 클럽들이 크게 반발하며 팽팽한 긴장감이 조성됐다.

그런데 독특하게도 우리 글리클럽은 예외였다. 우선 학교 측을 대변해야 하는 음악과장 메리 영 선생님이 '민요 합창'을 선도 했고, 지도교수인 안치용 교수가 뒤를 받치고 있었다. 영 선생님은 글리클럽에 어떠한 새로운 요구도 하지 않았다. 오히려 '어려움이 있어도 원래 우리가 하던 대로 나가자.'고 독려하기까지 했다.

나는 학교와 보수파 계열의 기독교계 압력 강도가 꽤 높았다는 것을 알았다. 학교 측은 글리클럽이야말로 '문제적 클럽'이라고 비난했다. 다만 영 선생님은 이를 전달하지 않고 혼자서 그 상황을 감내하고 있었을 뿐이다. 그녀는 합창단 연습이 있던 날 와서 이런 말을 했다.

"총독부나 경찰이 우리를 어떻게 하겠어요. 우리가 혁명가나 선동가를 부르는 것도 아니고, 대중이 즐겨 부르는 민요를 부르는 것뿐인데.... 그러니 우린 그냥 당당하게 우리의 예술을 하면 돼요."

사실, 연극이나 학습 클럽들의 경우 총독부에도 학교에도 단속의 명분이라도 있었다. 하지만 우리 합창단에 관해선 명분이 없었다. 그들이 주장하는 불온한 내용은 하나도 없었다. 다만 민속 노래를 부르고 있을 뿐이었다. 그래서 더 껄끄러운 존재이기도 했다.

'위축되거나 저항하거나'. 당시 대학가 클럽활동은 이 둘로 나뉜 혼돈기였다. 그야말로 취미활동 하나 하려면 피를 볼

각오까지 해야 하는 시대로 어느덧 접어들고 있었다. 그러나 우리 클럽은 위축도 저항도 어느 쪽도 선택하지 않았다. 그저 우리의 노래를 부르기로 했다. 그 어느 때보다도 맹렬하게.

[민요합창곡집] 출간한 리전 음대 교수들
리전 글리클럽 전국 돌며 곧 선보일 예정

지난해 [민요합창곡집] 출간 직후 한 신문에 난 기사 제목이 이랬다. 실제로 합창곡집 발간 직후 글리클럽은 '전국 순회공연 준비팀'을 조직했고, 그동안 늘 말만 해왔던 전국 순회공연을 실현할 계획이었다. 이미 1년 가까이 준비해온 것이기에 강릉·함흥 등 동북 지역, 여수·광주·순천 등 상당한 지역에서 공연 일정을 조정하고 있었다.

순회공연 준비팀은 비슷한 지역들을 권역별로 묶어 10~15일간 일정으로 한꺼번에 돌아오는 계획을 짰다.

"공연 작명도 제대로 하죠."

클럽의 총무를 맡고 있던 김선회가 제안했다. 여러 의견이 오갔다. 리전 글리클럽이 조선의 동쪽, 남쪽, 북쪽 지역에서 공연한다는 뜻으로 이름을 붙이자고 의견을 모았다. 그래서 동쪽 지역 순회공연은 리전 글리클럽 동선東鮮 합창제. 남쪽은 남선南鮮 합창제, 북쪽은 북선北鮮 합창제로 정해졌다.

단원들은 마치 자기 생업이나 하는 일이 없는 사람들처럼 이 일에 매달렸다. 게다가 우리에게 원래 있었던 거액의 재원을 모두 압수당한 후, 가난한 학교 동아리가 됐음에도 자기 돈을 털어가며 매달렸다. 필사적으로.

우리가 5월 강원 지역 순회공연 준비에 한창일 때 종로 경찰서 정보과 형사가 왔다. 나는 그가 오면 친근하게 인사하며, 차를 대접하고, 댁내 안부까지 챙겼다. 그는 내가 자꾸 아는 척하며 친근하게 굴어서 더 짜증스럽다고 말하기도 했다.

"아니, 무슨 학교 친목 클럽이 유랑극단보다 더 공연을 많이 합니까. 동선, 북선, 남선. 곧 서선도 하실 건가요?"

"서쪽이야 뭐가 있나요. 인천·수원 정도인데, 거기야 뭐 가볍게 갔다 오면 되죠. 그리고 요즘 저희 단원들 대다수가 놀고 있잖아요. 만주사변 여파로 취직도 안 되고, 혼인도 미뤄지고.... 그렇다 보니 졸업하고도 갈 곳 없는 단원들이 이거라도 안 하면 좀이 쑤셔서 살 수 있겠어요?"

"그러면 대일본제국의 신전神戰 때문에 리전 학생들이 조선 팔도를 돌면서 기생이나 부르는 민요를 부르고 다닌다고요?"

"그러게 말이에요. 그렇게 됐네요."

"차라리 신전의 용사들인 대 일본제국 군대 위문 공연을 하시면 어떻습니까?"

한마디로 어이가 없었다. 그러나 나는 그런 상황에서 미소를 잃지 않고 태연하게 대하는 게 유리하다는 교활한 처세 정도는 할 수 있게 된 나이로 접어들고 있었다.

"여학생들이 무슨 군대를 갑니까. 군인들한테 찬송가나 민요 불러주면 좋아하나요. 그저 노래도 부르고, 전국 유람도 하고. 실은 대외적으론 비밀인데, 놀아보자는 목적이 더 커요."

"논다고요? 노는데 왜 거슬리게 민요를 부르는 거죠?"

"노는 데 민요보다 더 좋은 노래가 있나요? 그럼 놀면서 뭘 불러요? 슈베르트의 세레나데, 숭어, 이런 걸 부르겠어요. 아니면, 찬송가를 부르겠어요."

"아이고, 박 선생님, 말로는 못 당하겠네. 여하튼 이 글리클럽은 딱 떨어지지는 않는데, 아주 거슬려. 아주 거슬린단 말이야."

"우리도 지금 돈 다 뺏겨서 많이 놀지도 못해요."

"여하튼 우리가 모두 지켜보고 있어요. 요즘 사상적으로 엇나가는 젊은이들이 너무 많아서 손을 못 빼서 그렇지 우리가 모르는 거 아니에요."

그는 자기 바지를 탁탁 털더니 일어나서 나가버렸다. 우리는 그렇게 애매한 경계선에 서 있었다. 삐끗하면 형무소 담장 안으로 떨어질 수도 있는 아슬아슬한 경계.

나는 공연 준비팀이 모였을 때, 형사가 다녀간 얘기를 했다. 그들의 반응은 시큰둥했다. 그 문제와 관련해선 딱 한 마디만 나왔다. "미친놈!"

실제로 그런 시답지 않은 일에 신경 쓸 여유가 없었다. 가장 급한 건 돈이었다.

"그나마 앨범 내고, 합창곡집까지 내고 난 뒤에 뺏겨서 다행이지. 돈 있을 때 무대의상도 좀 잔뜩 맞춰놓고 했으면 좋았을걸."

회계 담당 임영숙이 또 주판을 흔들었다.

"영숙 선생, 그대의 주판 소리를 들으면 바가지 긁는 소리로 들린다오. 나, 집 나가기 전에 예산 안에서 어찌 해봅시다. 일단 일 저지르고 나중에 모자라면 또 그때 생각합시다."

그녀는 지금 있는 돈으로 어떻게라도 해보려고 악보보다 주판을 더 많이 들여다 보고 있었고, 그러면서 수시로 주판을 흔드는 통에 정신이 사나웠다.

나도 그때 우리 장학재단에서 공부시키는 학생이 세 명이 되는 데다 말련에게서 연락이 오면 곧바로 싸서 보낼 돈을 마련해 놓느라 큰 여유는 없었다. 이리저리 긁어서 30원을 마련해 주었다. 여기에 메리 영 교수와 안치용 교수가 각각 10원씩 더 보탰고, 단원들도 1~5원씩 갹출했다. 적은 돈은 아니었지만, 30여 명이 장거리를 움직이는 여정이라 빠듯했다. 각 공연에서 우리 합창곡집과 음반을 팔아서 벌충할 생각이었지만 그것도 어찌 될지 알 수 없었다.

그래도 우리는 호호탕탕하게 전국을 돌았다. 리전 글리클럽의 전국 순회공연은 전국적으로 화제가 되었다. 지역 언론들도 우리 공연 소식을 알리며, 취재해 가기도 했다. 강원 지역에선 전세 버스를 타고 이동하던 중에 5일 장을 지나다가 잠시 장 구경을 하고 가자며 내렸었다. 어딘지는 기억나지 않는 시골 마을이었다. 온 동네 사람들이 우리를 빙 둘러싸고 구경했다. 그들로선 처음 보는 신여성이어서 신기하게 바라보는 듯했다.

그래서 즉석에서 장마당 한 가운데 너른 마당을 무대 삼아 유랑극단처럼 민요 합창을 했다. 마침 아코디언이 있어서 그 반주에 맞춰 민요를 불렀다. 처음엔 신기하게 보던 시골 사람들이 하나둘씩 어깨춤을 추기 시작했다.

"뭔 속요가 그리 고급스럽소."

어느 노인이 외쳤다. 성악으로 불러도 모두 그것이 민요라는 걸 알아들었다. 민요가 이렇게 고급스러운 노래라는 걸 이 시골 사람들도 알게 됐을 거라고 믿었다. 그 장을 떠날 때 우리 손엔 떡, 고구마, 감자, 옥수수에 말린 나물까지 잔뜩 들려 있었다.

남선 합창제 당시 순천 공연엔 동아일보 기자가 취재하러 왔었다. 우리는 경성에서 그 먼 순천까지 취재를 온 기자가 더 신기했다. 그는 공연을 보러온 관객들의 반응을 꼼꼼하게 취재했고, 우리 단원들에겐 민요를 부를 때 드는 생각과 각오 같은 것들을 말해 달라고 요청했다. 내게도 민요 합창의 민족적 의미를 집요하게 물었다.

그의 기사는 방향이 정해진 듯했다. 리전 민요 합창이 민족의식을 고취하기 위한 일종의 사회운동인 양 쓰는 것. 그러나 기사가 그런 방향으로 나갔을 때, 어떤 영향이 미칠지 염려되기 시작했다. 나는 그에게 물었다.

"기자님의 기사 의도가 무엇인지 궁금합니다."

“나쁜 의도는 없어요. 리전이 민요 합창을 통해 조선의 의식을 깨우는 데 앞장섰다는 점을 보여주고 싶죠.”

“그런데 그 기사는 좋은 의도이든, 나쁜 의도이든 결과는 하나일 것 같습니다. 총독부를 자극해 리전의 민요 합창을 막는 것. 우리 의도를 알리는 건 별로 중요치 않을 것 같습니다.”

“지금 이 공연을 두고 얼마나 쑥덕거림이 많은지 아시나요?”

“기생 유랑악단이라고 비아냥거리는 거요?”

“억울하지 않습니까? 당사자가 아닌 나도 화가 나는데요.”

“아무리 억울한들 일제에 조선을 뺏긴 것보다 더 억울합니까? 저도 기자님이 취재하는 걸 보면서 생각해 봤어요. 가만히 있으면 리전생으로 대우받는데, 왜 기생 소리까지 들으며 이럴까.”

“대답을 찾으셨습니까?”

“얼추요. 혹시 조선인의 표정을 아십니까?”

“조선인의 표정요?”

“우리는 무대에 서 있으면 관객들의 얼굴과 표정이 보여요. 찬송가나 외국 합창곡을 부를 때 그들은 그냥 관객 얼굴이에요. 그런데 민요를 합창하면, 조선인들의 표정이 달라져요. 어떤 이는 환희의 표정이 되고, 어떤 이는 비애, 어떤 이는 희망, 또 어떤 이는 다짐. 모두가 각각의 표정을 짓는데, 그 각각의 표정은 또 하나로 모여요. 조선인. 우리는 무대 위에서 조선인들을 만나요. 빼앗긴 나라가 아니라 우리가 기억하는 조선. 그냥 우리는 모두 같은 조선인이라는 것. 일본제국과 조선인들

일부가 '민요는 기생집에서 부르는 노래'라고 아무리 비하해도 관객 표정을 보면 알아요. 그들의 얼굴은 기생집에서 노는 한량의 표정이 아니라 조선인의 얼굴이 됩니다. 그 노래 한 곡으로 자신이 조선인임을 다시 상기해내는 거죠. 민요를 부르면서 우린 그 얼굴과 표정을 만나요. 그래서 조선 팔도 모든 사람들에게 이 노래를 들려 주고 싶어요. 조선을 기억 하는 노래."

기자는 아무말도 하지 않았다. 나는 조용히 부탁했다.

"노래는 그 어떤 언어보다 깊은 말입니다. 저희가 조선의 기억을 지키기 위해서 할 수 있는 게 이것밖에 없어요. 저는 유관순의 친구입니다. 그 아인 조선의 기억을 지키기 위해서 목숨을 내놨어요. 그에 비하면 저는 아주 쉽게 살고 있죠. 어쨌든 우리가 조선을 기억해야 해방도 될 것 아닙니까. 그러니 그까짓 한가한 쑥덕거림에 멈출 수 있겠습니까. 그런데 여기에 민족적 의미를 부여하는 순간, 우리는 십중팔구 노래할 기회를 뺏길 겁니다. 저희들이 오래 노래하게 해주십시오. 신문기사가 아니라 노래로 조선인들을 만나고 싶습니다. 아주 길게요."

그후, 남선 합창제 기사는 동아일보에 사진과 함께 짤막한 사진 설명 기사로 실렸다.

이화여전 글리클럽이 광주, 여수, 순천 등 조선 남부 지역을 도는 남선南鮮 공연에서 농부가·방아타령 등 리전 특유의 레퍼토리인 민요 합창을 선보였다.

1933년

표절

마치 우리에게 내일은 없는 양 휘몰아쳤던 한 해를 마무리하고 맞은 새해는 벽두부터 불온했다.

[조선민요합창곡집]노래의 상당수와 리전 글리클럽이 부르는 민요 합창은 '표절'이라는 음악계의 공격이 시작됐다. 특히 안치용 교수의 편곡에 공격이 집중됐다. 민요 채보 전문가의 채보를 그대로 베꼈다는 것이었다. 실제로 그가 채보한 가사와 우리 합창곡집에 실린 가사가 똑같았다. 이 논란은 연일 신문에 대문짝만하게 오르내렸을 뿐 아니라 리전 글리클럽의 도덕성에 대한 공격으로 이어졌다.

가만히 있을 안 교수가 아니었다. 그는 신문에 반박 기고를 냈다.

민요란 조선의 백성들이 부르는 창가로, 그 소유가 백성의

것인데 어찌하여 채보한 사람의 소유인 양 말하는가.
그리고 가락의 동일성을 주장하나 나는 민요의 가락에
성부를 달리하여 3부, 4부 합창으로 편곡하였으니, 편곡의
창작성이 있다 할 것이다.

이 기고는 마치 벌집을 건드린 꼬챙이 같은 것이 되었다. 조선 음악계가 벌떼처럼 일어나 안 교수의 부도덕성을 공격했다. 채보자는 안 교수를 상대로 저작권 소송을 제기했다. 세간엔 리전 글리클럽에 대한 조롱이 난무했다.

'남의 노래를 훔쳐서 마치 자기 것인 양 뽐내며 전국을
돌아다닌 파렴치한 작태'
'훔친 노래를 앵무새처럼 따라 부른 어리석은 이화여전생'
'훔친 노래로 조선 팔도 유람한 이화여전 학생들'
'노래 훔쳐 전국 돌며, 노래 팔아 돈 챙긴 리전생들의 탐욕'

한 기자가 찾아 왔었다. 나는 그에게 우리 입장을 설명했다.

"표절인지 아셨나요?"

기자의 질문에 나는 민요의 특성부터 설명했다.

"기자님도 아시다시피 민요란 서양음악이나 궁중음악과 달리 특정한 가락이 악보화된 것도 아니고, 가사도 대략 정형화된 것 없이 부르는 이의 감성과 느낌에 따라 즉석에서 바뀌는 일이

많습니다. 말하자면 민요는 대략의 윤곽만 있을 뿐, 고정 된 것이 아닙니다. 우리가 민요를 편곡하는 것도 그 윤곽을 따라서 하는 것이지요. 민요는 창작의 범위가 대단히 넓습니다. 한 개의 채보된 노래가 그 노래의 전부가 아닙니다."

"그러니 선생님 말씀대로 하자면, 채보한 민요의 저작권이 인정되는 셈이네요."

"네?"

"고정되지 않은 노래의 시점을 잡아서 채보했으니, 그건 채보자의 저작물인 셈이지요."

나는 논리 자체에서부터 헷갈리기 시작했다. 그 기자는 애초 '표절의 확신'을 가지고 있는 듯했다. 그리고 그 기자가 쓴 기사의 제목은 이랬다.

리전 글리클럽 담당자도 표절 사실 인정

글리클럽 총무와 회계를 맡고 있는 선회와 영숙이 집으로 찾아 왔다. 원래대로라면, 우리는 지난해에 가지 않았던 지역을 중심으로 이 한 해 동안 순회 공연할 지역들을 정하고, 일정을 조율하는 회의를 했을 터였다. 그러나 우리는 가까운 미래조차 알 수 없었다. 이미 우리 노래에 대한 의심과 조롱이 만연한 속에서 무대에 서는 것은 어려웠다.

선회가 말했다.

"안치용 교수님이 저작권 소송에서 이기면 얘기가 달라질 거예요."

"너무 오래 걸리잖아. 그리고 이미 여론에서 이렇게 두들겨 대는데 관객이 오겠니?"

"우리가 어떻게 민요 합창을 시작하고 지켰는데 이렇게 무너져요?"

나는 선회를 봤다. 그녀는 이 합창단에서 나하고 가장 오래된 멤버였다. 자기 직장생활을 하면서도 언제나 가장 열성적으로 합창단 일을 도맡아 하는 우리 클럽의 일꾼이었다.

"선회야. 나는 이 일로 학교에서 돈도 받으니 계속하지만, 너는 네 돈 써가면서 왜 그렇게 열성이야?"

"언니는 뭐 돈이 없어서, 그 쥐꼬리만한 돈 받으려고 이 일 하나?"

그러더니 한참 생각하고 나선 말했다.

"나도 몰라요. 그냥 내가 할 수 있는 게 이거밖에 없잖아. 민요라도 부르면 내가 살아있는 것 같은데, 나머지 내 생활은 늘 마음이 불안하고 울화가 치밀어."

영숙은 글리클럽의 미래를 걱정했다.

"새 학기엔 레퍼토리를 좀 바꾸면 어떨까요."

"야, 레퍼토리를 뭘로 바꿔."

선회가 소리를 꽥 지르며 다소 호전적이었다. 내가 중재에 나섰다.

"야, 우리끼린 말 곱게 하자. 목소리 낮추고, 이제 레퍼토리를 민요로만 가긴 힘든 게 사실이야. 단원 모집도 어려울 거야. 영숙아, 생각한 거 있어?"

"그동안 우리가 외국 노래로는 찬송가하고 미국 합창곡 많이 했잖아요. 이번에 이탈리아 합창곡을 해보면 어떨까 하고요. 그래서 미리 악보를 주문해 놓아야 하지 않을까 해서요."

"돈은 되나?"

영숙은 몇 개의 악곡집 후보와 예산을 정리한 종이를 건넸다.

"돈은 돼요. 일단 돌아오는 학기는 신입 단원을 모집해야 하는 시기이고, 그러니 이탈리아 곡을 소화한다고 홍보해야, 나가는 단원과 숫자 정도는 맞출 수 있지 않을까요."

우리는 신학기부터 이탈리아 합창곡을 테마로 하기로 결정했다. 악보 주문은 영숙이 맡기로 했다.

"순회공연은 어렵겠죠?"

영숙의 말에 나는 선희를 쳐다봤다. 그들의 생각이 궁금했다. 나는 그들이 민요 합창 공연을 계속하자고 하면, 모른 척하고 그럴 생각이 있었다. 선희는 잠시 생각하더니 말했다.

"나는 이게 '만보산 사건'같은 거면 어떡하나 하는 걱정이 있어요."

이 일이 벌어진 후 뭔가 머릿속에서 맴맴 돌기는 하는데 선명하지도 않고, 계속 말할 수 없이 찜찜한데도 설명할 수 없었던 것을 선희가 콕 찍어 말해준 것이다. 그 말을 듣고 섬찟했지만, 비로소 그 찝찝한 느낌의 실체가 분명해지는 것 같았다.

만보산萬寶山사건은 만주사변이 일어나던 해 여름쯤 벌어진 일이다. 만주 만보산 지역에서 조선과 중국 농민들이 농경지 수로를 둘러싸고 충돌했다. 그 직후 조선일보는 '중국 관민이 수로공사를 하던 조선인 교포 200여 명을 학살했다.'고 보도했다. 이에 조선인들이 격분하여 복수에 나서면서 인천과 평양에서 화교 100여 명을 죽이고, 화교들의 가게를 때려 부쉈다. 이로써 조선인과 중국인 사이에 갈등과 혐오는 극에 달했다.

나중에야 밝혀진 진실은 어이없었지만, 참혹했다. 만보산에서 실제로 충돌은 있었지만, 유혈 사태는 없었다. 기사는 만주에 있는 일본 영사관이 작성한 허위 보도자료를 조선일보 만주 지국 기자가 현장 확인도 없이 긴급 타전했다는 거다. 그리고 이제야 이 일은, 일본이 만주 침공을 앞두고, 조선과 중국의 민간인 사이에 혐오와 갈등을 부추겨 양국이 서로 협력하는 것을 차단하기 위해 벌인 여론전이었다는 걸 깨닫게 된 것이다. 조선인과 중국인이 죽고 죽이는 갈등을 빚어 가슴 속엔 서로에 대한 커다란 증오심을 품게 한 뒤, 일본은 이 틈에 조선인과 중국인이 섞여 사는 만주를 점령한다는 작전.

"이게 만보산 사건이랑 무슨 관계가 있어요?"

영숙이 물었다.

"일본 놈들은 우리가 민요 합창 하는 걸 못마땅해 했잖아. 그 쥐새끼 같은 종로경찰서 정보과 형사도 수시로 연습실에 난입하고.... 그런데 노래 부르는 걸 중단시킬 명분이 없었을 뿐이지. 그래서 표절이라는 떡밥 하나 던져놓고, 조선 음악계 내부에서 싸우도록 부추기면서 신문사를 상대로도 깔짝거려서 더 확대시키도록 한 건 아닐까 하는 생각. 봐! 신문들이 너무 집요하게 물고 늘어지잖아. 산사태가 나서 사람들 수십 명이 죽어도 이렇게 오래 매달리진 않잖아. 그런데 이게 한 달 동안이나 매일 이렇게 크게 보도될 일이야? 내 생각은 말이야. 이 일의 발단이, 그들이 애당초 기획했던 대로 민요의 위상을 다시 끌어 내리려고 하는 게 아닌가 하는 생각이 들어. 조선 민요는 기생이나 부르는 퇴폐적인 노래라는 그 위치에 고정해 버리는 것. 원래 작곡자도 알 수 없는 민간 속요를 둘러싸고 표절 시비가 이렇게까지 번지는 게 정상적으로 보여? 이간질이야 일본 놈들 특기잖아. 그것들이 뒤에서 작용하지 않으면, 이렇게 장기간, 이렇게 치열하게 지속될 수 있을까?"

나는 선회의 분석에 공감했다. 영숙이 말했다.

"그놈들이 바라는 건, 민요 합창의 중단?"

"지금 그렇게 돼가고 있잖아. 정말 징글징글해. 조선 놈들도. 민요 합창을 이화여전이 부르지 않았으면, 이 정도로까지 집요하게 물고 늘어졌겠어? 리전생들과 기생을 엮어 보려고 그렇게 애를 쓰다가 이젠 우리 민족의 노래까지 잃게 생겼잖아."

평소 진중한 선회가 울분을 터뜨리고 있었다. 우리는 한참이나 말없이 한숨을 쉬었다. 내가 두 사람한테 물었다.

"어떻게 하면 좋겠어?"

영숙이 말했다.

"그냥 불러야죠, 뭐. 언제 이화여전생들이 칭찬 들어가며 살았나요? '계집이 뭘 한다고 공부냐.' '리전생처럼 굴면 시집 가서 소박맞기 십상이다.'아이고, 원 참. 우리 맷집 좋잖아요. 하시죠, 뭐. 계속. 일단 표절 시비 붙은 안치용 교수님 곡은 제외하고, 메리 영 선생님 곡 중심으로.... 우아하게 이탈리아 합창곡을 부른 뒤에 농부가를 부르고, 어메이징 그레이스를 부른 뒤에 방아타령을 부르는 거죠."

우리는 모두 배를 잡고 웃었다. 선회가 말했다.

"그래. 그렇게 합시다. 우리가 욕 하루이틀 먹었냐. 까짓거 배추가 날라오기 전까진 한번 해보죠."

"왜, 배추 날라오면 안 하게?"

"그건 또 리전생이 스타일, 너무 구기는 거잖아요."

우리는 또 웃었다. 정말 웃기 위해 너무 애쓰고 있는 것 같아 한편에선 마음이 짠했다. 내가 말했다.

"우리도 이젠 민요 채보에 적극적으로 나서야 할 것 같아. 민요는 즉흥적이잖아. 기분 내키는 대로 가사를 지어 부르다 보니, 우리가 아는 음악하곤 다른, 굉장히 독특한 형태야.

한번 즉흥적으로 불려진 가사가 다음에 안 불려지는 경우도 많고. 그러니까 그 가사와 가락을 채보한 사람이 저작권자라고 주장해도 할 말이 없는 거야. 그런데 그동안 민요 합창을 하면서 우리가 채보한 게 아니라, 누군가 채보한 걸 편곡한 게 많은 건 사실이야. 그래서 이번에 이런 사달도 난 것이고."

"우리 민요가 그런 걸..., 그럼 그건 그냥 조선인 전체의 것이지, 꼭 주인을 찾아야겠으면 즉흥적으로 부른 그 사람 것이지, 그걸 들은 사람 거예요?"

영숙의 말을 들으니 나의 우유부단한 귀는 또 그 말이 맞는 것 같이 들렸다.

"듣고 보니, 또 그러네. 아, 민요는 너무 알쏭달쏭해."

선회가 덧붙였다.

"언제부터 우리가 민요를 누가 지었는지, 주인이 누군지 따졌어요? 요즘은 노래고 이름이고 글이고 죄다 주인을 따지는 게 무슨 유행이야. 노동이 아니라 권리로 먹고 살려고 들어. 주인 없는 건 먼저 딱지 붙인 놈이 주인이래. 이러다 돌, 나무, 흙 같은 것도 다 주인이라고 우기는 사람들이 나올 것 같아."

한숨만 나왔다. 잠시 후 영숙이 한마디 덧붙였다.

"일본 놈들이 자기가 조선의 주인이라고 우긴 게 통했잖아요. 그래서 이런 풍토가 생긴 건지도 몰라요. 일단 우기고 보는 거."

스캔들

가을이 되었다. 폭염의 열기가 식어갈 무렵, 표절 논란도 일단 소강상태에 접어들었다. 어쨌든 글리클럽은, 그럼에도 불구하고 민요 합창 연습을 다시 활발하게 하고 있었다.

그런데 이번엔 뜻밖의 대형 스캔들이 터졌다. 소프라노 가수 이연실과 안치용 교수가 내연 관계라는 내용이었다. 이 기사가 가십 전문 잡지도 아닌 큰 일간 신문에도 버젓이 실렸다. 벌집을 쑤신 듯했다. 그들을 둘러싼 스캔들 기사는 집요하게 이어졌고, 매일매일 커졌다.

이연실은 졸업과 함께 음반을 내고 데뷔한 후 명실상부한 조선 최고의 소프라노로, 이미 스타 반열에 올라 있었다. 그녀의 노래는 워낙 압도적이어서 국내엔 라이벌이 없었다. '이연실은 라스칼라 좌에 가야 하는 대형 가수'라는 데에 이견을 다는 사람은 없었다. 과장 하나 보태지 않아도 그녀는 '어마어마한 소프라노'였다.

안치용 교수는 그동안 거의 '조선의 슈베르트'라고 불릴 정도로 매년 가곡 작곡집을 한 권씩 내면서 이 분야에선 따라올 사람이 없었다. 매년 독창회를 하고, 많은 가극을 작곡해 무대에 올리고 있었다. '이게 정말 한 사람이 한 게 맞을까.'싶을 정도로 열정적인 음악가였다. 그들의 명성만으로도 이 스캔들은 규모가 작을 수 없었다.

독특한 점도 있었다. 그동안 조선에서 일어난 불륜 사건은 대략 여성들에게 비난이 집중되는 경향이 있었다. 남성은 실수했다거나 여성이 홀리는 바람에 잠시 정신이 나간 정도로 동정론까지 이는 게 보통이었다. 그러나 이번엔 안 교수가 집중포화 대상이었다. 다시 표절 문제가 표면으로 떠올랐고, 여기에 제자와의 불륜까지, 그의 도덕성과 인격은 바닥으로 처박혔다.

민요 표절 논란 이후, 안 교수는 글리클럽 지도교수는 그대로 유지했지만, 합창 연습에 나오는 일은 드물었다. 합창단은 나와 합창단원들이 꾸려가고 있었다.

그 가을 학기가 끝나갈 무렵, 우리 글리클럽은 마지막 채플 공연 준비에 여념이 없었다. 글리클럽뿐 아니라 문과와 가사과에서 학생들로만 구성된 합창단이 합동공연을 하기로 했다. 찬송가와 이탈리아 합창곡으로 구성했고, 마지막 곡으로 '농부가'를 부를 예정이었다. 공연 준비는 거의 끝났다.

그런데 내가 레슨 수업을 끝내고 교무실로 들어가자, 과장실에서 찾는다는 연락이 왔다. 갔더니 거기엔 교목 선생님이 와 계셨다. 분위기가 썰렁했다. 메리 영 선생님이 나에게 앉으라고 손짓해 앉았는데, 냉랭한 분위기로 두 분 다 아무 말씀이 없었다. 그러다 교목 선생님이 먼저 말했다.

"채플 공연의 레퍼토리가 이게 맞나요?"

나는 메리 영 선생님을 쳐다봤는데, 그녀는 내 눈길을 피했다.

"맞습니다."

"채플에 웬 '농부가'예요?"

"합창 공연 프로그램이니까요. 합창을 하라는 거지, 기도를 하라는 시간이 아니지 않습니까. 글리클럽은 합창곡을 선보이면 되는 거 아닌지요."

교목 선생님은 깊은 한숨을 쉬었다. 그러더니 말을 이었다.

"민요는 표절 논란이 끝나지 않았어요."

"이 곡은 표절 논란이 없는 곡입니다."

교목은 손을 들어 내 말을 제지했다.

"그동안 우리는 리전 글리클럽의 민요 합창을 둘러싼 수없이 불명예스러운 소리를 들으면서도 인내하며 기도해 왔어요. 그런데 곡은 표절 시비에 휩싸이고, 지도교수가 글리클럽 학생과 바람이 나고...."

"선생님, 이연실은 지금 우리 단원이 아닙니다. 신문· 잡지에서 마치 글리클럽에서 연애했다는 식으로 써대고 있지만,

사실과 다릅니다. 이연실은 딱 1년간 우리 글리클럽에서 활동했고 이미 졸업했어요."

"내가 하고 싶은 말이 그거예요. 그런데도 왜 항간에선 그들의 불륜을 글리클럽이랑 엮을까요. 이런 불미스러운 노래를 계속 부르니까 빌미를 제공하는 거잖아요."

"불미스러운 노래라뇨."

그러는데 메리 영 선생님이 내 팔을 잡아끌어, 나를 자제시키면서 대신 나섰다.

"선생님, 제가 박 선생님과 얘기를 다시 해보고, 결과를 알려드릴게요."

그러자 교목 선생님은 화난 얼굴로 일어나려다 말고, 한마디 덧붙인다.

"박에스더 선생, 그대의 동생 박말련 선생은 지금 온 이화 학생들이 가장 존경하는 인도주의자로 손꼽는 선배예요. 그 이름에 부끄러운 행동은 이제 그만해야 하지 않아요?"

나는 어이가 없었다. 내가 반발하려고 하자 메리 영 선생님이 거의 필사적으로 내 팔을 잡아끌어 앉혔다. 영 선생님의 표정이 어두웠다. 나는 앉아서 그녀가 먼저 얘기하기를 기다리고 있었다.

"이번엔 '농부가'를 뺍시다."

"선생님까지 왜 그러세요?"

"만주 전쟁이 끝난 후 힘들지 않은 곳이 없잖아요."

"그게 '농부가'랑 무슨..."

"학교에서도 비용을 절감해야 하고, 첫 타깃으로 레슨 수업을 없애려는 것 같아요. 그럼 레슨 전담 교사들은 모두 학교를 떠나야 하죠."

나는 입을 다물었다. 나에 관한 이야기였다. 영 선생님은 띄엄띄엄 말했다.

"참, 세상일은 어려워. 총독부 쪽에서 귀국 조치할 선교사들을 추리는 모양인데, 내가 첫 순위라고 하더군요. 그나마 내가 음악과 안에서 재량권이 있는 동안 다음 학기부터 '합창 지도' 과목을 만들려고 해요. 그 지도 강사를 박 선생한테 맡기려고."

"저만 구제하시려고요?"

"안 교수도 저렇게 되고 나도 언제든 쫓겨나면, 여기서 글리 클럽을 맡아줄 사람이 누가 있겠어요. 그러니 박 선생은 일단 학교하고 대립하지 말아요."

마지막 리허설은 이틀 후였다. 나는 결정할 수가 없었다. 하루에도 마음이 수없이 왔다 갔다 했다. 모두가 퇴근한 후에도 학교를 떠나지 못했다. 나는 바깥 공기가 쐬고 싶어 나가려고 교무실 문을 열었다. 놀랍게도 바로 내 앞을 안치용 교수가 지나가려던 참이었다. 그와 나는 동시에 멈췄다. 어정쩡하게 인사하고, 뻘쭘하게 바라보다 내가 먼저 말했다.

"들어오시겠어요? 지금 여기엔 아무도 없긴 하지만...."

놀랍게도 그는 들어왔다. 내가 차를 한 잔 따라서 그에게 줬다. 그리곤 할 말이 없었다. 그래서 내가 먼저 '농부가' 얘기를 꺼냈다.

"그래서 레퍼토리를 바꾸실 건가요?"

안 교수가 물었다.

"결정 못했습니다."

"왜요? 그 노래 한 곡 부르고, 장렬하게 학교를 떠나시게요?"

"그렇게 될지도...."

그와 나는 또 말이 없었다. 그런데도 마음이 편안했다. 이 문제를 놓고 문복이와 얘기했을 때, 그녀는 "노래 하나잖아. 그냥 빼라."고 내게 조언했다. 그런데 안 교수는 "노래 하나잖아."라는 말을 하지 않는다. 그나 나나 그 '노래 하나' 때문에 살아가는 사람들이라는 동지애마저 느껴졌다.

"제가 도움이 못 되네요."

"지금 조선에서 일어나는 일이 누가 도와서 해결할 수 있는 일이 있나요. 그냥 흘러가겠죠."

"그런데 제가 조언을 하나 하자면, 박 선생님은 학교에 남았으면 좋겠습니다."

순간 실소가 터졌다.

"교수님, '농부가'를 부르지 않으면 제가 학교에 남을 수 있다는 보장이 있나요? '농부가' 하나 때문에 제가 남고 말고가 결정될까요?"

그와 이야기하면서 이 문제가 보다 선명하게 보이기 시작했다. 그래서 드디어 마음을 결정했다.

"결정했어요. 글리클럽은 '농부가'를 부를 겁니다. 다음 일은 그다음에 생각하죠. 어떻게든 되겠죠."

그는 고개를 저으며 말했다.

"그다음 일은 그다음에 생각한다? 일을 저지르고 난 다음엔 해결이 안 되는 경우가 많아요. 신중하게 생각하시죠."

"교수님도 저지르기 전에 신중하게 생각하지 그러셨어요."

그는 나를 빤히 쳐다보더니 다시 눈을 내리깔고 말했다.

"사람이 공기를 피할 수 있나요? 사람이 햇빛을 피할 수 있나요? 어떤 일은 그저 자연스럽게 일어나죠."

나는 그때 할아버지 말씀이 떠올랐다. 지난 겨울방학 고향에 갔을 때였다. 셋째 숙부의 아들인 영규도 와 있었다. 그는 할아버지가 나와 말련에게 재산을 몰아주는 데 큰 동기를 제공한 사촌이었다. 열다섯 살에 집에서 일하던 아이와 아이를 낳고, 이후에도 난봉꾼이라 할 만큼 사고를 치고, 노름에도 손을 댔단다. 셋째 숙부가 영규가 사고친 걸 수습하느라 할아버지 몰래 자기가 관리하던 땅을 팔아버렸다고 했다. 그 일이 들통난 데다 성규네 일가가 내가 살던 정동 집을 노렸다는 사실이 드러나면서, 할아버지가 분재를 결심하기에 이른 것이다.

내가 고향에 도착했을 때, 할아버지는 영규와 셋째 숙부를 앉혀놓고 크게 나무라고 계셨다. 그때 할아버지가 이런 말씀을 하셨다.

“자연스럽게 그렇게 됐다고 했냐? 요즘 것들은 죄다 자연스럽다고 하면 좋은 것인 줄 아는디, 야, 자연이라는 게 뭣이냐. 햇빛 나고 쨍쨍하다가도 태풍으로 쓸어가는 것이 자연이여. 왜 인간은 인간이고, 짐승은 짐승인 줄 아냐? 인간은 집도 짓고 지붕도 올려서 그 패악시러운 자연을 피하는 법을 알어. 근디 짐승은 그걸 몰러. 그랴서 짐승은 짐승으로 밖에 못 사는 거여. 자연스럽게.”

나는 문득 이 생각이 나서 살짝 실소했다. 안 교수가 나를 보더니 말했다.

“제가 우습죠? 참, 꼴이 말이 아닙니다.”

“아뇨. 잠깐 저희 할아버지 말씀이 생각나서요.”

“박만립 선생 말씀이시군요. 뭐라고 하셨는데요?”

“이런 말씀을 하시더군요. 인간이 인간이고, 짐승이 짐승인 이유는 자연을 다루는 방법에 달려 있다고요. 사람은 폭풍과 비와 더위와 추위 같은 자연을 피하는 방법을 안다고요. 그게 인간을 인간으로 살 수 있게 한 것이라고. 짐승은 자연스럽게 사는 방법밖에 모르기 때문에 계속 짐승으로 사는 거라고 말이죠.”

안 교수는 굳은 얼굴로 나를 바라보더니 그대로 일어서 나가버렸다.

나는 당시 그에게 집중포화가 쏟아진 배경에는 단순히 그의 불륜에 대한 혐오감 이상의 다른 힘이 작용한 게 아닌가 하는 의심을 오랫동안 해왔다. 그의 노래는, 일제의 관점에서 볼 때, 지나치게 조선적이었고 위험했으므로. 그를 주저앉히려는 보이지 않는 손이 작용했다고도 생각했다.

리전 글리클럽이 민요 합창으로 전국 순회공연을 하고, 안 교수가 민족성 강한 노래를 잇달아 발표하는 와중에 표절 논란이 집요하게 이어졌다. 그게 조금 잠잠해지자 불륜 스캔들이 터지고 그 비난의 강도는 역대 조선에서 터진 불륜 스캔들 중 가장 맹렬했다는 점에서 의심스러운 건 사실이었다.

그렇다고 그에게 동정심을 갖는 건 아니다. 남들은 꿈도 꿀 수 없는 재능을 타고난 그가, 이 어려운 조선을 위해 자신의 자연스러운 욕망을 더 절제했으면 좋았겠다는 아쉬움만이 있을 뿐이다.

나는 합창단 공연 전 마지막 리허설을 앞두고 메리 영 선생님을 찾아갔다.

"교목실에서 워낙 완강하니 레퍼토리 목록에선 '농부가'를 뺐습니다. 그러나 무대에선 노래를 부를까 합니다."

영 선생님은 나를 멍하니 바라봤다.

"만주 전쟁이 끝났죠. 그런데 일본이 곧 중국하고 전쟁을 벌일 거라는 소문이 무성합니다. 지금도 사상 검증이니 뭐니 하며 저 난리를 치는데, 더 큰 전쟁을 준비하는 저들이 무슨 짓을 할지 아무도 모릅니다. 우리 노래는 더 부를 기회가 있을지 없을지도 모르고요. 부를 수 있을 때 불러 두죠."

영 선생님은 일어나 내 목을 끌어안았다. 우리는 잠시 그렇게 있었다. 그리고 마주 앉아서도 한동안 아무 말도 하지 않았다. 영 선생님이 말했다.

"내가 여기서 얼마나 더 버틸 수 있을까요."

희한하게도 우리는 그 말끝에 둘 다 웃음이 터졌다.

"선생님은 제가 대학과에 들어온 이후 처음 배웠죠. 선생님은 제가 학당 시절에 알았던 다른 선교사 선생님들하고 달랐어요. 이렇게 살아라, 저렇게 살아라, 기도해라. 학생들 상대로 늘 걱정 많고, 훈계 많았던 다른 선생님들과 달리 선생님은 혼자서 열심히 사셨어요. 열성적으로 조선어를 배우고, 조선어 노래를 만들고, 민요까지 합창으로 만들어 내셨죠. 도대체 어떻게 그러셨어요?"

영 선생님은 잠시 생각했다.

"글쎄요. 왜 그랬을까. 아마도 내가 학교에 왔을 때, 여학생들이 뿜어내는 그 강렬하고 벅찬 에너지에 너무 놀랐기 때문이었을지도. 만세운동이 있었던 그해여서, 나는 오자마자 조선 여인들의 진수를 보게 된 거죠. 조선 독립에 대한 강렬한 열망, 슬픔, 비애. 그러나 절대로 슬픔에 굴복하지 않는 드높은 자존감. 나도 거기에 전염됐던 것 같아요."

"선생님, 곧 떠나실 거죠?"

"버틸 수 있을 때까진 버틸 거예요."

"너무 무리해서 버티진 마세요. 선생님은 떠날 수 있잖아요. 떠나면 오히려 안전한 미국으로 갈 수 있잖아요. 그게 저희랑 다른 점이죠. 저희는 물러날 곳이 없어요. 버틸 수 있을 때까지가 아니라 그냥 여기서 살아내야 해요. 살아내기 위해서 어떤 비굴한 상황을 맞게 될지도 몰라요. 그래서 비굴하지 않아도 되는 순간까지 비굴하긴 싫어요."

영 선생은 내 손을 잡고 토닥토닥 두드렸다.

"그럽시다. '농부가'를 부릅시다."

"그리고 저는 장렬히 물러가겠습니다. 선생님은 너무 힘들게 버티지 마세요. 좀 쉬셔도 돼요. 선생님은 조선인이 아니잖아요. 그게 하나님이 선생님께 내린 축복일 거예요."

나는 일어나 선생님께 크게 인사했다. 선생님도 일어나 내게 말했다.

"에스더, 머잖아 그대가 조선인이라는 게 축복인 날이 올 거예요. 그날이 오면 깨닫게 되겠죠. 하나님이 그대에게 내린 축복이 조선인으로 태어나게 하신 거라는 걸."

리전 글리클럽은 그해 마지막 채플의 대미를 '농부가'로 장식했다.

1934년

다시 북간도

북간도는 불과 3년 전의 북간도가 아니었다. 내가 상상했던 모습도 아니었다. 나는 북간도로 향하며, 내내 전쟁으로 황폐화한 돌무더기 혹은 흙더미의 시가지를 상상했다. 그러나 북간도 거리는 3년 전보다 훨씬 더 새로워 보였다. 새로 지은 건물들이 들어서 있었고, 곳곳에서 건설공사가 진행 중이었다.

그러나 말련의 병원이 있는 조선인 지역으로 들어가니, 또 다른 광경이 펼쳐졌다. 헐벗고, 초라하고, 지친 사람들. 그들은 한눈에도 조선인이라는 걸 알아볼 수 있었다. 3년 전만 해도 거리에 이 정도로 많은 조선인이 보이진 않았다. 그러나 그 수가 이전보다 2~3배는 더 늘어난 것 같았다.

나는 경성 생활을 정리하고, 고향에 있는 서현 중등학교로 내려갈 생각이었다. 그래서 정동 집을 '박만립 예술장학재단'

장학생 숙사로 쓸 수 있도록 재정비하고 있었다. 그즈음, 말련에게서 전화가 왔다. 지난 만주사변 당시, 말련과 연락이 안 돼 애를 태운 후 제일 먼저 한 일이 거액을 들여 집에 전화를 설치한 거였다.

"언니, 괜찮으면 될수록 빨리 여기로 와줘. 내가 해산했는데, 여기 사정이 좀 안 좋아."

그때부터 나는 호떡집에 불난 듯이 굴었다. 도대체 해산한 여자한테 뭘 어떻게 해야 하는지 알 수 없었다. 복순 어매가 싸주는 대로 미역, 약재, 육포, 꿀 같은 것들을 잔뜩 싸서 만주행 기차를 탔다. 복순 어매를 데리고 가고 싶은 생각이 굴뚝 같았지만, 그때 영재가 중요한 콩쿠르를 앞두고 있어서 경성에서 아이들을 챙겨줄 사람이 꼭 필요했다. 할 수 없이 아무것도 모르는 나 혼자 갈 수밖에 없었다.

지난번 왔을 때는 말련이 마중 나왔었는데, 이번엔 아무도 없었다. 역에서 짐꾼을 사고, 택시를 잡고 할 때 말이 통할지 걱정이었다. 그러나 의외로 역에서 일본말을 하니 쉽게 통했다. 어느덧 만주는 일본 세상이 된 듯했다. 말련의 병원은 닫혀 있었다. 결국 택시 기사한테 돈을 얹어주고, 짐을 3층까지 날랐다. 통통 부은 말련이 직접 문을 열어 줬다.

"어째서 이렇게 사람이 없어? 네 남편은? 네 친구들은? 병원 직원들도 없어?"

"언니, 와서 우리 승리를 봐."

"승리?"

"우리 딸"

나는 그렇게 조그만 아기를 본 적이 없었다.

"앤 왜 이렇게 작아?"

"갓난아기니까 그렇지."

"그나저나 다 어디 간 거야? 도대체 김의영은 어디 간 거야?"

"근데, 언니 먹을 것 싸 왔어?"

나는 보따리를 풀어 먼저 눈에 띄는 대로 육포를 던져줬다.

"나, 해산 직후라 이가 성치 않아서 이런 거 못 먹어."

"맞다. 복순 어매가 여기서 고기 못 구하면, 그거 넣어서 미역국 끓이라고 싸준 거야."

뒤져보니 호박오가리떡과 늙은호박강정이 있어서 꺼내 줬다.

"복순 어매는 웬 늙은 호박으로 뭘 이렇게 많이 만들었다니? 뭐가 이렇게 큰가 했더니, 이 무거운 늙은 호박까지 쌌네."

"원래 해산한 다음엔 늙은 호박이 좋아."

나는 일단 말련을 먹여놓고, 다시 캐물었다.

"네 남편, 김의영 어디 갔어?"

"러시아로 갔어. 만주전쟁 끝나고, 일본군들이 대대적으로 조선 독립군 소탕 작전을 폈거든. 그래서 무장 단체들이 많이 와해됐어. 그 사람 소속 부대가 일단 러시아에 있는 조선인 군대와 통합하기로 해서 거기로 갔지."

"마누라가 해산하는데?"

"언니, 만주는 예전하고 달라. 일본과 만주가 한 편을 먹었고, 조선인만 고립됐어. 여기에 남을 방법이 없었어. 그건 그냥 죽겠다는 거하고 같은 거거든."

"좋아. 그럼, 친구들은?"

"전쟁 끝난 직후부터 여기에 조선인들이 대거 이주해 왔어."

"그래. 조선인들이 많아 보이더라. 무슨 일이야?"

"여기저기서 토목공사가 벌어지고, 무슨 공장들이 많이 들어섰는데, 조선인들이 노동자로 끌려온 거지."

"왜 만주 토목공사를 조선인들이 와서 해?"

"길하고 수로 같은 거 서둘러 정비하느라, 아마도 중국과 전쟁을 하려는 거겠지. 조만간 중국하고 일본은 전쟁을 벌일 거야."

"어쨌든 친구들은 다 어디 간 거야? 다 러시아?"

"잡혀 갔거나 도망 갔거나."

"왜?"

"조선인 노동자가 늘었다고 했잖아. 노동자 연맹을 조직하고, 노동운동을 벌이다.... 그때 내가 해산하느라 아무 것도 돕지 못했어."

"네 해산은 누가 도왔어?"

"여기 간호사도 있으니까, 내가 지시하고, 그 친구들이 잘 처리했어. 지금은 병원 문을 열 수 없으니까, 청소하고 불 때줄 사람만 잠깐씩 들르고 있어. 아마 다들 다른 곳에서 일하고 있겠지."

억장이 무너졌다. 이화학당 최고 천재 박말련이 혼자서 아이 낳고, 제대로 얻어먹지도 못해 퉁퉁 부은 얼굴로 내 앞에 있었다. 병원에서 청소와 빨래 같은 허드렛일을 하는 중국 여인이 내게 아래 마당에 있는 부엌에서 불 지피는 법을 알려주어 겨우 산모 구완할 음식을 준비할 수 있었다. 며칠간 예쁜 승리 얼굴만 들여다보며 시간이 흘렀다. 그 사이 이 집엔 청소하고 석탄 챙겨주는 중국 여인 말고는 아무도 오지 않았다. 3년 전 북적거렸던 집과는 완전히 딴판이었다.

"어떻게 이렇게 사람이 안 와? 잡혀간 아이들 소식은 좀 알아봐야 하는 거 아니야?"

"다들 나를 연계시키지 않으려고 그러는 거야. 그런데 이번엔 잘 모르겠어. 지금은 내가 해산한 직후라 좀 놔두는 것 같은데, 승리 아빠를 잡으려고 혈안이 된 일본 경찰이 나를 가만둘 리도 없고."

눈앞이 캄캄해졌다.

"그럼 어떡해?"

"언니가 조선에 돌아갈 때, 승리를 데리고 가줘."

내가 언제 조선에 돌아갈 수 있을지는 나조차 알 수 없었다. 그렇게 내일, 한 시간 후 무슨 일이 일어날지 알 수 없는 상태로 시간이 흘렀다. 북간도의 추위는 맹렬했고, 벽에서도 찬바람이

스며들었다. 불을 아무리 때도, 말련의 손발은 따뜻해지지 않았다. 추위 때문에 산모 건강이 걱정되긴 했지만, 그래도 그 추위가 사람들을 덜 움직이게 할 거라는 생각에 위로가 될 지경이었다.

그러다 병원 문을 세차게 두드리는 소리가 들렸다. 내가 내려갔다. 황황한 눈빛의 사내가 중국말로 뭐라고 소리치고 있었다. 말련이 내려왔다. 그와 몇 마디 나누더니, 그녀는 서둘러 올라가 두꺼운 옷을 걸치고, 병원으로 내려갔다. 나도 따라 내려가며 물었다.

"무슨 일이니? 왜 그래?"

"군수품 공장에서 폭발 사고가 났어."

"그런데 네가 거길 가서 어쩌려고. 너, 부인과 의사잖아."

"여기서 무슨 부인과만 하고 살아. 조선인 수백 명이 일하는 공장이야. 빨리 가봐야 해."

그러더니 진료 가방과 약품, 붕대를 다 챙겨 넣었다. 그녀는 데리러 온 남자들이 가져온 트럭에 올라타며 말했다.

"언니, 내가 너무 늦거든 조선으로 돌아가. 승리를 데리고."

말련은, 내가 아직 제대로 안지도 못하는 갓난쟁이를 놔두고 가버렸다. 아기 젖은 어떻게 하며, 뭘 어떻게 해야 하는지 막막하기만 했다. 그나마 잠시 후에 간호부들이 와서, 그들의 도움을 받아 일본인 상점에서 분유와 젖병을 사올 수 있었다. 간호부들은 분유 조제법만 가르쳐주고 모두 가버렸다. 아마도 말련이 있는 곳으로 가는 것 같았다. 그 모습에 오히려 안심이 됐다. 그래도 말련의 곁에 누구라도 있을 테니.

말련은 날이 밝아도 해가 졌는데도 돌아오지 않았다. 나는 잠깐 잠깐 내려와 어느 길에서 올지도 모르는 말련을 기다리느라 길의 이 끝 저 끝을 계속 기웃대다 아기 때문에 서둘러 올라가곤 하는 일을 반복했다. 또 거리를 살피다 서둘러 올라가려는데, 뒤에서 영어로 "박에스더 선생님이세요?"하는 남자 목소리가 들렸다.

요시다 교수였다. 그 상황은 대단히 비현실적인 느낌이었다.

'저 사람이, 이 시간에 여기에 왜 있지?'

그러곤 섬뜩한 느낌이 들었다. 한때 말련을 짝사랑했던 남자.

'혹시 광기어린 집착을 하는 변태는 아닐까?'

생각이 거기에 미치자 식은땀까지 났다.

"저를 기억하지 못하십니까?"

"요시다 교수님? 어떻게 여기에.... 옥스퍼드에 가신다고 말씀하지 않았나요?"

"여기에 닥터 박이 아니라 선생님이 계시네요."

"닥터 박을 만나러 오셨나요?"

"아니요. 그냥 지나던 길이었다고 해두죠."

"메리언은 없어요. 그런데 집에 아기 혼자 두고 와서...."

그를 두고 올라가려다 생각해 보니, 그에 관해서 너무 모르고 있는 것이 더 위험할 수 있겠다는 생각이 들었다. 저 사람의 목적을 알아내고 대책을 세워야 하지 않을까 하는 생각.

"혹시 괜찮으시면 올라오시겠어요?"

그는 의외로 순순히 따라 올라왔다. 승리가 혼자서 울고 있었다. 나는 이 아이를 어째야 할지 알 수 없어 쩔쩔매면서 겨우 안았는데, 요시다 교수가 내 손에서 승리를 받아 안고 달랬다.

"목을 이렇게 받쳐 주고요, 허리와 엉덩이를 안정감있게 받쳐서 안아야 해요."

그는 나에게 아기 안는 방법을 가르쳐주고 실습까지 시켰다.

"아기가 있으신가 봐요."

"아들이 12살입니다. 그 아이 엄마가 아기를 낳고 죽는 바람에 제가 미국에서 돌아가 갓난아기 때 1년 가까이 길렀죠. 그 후 몇 년 떨어져 있었는데도 사이가 좋답니다."

아들이 있다는 말을 들으니 조금 안심이 되기도 했다.

"그때, 영국에 가신다고 하셨는데, 돌아오셨나요?"

"영국에 가지 않고, 만주로 왔습니다."

"언제부터요?"

"박 선생님이 메리언을 만주에 그냥 놔두고 갔다는 소식을 들은 이후예요."

'변태가 맞는구나.' 순간 핑 돌았다.

"참전하셨나요? 군인이세요?"

"전투는 군인이 하지만, 관리는 문관이 하죠. 저는 문관입니다."

"메리언은 결혼했고, 이 아기가 메리언 아기예요."

그는 표정 변화 없이 고개를 끄덕였다. 잠시 후 나를 보고,

고개를 갸웃하더니 물었다.

"왜 그런 표정으로 보십니까?"

"제가요?어떤 표정인데요?"

그는 내 질문에 답하지 않고 자기 얘기만 했다.

"다행입니다. 박 선생님이 오셔서. 제가 가장 빨리 경성으로 갈 수 있는 열차편을 구할게요. 선생님은 짐을 꾸려서 저를 기다리십시오. 아기를 데리고 경성으로 가십시오."

"왜요?무슨 일인가요?"

"이번 폭발 사고는 중국 공산당 단체가 벌인 테러입니다. 희생자들은 대부분 조선인들이고요. 박메리언이 그 사건에 휘말릴까봐 신징에서 여기까지 400km를 달려왔습니다. 저도 사건조사에 관여할 거고, 그러니 일단 메리언 걱정은 하지 마시고 아기를 데리고 피하세요. 조만간 소요 사태가 일어날 공산이 큽니다."

나는 아무 말도 하지 않고, 다만 그를 바라보기만 했는데, 그가 내게 물었다.

"저를 믿지 못하십니까?"

"교수님 같으면 믿을 수 있겠어요?"

그는 고개를 끄덕였다.

"그래도 짐은 싸놓으세요. 웬만한 건 다 버리고, 경성에 도착할 때까지 써야 하는 아기용품만 중심으로 챙기세요."

그러더니 집안을 한번 휙 둘러보고 나갔다. 그가 다시 문을 두드린 건 불과 몇 시간 지나지 않은 새벽녘이었다. 그는 아기 이불이 깔린 작은 바구니를 들고 있었다. 그리고 직접 들어와서 승리를 바구니 위에 뉘고, 두꺼운 아기 이불로 빈틈없이 싸맸다. 그러고는 아기 바구니를 직접 들고 나가며, 내게는 쫓아오라고 했다. 나는 대충 승리 물건만 싼 가방을 들고 쫓아 내려 갔다. 차에 타자 조수석에 앉은 그의 비서가 내게 표를 건넸다. 요시다 교수가 말했다.

"오늘 오전 7시에 떠나는 열차가 있어서 특실을 비웠습니다. 경성까지 가는 동안 그 방엔 아무도 타지 않을 겁니다. 아기만 잘 돌보세요. 필요한 건 승무원들에게 부탁하면 됩니다."

그는 승리 얼굴을 한참 동안 들여다 보았다. 생각지 못한 미소까지 지으며.

"교수님, 저는 무슨 준비를 하면 됩니까? 마음의 준비든 돈 준비든 뭐든 준비해야 하는 게 있으면 말씀해 주세요."

"뜻밖이군요. 무슨 일이 일어나고 있는지 설명해 달라고 하실 줄 알았습니다."

"이 나이까지 살아보니 알겠더군요. 무슨 일이든 일어날 수 있다는 걸요. 내막을 안다 해도 결과는 달라지지 않겠죠. 이번 일이 '만보산 사건'처럼 중국인과 조선인이 서로 극단적으로 싸우고 죽이고, 그 사이에서 일본이 어부지리를 얻는 계기가 될 수도 있겠죠. 일본이 계획한 테러가 아니라고 하더라도 말이지요. 아무도 막을 수 없다는 걸 압니다. 그렇지만 그 속에 메리언이 있다면, 저는 제 동생만은 구하려고 노력해야겠죠."

그는 아무 말도 하지 않았다. 내가 재차 물으니 그제야 말했다.

"필요한 걸 알게 되면 꼭 말씀드리겠습니다."

워낙 서둘러 온 때문인지, 역에 도착했을 땐 6시가 채 안 된 시간이었다. 그는 역사 내에 일본인 고관들만 드나들 수 있는 클럽으로 안내했다. 이른 시간이어서 텅 비어 있었다. 그는 여급에게 승리의 분유를 탈 수 있는 따뜻한 물을 가져오라고 시키고, 나한테 분유를 타라고 했다. 그는 물의 온도를 맞추고, 자기 팔목에 우유를 떨어뜨려 본 뒤 내 손목에도 떨어뜨렸다.

"이 온도를 기억하세요. 꼭 이 정도 온도여야 합니다."

'이 사람은 도대체 정체가 무엇일까.'

나는 정말 궁금하지 않을 수 없었다. 그는 내가 미덥지 않았는지 승리 우유까지 자기가 먹였다.

"요시다 교수님, 도대체 뭣 때문에 이러십니까? 이런 친절은 굉장히 비정상적이고 비현실적이라는 걸 알고 계시겠지요?"

"박 선생님은 그렇게 시종일관 뭘 의심하시는 겁니까?"

"저희 메리언한테 도대체 무슨 짓을 하시려는 겁니까?"

"제가 메리언을 안 게 15년이 넘었지요. 그런데 메리언은 저를 몰라요. 아무 짓도 하지 않았으니 모르겠죠."

그는 승리를 안아서 트림까지 시키고 나서 말했다.

"궁금하시겠죠. 이해도 안 가고. 저는 나쓰메 소세키夏目漱石

와 기타무라 도코쿠北村透谷의 아이죠. 그들을 읽으며 소년기를 났어요. 제가 영문학을 전공한 것도 나쓰메 소세키 선생의 영향을 받았습니다. 어렸을 때 기타무라 도코쿠의 책을 읽고 있는데, 저희 아버지가 그 책을 빼앗아서 던져 버렸죠. 불온하고 무가치한 것에 마음을 뺏기면 안 된다면서요. 아버지는 내가 사관학교에 들어갈 정신적·육체적 능력도 없다는 걸 확인하기 전부터 지금까지 저를 불온하고 무가치한 인간으로 보고 있죠. 박 선생님도 이 두 작가를 좋아하세요?"

"기타무라 도코쿠 선생이 일본인으론 흔치 않은 기독교인 평화주의자라는 건 압니다. 나쓰메 소세키의 명성이야 익히 알지만 작품은 읽지 않았습니다."

"일본인 중엔 평화주의자가 없다고 생각하시는군요."

"일본인 평화주의자는 기타무라 상처럼 자살한 사람들만 알아서요. 생존해 있는 평화주의자 얘기는 별로 들어본 사람이 없네요. 그래서 일본 사회는 평화를 자살시키려고 하나보다 생각하게 되죠."

그는 고개를 끄덕이면서 천천히 말했다.

"그럴 수도 있겠네요. 나도 평화주의자가 되고 싶었지만, 언제나 현실과 타협하면서 살고 있으니까요. 그런데 다른 일본인들에겐 그런 말씀 하시지 마세요."

"그렇다면 왜 자신을 그들의 아이라고 말하는 거죠?"

"내가 가슴에 새긴 건 어쩌면 평화보다는 자아를 성장시키는 연애 혹은 인간 간의 교류, 여인과 인격적이고 정신적 교류를 하는 해방된 자아 같은 것이었어요. 사실, 남자들과는 자아성장 내지는 정신적 교류 같은 게 잘 안되거든요. 기본적으로 남자들은 서로 경쟁 관계니까요. 인류가 남녀로 나뉜 건, 서로 정신적 교류를 할 수 있는 대상이 되어줄 수 있어서라는 생각. 그런데 내 주변의 일본 여성들은 너무나 순종적이어서 도무지 상대를 찾을 수 없다고 생각했죠. 그래서 어린 시절에 영국으로 갔다가 다시 미국으로 갔어요. 거기서 메리언 박이라는 소녀를 보았죠. 모나리자의 눈을 보는 것 같았어요. 상대를 꿰뚫어 보는 듯한 눈빛. 맑고 빛나는 까만 눈동자는 매 순간 무엇인가 말하고 있는 것 같았어요. 소세키가 말하는 '정신과 영혼이 깃든 인간'은 바로 저런 사람이구나 하고 깨달았죠. 그때까지 나는 사람의 눈동자를 의식해본 적이 없었거든요. 그게 있는지도 잘 몰랐어요. 그런데 처음으로 본 거예요. 살아 있는 눈빛을. 세상에 눈빛을 가진 사람은 박메리언뿐인 것 같아요. 머릿속으로 천둥 번개가 치는 것 같았어요. 사람이 태어나 그런 경험을 하도록 해주는 사람을 만날 수 있는 기회가 흔하다고 생각하세요? 앵거스(Angus)도 꿈속에서만 보는 그녀를, 살아있는 존재로 만난 거죠. 그리고 나는 유학 중에 일본에 돌아가 결혼했어요. 정신적 사랑, 플라토닉 러브에 심취한 문학도 인 나는 아내와 정말 정신적인 교류를 해보고 싶었어요. 대화 하고, 이해하는 시간을 갖고 싶었죠. 그러나 그런 나의 시도는 엄청난 저항에 부딪혔어요. 결혼은 정신이 아닌 육체의 결합 이어야 한다는 룰이 있더군요. 나는 아내의 눈빛을 보려고 했는 데, 눈빛이 보이지 않았어요. 그래서 미국으로 돌아갔는데, 아내는 아이를 낳고 죽었죠. 나는 여인에게 자신의 정신과 자아를 가지지 못하도록 압박하는 일본의 방식이 싫었던 것인데, 나도 결과적으론 똑같은 짓을 한 거죠. 한 여인에게...."

그는 말을 멈추고 나를 바라봤다. 나는 아무것도 생각나지 않아 입을 다물고 있었다.

"내가 지주영이 려화인 걸 모르고 약혼했다고 생각하십니까? 그녀가 려화였기 때문에 약혼한 겁니다. 기뻤습니다. 정신과 자아를 가진 여성과 결혼할 수 있다는 게."

"그럼, 교수님께선 려화를 찾아가셨어야죠. 왜 박메리언을 찾아서 여기까지 오신 거죠?"

"박메리언은, 나에겐 앵거스가 찾아다닌 꿈속의 여인과 같아요. 천상의 존재. 물론 아주 현실적인 꿈을 꾼 적은 있습니다. 그녀가 나에게 '쓰토무' 하고 이름을 불러주는 것. 그렇게 우리가 인격적으로 만날 수 있다면 좋겠죠. 그러나 그걸 갈망해서 그녀 주변을 떠나지 못하는 건 아닙니다. 그녀가 경성에 안전하게 정착했을 때, 나는 일본에 편안한 마음으로 있었어요. 그녀를 다시 볼 생각이 없었어요. 그녀는 그저 제게 달 같은 존재이거든요. 저는 달을 따달라고 떼를 쓰지 않아요. 그런데 지금, 이 시대가 그녀에게 위험하고, 그녀는 늘 위험한 방식으로 살고 있기 때문에, 그녀마저 지키지 못하면 내 자아가 무너져 버릴까 봐요. 일본인에겐 하나의 집념과 목표에 정진하려는 속성이 있지요. 지금 나의 집념은 그녀라기 보다 그녀의 안전을 지키려고 애쓰는 나 자신입니다. 염려하지 마시고 돌아가세요."

정말 헷갈렸다. 이 사람을 이해할 수 없었다. 그래서 그저 눈물만 났다. 곤란할 만큼 눈물이 멈추지 않았다. 요시다 교수도 난감한 듯 나를 보며 물었다.

"왜 그러십니까?"

"서른 시간 넘게 아기를, 나 혼자 어떻게 보나 걱정돼서요. 무사히 데려갈 수 있을지 무서워서요."

아마도 이 광경을 본 사람들은, 갓난쟁이를 안고 돌아가는 아내가 남편과 헤어지는 애통함 때문에 울고불고하는 줄 알았을 거다. 그는 기차 안까지 아기 바구니를 들고 들어왔다. 방 안엔 두 개의 젖병과 분유한 통, 그리고 당시에는 귀했던 마호병에 따뜻한 물까지 담긴 가방이 있었다.

"아기가 있는 집에서 쓰던 것을 구한 겁니다. 밤이 깊어서 살 수가 없어서요. 소독까지 다 해온 겁니다. 젖병은 반드시 물에 삶아서 소독한 것만 써야 합니다. 또 여기 승무원들에게 잘 보살피도록 얘기해 놓았으니, 필요한 건 부탁하십시오."

"교수님, 메리언 집에 오신 게 메리언을 조선으로 돌려보내려고 하신 건가요?"

그는 대답하지 않았다. 그는 꾸벅 인사하고 밖으로 나갔다. 나는 말련 때문에도 마음이 복잡했지만, 요시다 교수 때문에 더 복잡했다. 그 나름의 선의, 그러나 비현실적인 이상한 집착. 그걸 대체 어떻게 이해해야 할지 알 수 없었다. 그 돌아오는 열차 안은, 내내 나에게 지옥이었다.

아듀, 글리클럽

서울역에 도착했을 때, 복순 어매와 성규, 영재까지 모두 나와 있었다. 그들의 모습을 보자 다리가 풀려 넘어질 뻔했다. 성규와 영재가 양쪽에서 나를 부축하고, 복순 어매가 승리를 받아서 안았다. 그제야 긴장이 확 풀렸다.

실은 북간도에서 떠나기 전에 집으로 전화했지만, 여러 단계의 교환을 거쳐야 하는 관계로 역에서 기다리던 동안 전화 연결이 안 된 터였다. 요시다 교수가, 내가 떠난 후 전화나 전보로 내 도착시간을 알려주겠다고 했지만, 실제로 연락이 되었을지 불안했었다.

기쁜 소식도 기다리고 있었다. 영재가 반도콩쿠르에서 1등을 차지해 다음 달 열리는 동경 일본제국 콩쿠르에 반도 대표로 참가하게 되었다는 것과 성규가 세브란스 의과대학에 합격한 것이었다.

나는 갓난쟁이 승리와 성규, 영재를 보며, 새로운 봄의 기운 같은 걸 느꼈다. 이 얼어붙은 겨울에도 땅 밑에선 새싹이 돋아날 준비를 하고 있다는 사실. 나는 그들을 보며 크게 감동했고, 새로운 힘을 얻을 수 있었다.

만주에서 돌아온 후 쓰러져서 거의 사흘 동안 비몽사몽간을 헤맸다. 그러고 나서 정신을 차리고 보니 집에는 아무도 없고, 못 보던 흰색 염소 한 마리만 마당에서 나를 쳐다보고 있었다. 마루에 걸터앉아 멍하니 대문만 바라보고 앉았는데, 좀 이따 복순 어매가 승리를 업고 돌아왔다.

"어딜 갔다 오소?"

"저 건너 건넛집에 해산한 산모가 있어서 우리 승리 젖 좀 얻어 먹이고 왔지."

"우리 승리가 무슨 심청인가. 젖동냥을 하게. 저 염소, 승리 젖 할라고 사다 놓은 거 아닌가?"

"으떻게 울 아가가 염소젖만 먹고 사는가, 사람 젖을 먹고 살아야제. 그 집에 염소젖도 갖다주고, 쌀도 한 말은 져다 줬어. 박 선상은 모른 척 혀."

복순 어매의 강한 생활력이 아니었으면, 그때 나와 승리는 어떻게 되었을까. 생각만 해도 몸서리가 쳐졌다.

"그래도 동냥 젖만 먹일 순 없지. 유모 좀 구해보소."

내가 말하기가 무섭게 복순 어매가 성준이 모자를 데리고 왔다. 복순 어매는 말련이 승리를 낳았다는 소식을 들은 후부터 유모가 필요할 것이라고 예감하고, 미리 물색하고 있었다는 것이다. 그녀는 비록 무학이었지만, 대단히 창의적으로 문제를 해결하는 능력을 가지고 있었다. 나는 이런 모습에 '조선여인의 힘은 참으로 대단하다.'며 감탄했다.

복순 어매가 유모를 구해온 일을 두고 감탄을 연발하자 성규가 말했다.

"누님은 요즘 맨날 조선의 힘, 감동, 감탄, 희망, 새로운 미래 등등 감탄사만 연발하세요. 좋은 일 있으세요?"

그제야 깨달았다. 나는 그때 나를 지탱해 줄 '희망'이 고팠던 것 같다.

윤민숙이 우리집에 방문한 뒤에야, 나는 민숙이 귀국한 줄을 알았다. 그 사이 학교 일은 완전히 잊고 지냈던 것이다. 그녀는 성악과 교수가 됐다고 했다.

"성악과에 새 교수 자리가 있었나?"

"선생님, 모르고 계셨어요?"

"뭘?"

"안치용 교수가 그만뒀잖아요."

생각지도 못한 일이었다. 그러나 예상할 수는 있는 일이었다. 그의 불륜 문제에 학교에서도 징계할 거라는 얘기가 나오는 걸 알고 있었다.

"결국은 그렇게 됐구나. 징계로 사직한 건가?"

"아예 모르고 계셨구나. 달랑 사표만 던져놓고 연실이랑 중국으로 가버렸잖아요. 그래서 귀국한 제가 급하게 임용된 거예요."

그나마 좋은 소식은 민숙이 글리클럽 지도교수를 맡기로 했다는 것이었다.

"메리 영 선생님하고도 얘기를 해봤는데요. 선생님도 유학하시면 어떠세요. 아예 합창 지휘자 공부를 마치고, 학교로 오시는 것도 생각해 보세요. 제가 한 2년은 어떻게 버텨 볼게요."

나는 작은 아기 승리를 보았다. 이 아이는 너무 작은데, 그 존재감은 집안 전체보다도 컸다. 성준 엄마 젖을 어찌나 야무지게 다 빨아 먹는지, 성준이는 엄마 젖 구경도 못할 지경이었다. 나는 이 극성맞은 작은 아기 승리에게 홀딱 빠져 있어서 그 아이를 두고 어디든 갈 생각이 없었다.

"내가 승리를 두고 어디를 가니. 갈 생각이 있었으면, 벌써 갔다 왔겠지. 애초에 나는 공부를 많이 할 생각도, 그렇게까지 열심히 살 생각도 없었어. 그냥 고향으로 갈 거야. 거기서 어린 친구들을 가르치면서 살아볼까 한다."

"선생님이 안 계시면, 조선 노래는 얼마나 더 갈지 알 수 없어요. 메리 영 선생님은 총독부에서 귀국하라는 종용을 받고 계시고, 안치용 선생님은 중국으로 가버렸고, 선생님은 고향으로 가버리고. 저 혼자 어떻게 해요."

"윤민숙 선생이 할 수 없으면, 나는 할 수 있겠어? 그동안 메리 영 선생님하고, 안치용 교수가 버텨주니까 한 거지."

"꼭 그렇지도 않아요. 지난번에 학교 회의에 갔더니 다른 선생님들이 그러시더라고요. 박에스더는 삶아놓은 소머리처럼 전혀 말귀를 못 알아듣고 자기 고집대로만 한다고요. 민요 합창으로 버틸 수 있었던 건 선생님이 우직하게 버텼기 때문에 가능한 거였어요. 저는 그렇게 우직하지 않아요. 우리한테는 지금 우직하게 버텨 줄 사람이 필요해요. 지금 분위기가 얼마나 살벌한지 아시잖아요."

기분 때문이었을까. 나는 그때 윤민숙이 '민요 합창'을 포기하려는 논리를 쌓아가고 있다는 생각이 들었다. 어차피 나는 학교로 돌아갈 명분이 없는 사람이었다. 이미 비용 절감 차원에서 모든 레슨 교사들을 해고한 마당이었고, 동아리 조교는 학교 교원이 맡는 것인데, 나한테 그런 넋두리가 무슨 소용이란 말인가.

"윤민숙 선생, 이젠 그대의 방식이 합창단의 방식이 될 거야. 그대의 합창단을 만들어 봐. 나는 그냥 밖에서 지켜 볼게. 내가 그렇게 싫어하는 안치용 선생 밑에서 이 글리클럽을 계속한 건, 딱 한 마디 말 때문이었어. 음악은 어떤 언어보다도 깊은 말이라고. 그 깊은 말로 그대가 들려주고 싶은 얘기가 있을 거 아니야. 이젠 윤민숙 선생의 언어로 말을 해. 귀 기울여 들어 줄게."

리전 글리클럽 공연 레퍼토리에서 민요 합창은 점점 줄더니 거의 사라졌다. 글리클럽은 더욱 서구화되고 세련된 합창곡을 시도하는 손꼽히는 조선의 전문 합창단으로 자리매김했다. 라디오에서도 합창 공연을 중계했다. 그것도 발전하는 모습이라고 나는 생각했다.

나는 한 번 붙은 불은 꺼지지 않는다는 걸 믿는다. 우리 민요 합창을 많은 사람들이 들었다. 그들 중 누구라도 그걸 기억하는 사람이 있을 것이고, 그들 중 또 누구라도 우리 노래의 합창을 시도할 것이다.

그렇게 나의 리전 글리클럽 연대는 막을 내렸다.

에필로그

만립음악원

나는 본래 창의적인 음악가가 아닌 탓에 이름으로 기억되는 음악가가 될 수는 없었으나, 이름으로 기억될 음악가들을 가르치는 복은 타고난 사람이었다.

그해 영재가 전 일본제국 콩쿠르에서 대상을 받고 돌아왔다. 이 일은 나에게 음악 교육가가 되야겠다는 아주 커다란 동기를 부여했다. 나는 정동 집의 뒷집까지 사서 각각 남녀 장학생 숙사로 만들어 놓은 뒤 승리와 성준 모자를 데리고 귀향했다.

그 큰 고향 집에는 할아버지와 할머니만 사셨고, 일하는 사람들도 확 줄어 서너 명만이 지키고 있었다. 안채와 행랑채 방 두어 개만 사용할 뿐, 거의 비어 있었다.

"요즘 일본 것들이 어찌나 뺏으려고 하는지, 이렇게 궁상맞게 살지 않으면 뭐라도 있는지 알고 일본 놈들이 똥파리처럼 꼬여. 그저 없이 사는 걸로 보이는 게 최고여."

이게 할아버지가 점점 더 가혹해지는 농촌 수탈을 감행하기 시작한 일본인들에게 대항하는 방식이었다. 정미소에는 일본 관리들이 수시로 들이닥쳐 작업 중인 쌀을 헐값에 다 가져가겠다고 으름장을 놓기 일쑤였다. 할아버지는 매일 정미소에 가서 앉아 있었다. 그나마 일본 관리들이 조금이라도 어려워하는 사람이 할아버지였기 때문이다. 나도 수시로 정미소에 나가 지키곤 했다.

그런 와중에 나는 식구들 살림집을 예전에 우리 식구가 살던 별채로 모두 옮기고, 안채와 사랑채, 행랑채에 비어 있는 방들을 정돈하고, 피아노와 악기들을 사들였다. 그리고 집을 '만립음악원'으로 개조했다. 이화여전에서 함께 나온 피아노 레슨교사 두 명과 바이올린 전공자 한 명이 우리 음악원에 합류했다. 충청도는 물론 전라도와 경기도에서도 학생들이 왔다. 대도시에서 교육받을 경제적 여건이 안 되는 학생들이 대거 몰려와 방이 부족할 지경이었다.

인근에 있는 일본인들도 자녀를 우리 음악원에 보냈다. 나는 그들도 성심껏 가르쳤다. 할아버지는 아들들에게 먹고살 만큼의 땅을 분재한 뒤, 거의 전 재산을 장학재단에 넣었다. 그러면서 이렇게 말씀하셨다.

"그동안 박가네가 이 땅으로 대대로 잘 먹고 살았어. 어차피 박가네 손 떠나도 소작하는 집안이야 달라질 게 뭐 있는가.

농사지어 소출 내고 남겨서 먹고살면 그만이지. 니가 요량껏 혀. 음악가를 기르든, 환쟁이를 기르든."

거기서 나온 돈으로 음악 영재들에게 장학금을 줬다. 장학생을 선발할 때, 조선인과 일본인을 가르지 않았다. 그래서 일본인 중에서도 자질이 뛰어난 학생들에게는 장학금을 줘서 도시로 유학시켰다. 그런 나의 방식이 농촌 수탈이 본격화하던 시기에 조금이나마 숨 쉴 구멍을 만들어 주기도 했던 것 같다.

나는 구두쇠 할아버지의 현명한 처세에 지금도 감탄하곤 한다. 그래서 나는 어머니가 가치 없다고 했던 내 성씨 박가에 큰 애정과 존중감을 느끼고 있다.

얼마 후 가수 이화련 씨도 우리 음악원에 합류했다. 경성을 떠나기 전, 내가 그녀를 찾아가 제안한 것이기도 했다. 대중가수에서 은퇴한 그녀는 서울 아현동의 집에서 조용히 칩거하고 있었는데, 내가 흔들어놓은 것이었다. 생각해 보겠다고 하더니 정말로 내려왔다.

나는 곁채 한 동을 전부 비워서 '창가원'을 만들었다. 정통 소리가 아닌 대중 가요를 가르쳤다. 이화련 씨의 명성이 워낙 높았던지라 그녀에게 배움을 청하는 가수 지망생들이 끊이지 않고 찾아왔다. 가수는 당시 최고 인기 직업이었다. 서울, 부산 등 대도시에는 가수들이 노래를 부르는 클럽도 많았고, 음반을 내면 라디오에서 그것을 틀어주어 전국적으로 이름을 낼 수도 있었다.

이화련 씨가 우리 음악원에 합류하기 전에 물었었다.

"이화여전 출신들이 정통음악을 가르치는 음악원에 정말 제가 가도 괜찮겠어요?"

"정통음악이라는 게 뭐죠?음악은 동시대인들이 소통하는 언어예요. 선생님 노래야말로 갑남을녀 모두 알아듣는 아주 쉬운 언어잖아요. 그런 음악을 해야죠. 모두에게 즐거운 음악."

1939년 가을, 상하이

말련에게서 상하이 병원에 입원해 있다는 연락이 왔다. 중일 전쟁이 한창이던 그 시기, 이미 일본군 수중에 떨어진 상하이에 왜 갔는지 알 수 없었다. 어쨌든 배편을 수소문해 부산항에서 떠나는 상하이행 배를 탔다.

상하이 병원에서 본 말련은 병색이 완연했다. 몇 년 만에 더 말랐고, 더 늙어 보였다. 그런데 그녀가 나를 보며 짓는 미소에 희한하게도 환자의 고통스러움이 아니라 이제껏 말련의 얼굴에선 본 적이 없는 평화로움이 담겨 있어서 놀랐다.

"왜 여기 있어? 무슨 병이래?"

그녀는 힘겹게 양손을 들어 보였다. 손이 사정없이 떨리고 있었다.

"손이 왜 이래? 무슨 병인데?"

"언니, 세상엔 병명을 알 수 없는 병이 많아. 나도 이 병명이 궁금해서 여기까지 왔어. 그런데 여기서도 병명을 찾지 못하더라고."

그러면서 그녀는 맑은 소리를 내며 웃었다.

"그게 웃을 일이야?"

"그럼, 당연하지. 나는 만세를 불렀는데.... 나만 모르는 게 아니구나. 내가 그렇게 무능한 의사는 아니구나. 안심이 되더라고."

정말 황당한 아이였다.

"그런데 한 가지는 알아. 이젠 더 이상 의사 노릇을 하지 못한다는 거. 이런 의사는 환자에게 위험하거든. 그리고..., 이런 병에 걸리면 얼마 못 산다는 것도. 그런데 이런 마음도 들더라. 아, 이젠 드디어 핑계를 대지 않고도 쉴 수 있겠구나."

나는 그 길로 말련을 경성에 있는 동대문 병원으로 데려가기 위해 조선과 전화 연락을 하느라 동분서주했다. 겨우 동대문 병원장과 통화를 하고, 병원 입원 약속을 한 뒤 말련의 병실로 돌아갔다. 그런데 거기엔 요시다 교수와 경찰관과 또 다른 몇 명의 남자들이 함께 있었다. 나는 얼른 말련의 옆에 가서 섰다. 한데 남자들은 말련에게 사과하고 있었다. 말련이 일본어로 말했다.

"치안에 힘쓰시느라 고생 많으신 거 압니다. 제 일엔 신경 쓰지 마세요. 어차피 그 가방 안엔 병원비로 쓸 약간의 돈 외엔

귀중품이 없었어요. 중요한 건 다 제 베개 밑에 있으니 괜찮습니다."

그들은 몇 번을 더 사과하고 나갔다. 요시다 교수만 제외하고.

"요시다 교수님, 여기에 계실 줄 몰랐습니다."

내가 인사하자 그는 절도있게 고개 숙여 인사하며 말했다.

"닥터 박이 도난당한 가방을 경찰이 찾지 못했습니다. 요즘 여긴 좀도둑들이 기승을 부리죠. 경찰에선 이번 사건을 해결하느라, 오히려 그동안 잡지 못했던 도둑들을 많이 잡았답니다. 정작 닥터 박 가방은 찾지 못했지만."

"내가 그만 종결하라고 했어. 어차피 옷가지하고 돈 몇 푼인데...."

"돈 몇 푼? 너, 만주에 있는 병원 다 정리해서 온 거 아니야?"

그녀는 베개 밑에서 봉투를 꺼내 보여주며, "어음으로 가지고 있지. 그걸 어떻게 돈으로 바꿔?"한다. 나는 가슴을 쓸어내렸다. 요시다 교수가 물었다.

"닥터 박을 경성으로 데려 가시게요?"

"네. 방금 동대문 부인병원장님과 통화했어요. 말련이 입원할 수 있도록 준비해 주시겠대요. 증상도 말씀드렸는데, 가면 좀 더 자세히 보자고 하시더군요."

"다행입니다. 돌아가시는 배편은 제가 알아봐 드리죠."

그러자 말련이 말했다.

"아뇨. 이미 준비했습니다. 내일모레 떠날 거예요."

나는 처음 듣는 얘기였지만, 말련의 계획이 있는 듯해서 고개를 끄덕이며, 말련의 말에 동조했다. 그는 일어서며 말했다.

"퇴원 전에 다시 오겠습니다. 병원 측이 자기들 실수로 가방을 도난당한 데 책임이 있으니, 일정 부분의 병원비는 부담하겠다고 했습니다. 걱정하지 마세요."

나는 요시다 교수를 배웅하러 따라나섰다.

"요시다 교수님, 상하이에 계세요?"

"휴가차 상하이에 왔습니다. 저도 곧 떠나야 하는데, 마침 와주셔서 잘 됐습니다."

"이렇게 공교롭게 휴가차 상하이에 계신다고요?"

그는 나지막하게 말했다.

"경찰이 진짜 속아서 속아주는 게 아닙니다. 배까지는 제가 배웅하겠습니다. 조선에 가서도 각별히 조심하십시오. 의심스러운 사람이 접근하는 건 막아주세요."

나는 병실로 돌아와 말련의 베개 밑에서 봉투를 꺼내 그 안에 든 어음을 보았다.

"만주, 다 정리해서 팔고 왔다더니 이 돈이 맞아? 이것밖에 안 된다고?"

"요시다 상이 뭐래? 자기는 속지 않았다고 말한 거 아냐?"

"무슨 짓 하고 다닌 거야? 이 꼴이 돼서."

"여기 친절한 간호부가 내 작은 가방이 사라진 걸 발견하고,

신고하는 바람에 일이 공교롭게 된 거야."

"그 가방에 뭐가 들었는데? 만주 병원 정리한 거, 거기에 다 넣었어?"

"언니는 모른 채로 있어. 그게 언니한테 좋아."

그녀는 더 이상 말하지 않았다.

우리가 상하이를 떠나는 날, 요시다 교수는 자기 차를 가져와 말련과 나, 그리고 만주에서부터 말련이 데리고 온 간호부를 태워줬다. 그는 말련의 휠체어를 밀어 우리 선실까지 데려다 준 뒤 떠났다. 그는 내내 아무 말이 없었다. 그는 우리 선실을 한번 둘러본 뒤 "좋은 여행 되십시오."라는 형식적인 인사를 했다. 그때 말련이 요시다 교수를 부르더니 가방에서 초콜릿 상자를 꺼내 그에게 건넸다.

"쓰토무 상, 초콜릿 고마웠어요. 아리가토."

요시다 교수는 초콜릿 상자를 받아 들곤, 고개만 끄덕끄덕 하더니 떠났다. 요시다 교수가 떠난 뒤 내가 말했다.

"지난번 만주에서 승리를 데리고 떠날 때, 요시다 상이 도와 줬어."

"알아."

"너한테 말했어? 저 사람은 정말 속을 모르겠어. 얼굴이 무표정하고 차가워서 거리감이 느껴지고 좋은 사람이라는 느낌도 없는데, 또 도움은 된단 말이야."

"언니, 만일 그때 북간도에서 저 사람이 안 왔다면, 언니는 승리를 데리고 조선으로 돌아갈 수 없었을까?"

"그렇진 않아. 결국은 돌아갔을 거야. 좀 고생은 했겠지. 그런 특실을 내가 얻어내긴 어려웠을 테니까."

"이번에 저 사람이 상하이에 오지 않았다면, 우리가 이 배를 타고 떠나지 못했을까?"

"이 배 편은 네가 준비한 거잖아."

"바로 그거야. 요시다 상은 스스로 뭔가 했다고 생각했겠지만, 실은 다 필요 없었어. 내가 요청한 것도 아니고. 그의 도움은 우리한테 필요하지도 않았지. 그런데 무섭잖아. 저 사람은 물론 조금 소프트하긴 하지만, 나한텐 일본제국의 모습처럼 느껴져. 일제는 조선 근대화를 자기네가 이뤄줬다고 떠들어대지만, 조선은 스스로 할 수 있었어. 조선의 방식으로. 그들은 그저 우리를 침해한 것일 뿐이야. 저 사람도 자신이 매혹된 것에 집착한 것뿐이야. 그리고 나도 모르는 새 내 주변을 침해한 거지. 그나마 악의적이거나 물리력은 쓰지 않았으니, 이 불쾌함을 누르기로 한 것뿐이야."

"그런데 왜 너는 초콜릿까지 줬어?"

"빚을 갚은 거야. 내가 다른 사람 것인 줄 알고 요시다 상의 초콜릿을 먹은 적이 있거든."

그나저나 이 배가 부산항으로 들어간다는 게 내겐 큰 걱정이었다. 그래서 내내 말련에게 잔소리를 했다.

"아무리 상하이에서 떠나는 게 급해도 인천항으로 들어가야지. 부산에서 경성까지 어떻게 갈 거야. 그 몸으로."

배가 부산항에 도착할 즈음, 말련은 내게 자기 왕진 가방을 건네줬다.

"이거 나중에 승리한테 전해줘. 내가 꼭 돌아가려고는 할 건데, 사람 일은 잘 모르니까."

"너, 무슨 말이야."

"나는 러시아로 갈 거야. 승리 아빠가 블라디보스토크에서 기다리고 있어."

"너, 그래서 이 러시아 국적 배를 타고 온 거야? 도대체 김의영 생긴 것 빼면 뭐 있다고 거기에 홀랑 빠져서 결혼까지 하고, 이꼴이 돼서 거기까지 가서 뭐하자는 거야."

"김의영은 생긴 것만 근사한 게 아니야. 정신세계도 근사해."

"미친..."

"언니는 알잖아. 나는 내 마음이 시키는대로 사는 사람이야. 내가 그 사람으로 정했고, 그 사람이 나로 정했으니 최선을 다해야지. 내가 그나마 움직일 수 있을 때, 가서 봐야지. 그쪽 사정을 더 봐야겠지만, 어쨌든 승리 아빠를 만나고 나서 함께 승리를 보러 가기 위해 최선을 다할 거야."

말련은 나만 부산항에 떨구고, 그대로 떠났다. 그리고 돌아오지 않았다.

말련은 늘 떠나는 아이였다.

1941년 봄, 인천

요시다 교수에게서 연락이 왔다. 인천을 거쳐 일본으로 돌아갈 계획인데, 잠깐 인천에서 볼 수 있냐는 것이었다. 나는 그 연락을 받고 섬찟했지만, 그래도 인천으로 갔다. 그가 알려 준 인천항 청사 내 일본인 귀빈들을 위한 항구 클럽에서 그를 만났다. 그는 지쳐 보이는 표정이었다.

"피곤해 보이세요."

"동경으로 돌아가면 괜찮아질 겁니다. 겨우 나의 임무를 끝내고, 돌아가네요."

그러더니 물었다.

"메리언 소식은 아십니까?"

"아니요. 혹시 아시는 게 있나요?"

그는 고개를 흔들었다.

"러시아 블라디보스토크항에서 남편을 만난 것까지 압니다.

그러곤 행적이 끊어졌죠. 꽤 유능한 집단인 것 같습니다."

그러더니 화제를 바꾸어 승리 안부를 물었다.

"그 조그만 아기는 이제 많이 컸겠네요."

"그럼요. 말련이 만큼이나 골치 아픈 아이죠. 제가 피아노를 열심히 가르치는데, 음악엔 별 관심이 없어요. 엄마처럼 의사가 되겠다고, 벌써부터 공부를 열심히 하네요."

"말련, 발음은 쉽지 않은데 참으로 신비하게 들리는 이름이에요. 메리언이라는 평범한 이름보다 그 이름이 더 어울려요. 그녀에게는."

"메리언이 쓰토무 상이라고 불렀죠. 예전에 메리언이 교수님 이름을 불러주는 게 꿈이라고 했던 기억이 나더라고요. 이젠 꿈을 이루셨나요?"

그는 웃었다.

"그 꿈은 더 먼저 이루어졌어요. 그녀가 상하이로 향했다는 소식을 듣고 나도 상하이로 갔죠. 그녀는 위험한 일을 도모하고 있었거든요. 그래서 갈 수밖에 없었어요. 그녀를 도울 방법은, 그녀가 나와 친분이 두텁다는 걸 알리는 거라고 생각했죠. 나는 처음으로 용기를 내서 그녀 문병을 갔어요. 가서 나를 설명할 말을 여러 가지로 준비했어요. 그런데 나를 보더니 '요시다 쓰토무상?' 하더군요."

"메리언이 교수님을 알았다고요? 요시다 교수님을 모른다고 했는데요."

"예. 저도 깜짝 놀랐어요. 그러고 나서 이렇게 말하더군요. '저한테 초콜릿을 줬죠?' 이렇게요."

"초콜릿요?"

"그걸 알고 있을지 몰랐어요. 학교에서 그녀를 처음 봤던 그해 크리스마스에 저는 산타클로스 분장을 하고, 초콜릿과 사탕, 과자 같은 것들을 넣은 빨간색 자루에 '메리언 박'이라고 새겨서 여자 기숙사에 갖다 놓고 도망치듯 나왔지요. 나중에 보니까 메리언이 그 초콜릿을 먹으면서 공부하고 있더군요."

"그때부터 알고 있었다고요?"

"그건 아니고요. 저를 알고 있었느냐고 물었더니 언니가 이름을 알려줬다고 하더군요. 그러고 나서 곰곰이 생각했대요. 문득 초콜릿을 가져다준 사람이 요시다가 아닐까 생각했다더군요."

나는 알지 못하는 말련의 유학 시절 모습을 그의 이야기를 통해 듬성듬성 알게 되었다. 그제야 알게 된 사실도 있었다. 관순이 죽었다는 걸 알게 된 직후 메리언이 크게 앓았던 적이 있었는데, 그때 말련을 구한 것도 요시다 교수였다.

"그날은 춥고 비 오는 날이었어요. 그런데 메리언이 거의 혼이 나간 얼굴로 울면서 학교 우편국으로 달려가더군요. 국제전화를 할 수 있는 곳이었죠. 거기서 전화가 연결되는 동안에도 계속 울었어요. 그러더니 통화를 한 후 쓰러지더군요. 제가 업고 병원으로 뛰어갔죠. 폐렴에 걸려서 거의 죽을 뻔했어요."

"그때 말련을 구해준 분이 요시다 교수님이세요?"

"네. 그 얘기도 메리언한테 했죠. 그녀가 왜 그랬는지 나중에 알았고, 그 일의 내막은 나한테도 너무 충격적이어서 메리언을 다시 볼 용기가 나지 않았어요. 그래서 상하이에서 메리언 에게 '그때 위로해 주고 싶었지만, 내가 일본인이어서 그럴 수 없었다.'고 얘기했죠."

그 얘기를 들으면서, 나는 고마움보다 그의 집요함에 등골이 서늘해졌다.

"메리언이 그러더군요. 사람은 각자 자기 삶을 힘들여 사는 것인데, 시대가 그것을 비극으로도 희극으로도 만든다고요. 그리고 자신과 친구들은 그저 스스로 결정한 삶을 살았으니 됐다고요. 다만 그 일을 계기로 사람이 덜 비극적으로, 더 사람답게 살려면, 자신과 타인의 존엄을 지키기 위해 노력해야 한다는 사실을 깨달았다고 하더군요."

"시대가 비극으로도 희극으로도 만든다고요? 생각해 보니 그렇네요. 조선과 일본의 관계가 이렇지 않았다면, 교수님의 사랑도 이렇게 어렵지 않았겠죠."

"상하이에서 그녀를 만날 수 있어서 좋았습니다. 처음으로 가까이서 대화해본 그녀는, 제가 머릿속으로만 그렸던 것보다 더 감동적인 사람이었습니다. 그런 사람을 저의 목표로 정했다는 게 제 인생에도 많은 위안이 됩니다."

'내 동생을 목표로 삼다니.' 그 말이 끔찍했다. 그래서 나는 화제를 바꾸었다.

"동경엔 다니러 가시는 건가요?"

"오랜 투쟁 끝에 드디어 돌아가는 겁니다."

"투쟁요?"

"제가 일을 좀 잘했거든요. 그래서 빠져 나가기 위해 미친 척을 좀 했죠. 정신과적 진단도 받았고."

"그렇게까지. 선생님, 앞으로의 경력도 있는데...."

"평화주의자로 자살하는 것보단 낫지 않습니까? 내가 스스로 결정한 삶은 끝났으니, 이제는 시대의 도구로 사는 일도 그만둘 때가 됐다 싶었지요. 좀 쉬면 정신은 다시 말짱해질 겁니다."

그와 나는 함께 웃었다. 그리고 궁금해졌다. 그는 왜 일본으로 돌아가는 와중에 나를 만나고 싶었을까. 그래서 그에게 물었다.

"그런데 잠깐 인천에 정박하는 동안 저를 만나려고 하셨다면, 용건이 있었을 것 같은데요."

"미친 사람은 무슨 짓이든 할 수 있죠. 저는 그저 메리언의 소식이 궁금했고, 그 작은 아기의 소식도 궁금했어요. 내가 이런 시대에 태어나 지금까지 살면서, 가장 무모하고도 열정적으로 했던 유일한 일의 결과를 알고 싶었어요. 메리언 소식은 선생님도 모르시니."

그러더니 잠시 생각한 후 이야기를 시작했다.

"메리언은 그때 만주의 재산을 정리해서, 당시엔 이미 상하이를 떠나 창사, 광저우 쪽으로 떠돌고 있던 대한민국 임시정부에 돈을 보냈다고, 우리는 이제야 결론을 내렸습니다. 당시 일본 첩보대는 그녀가 거액을 들고 상하이로 향했다는 것만 알뿐, 목적은 알지 못했어요. 임정에 자금을 보내는 건 여러 추측 중의 하나였죠. 그래서 상하이를 거쳐 항저우로 움직일 거라는 정보도 있었어요."

"그 첩보 때문에 상하이로 가신 거군요."

"첩보는 모호했어요. 그런데 실제로 병이 심각했고, 병명을 알 수 없는 병에 걸린 환자가 병원에 입원했으니, 입원이 목적이었나 하고 헷갈리기 시작한 거죠. 그래서 병원을 감시했지만, 좀 느슨했던 것 같아요. 우리쪽 사람이 그녀가 들고온 가방이 사라졌다는 걸 발견했고, 뭔가 일을 벌인 걸 알게 됐지만, 증거가 없었죠. 게다가 그 병원 의사들도 박말련 선생을 존경했어요. 일본인 의사들 사이에서도 아주 유명하더군요. 일본 의사들이 그녀를 감싸느라 애쓰는 모습을 봤죠. 놀라운 사람이에요. 박말련, 그녀는."

그리고 잠시 생각에 잠긴 듯하더니, 말했다.

"김의영. 그 사람은 의사라기보다 사상가죠. 위험한 사상가. 그런데 메리언이 스스로 선택했죠. 그녀의 삶이 무사하기만 바랍니다."

그는 이 말을 한 뒤 고개를 끄덕끄덕할 뿐 더 이상 아무 말도 하지 않았다.

"생각해 보면, 저는 선생님한테 큰 신세를 졌습니다. 북간도에서 경성까지 좋은 특실을 이용해 무사히 올 수 있었으니까요. 늦었지만 감사드려요. 그런데 선생님이 말련을 위해 노력하신 건 그녀에게 별 도움이 되진 않았죠. 그녀는 자신의 삶을 스스로 잘 살고 있으니까요. 이런 생각이 듭니다. 타자의 인생을 지키거나 타자의 인생을 자신의 목표로 삼는 건 허무한 일이라는 생각이요."

나는 그가 말련의 인생에 개입하려는 것이 잘못임을 알려주고 싶었다. 그러고 나서 나는 마지막으로 인사했다.

"선생님 무사히 귀국하시고, 원하는 삶을 사시기 바랍니다. 그리고 일본인 평화주의자는 그 후에도 오래오래 잘 살았다는 소식을 듣게 되기 바랍니다."

나는 일어나 그에게 허리 숙여 인사했다. 그도 일어나 허리 숙여 인사했다. 그는 다시 인천항에서 떠나는 배를 타고, 일본으로 돌아갈 것이다. 그와 나는 항구 클럽을 나와서 걸었다. 나는 택시를 타기 위해, 그는 부두로 가기 위해 헤어져야 할 즈음, 문득 예전의 시가 생각나 그에게 물었다.

"요시다 교수님, 그래서 달의 은 사과와 태양의 황금 사과를 찾으러 방랑을 계속하실 건가요?"

"글쎄요. 저는 은 사과를 볼 기회가 있었죠. 그걸로 만족합니다. 무슨 걱정을 하는지 압니다. 이젠 걱정하지 마세요. 시간이 다할 때까지 찾아도 찾아지지 않는 것이 있다는 걸 아니까요."

"저는 이런 생각이 듭니다. 앵거스는 신이었으니 꿈 속의 여인을 찾아 평생을 방랑해도 견딜 수 있었겠지만, 인간은 신이 아니죠. 인간이 앵거스를 흉내내면 너무 힘들고, 비현실적이지 않을까요."

그는 조용히 들었다. 그러곤 고개를 끄덕이더니, 나지막한 소리로 시를 읊었다.

Parting is all we know of heaven,
And all we need of hell.
(이별은 우리가 아는 천국의 전부이며/
우리가 겪어야 할 지옥의 전부이다.)

"시를 좋아하지 않으시죠? 에밀리 디킨슨의 '이별'이라는 시의 한 구절입니다. 저의 전 약혼녀가 페미니스트 이론가라는 걸 알고, 그녀의 글을 찾아서 읽었는데, 에밀리 디킨슨의 시를 많이 인용했더군요. 그래서 이 시인의 시를 찾아봤었죠. 그때 알게 된 구절입니다. 살아서 천국과 지옥을 다 경험할 수 있는 사람은 흔치 않지요. 만났으니 이별도 할 수 있는 것 아니겠습니까. 이별을 해봤으니, 천국도 지옥도 다 알게 된 것 아닐까요. 저는 흔치 않은 삶을 좋아하기로 했습니다."

나는 평범한 사람이므로 그를 이해할 순 없었다. 다만, 나의 눈으로 그에 대해 생각해 봤다. 그는 좋은 사람으로 살고 싶었으나 그렇게 사는 방법을 배우지 못해서 혹은 시대가 그를 가로막아서 그런 삶 자체를 알지 못하는 사람인지도 모른다고. 이러한 시대에 일본 군벌 가문의 일원으로 태어난 것이 그에겐 어쩌면 비극이었는지도 모른다고 말이다. 사람이 아무리 열심히 산다고 해도 시대와 환경이 만들어 버리는 비극을 피하진 못하므로.

그가 일본으로 돌아간다는 사실은 나에게 큰 안도감을 주었다. 그리고 이젠 제발 말련의 인생에는 관심을 갖지 말아주길, 그리고 그도 이 즈음에서 방랑을 끝내고 안전한 대지에 정착하기를 기원했다.

나는 그와 말없이 머리 숙여 인사를 나눈 뒤 돌아서 각자의 길로 걸어갔다.

박 에스더

이모할머니 박에스더가 기록한 연대기는 여기에서 끝났습니다. 할머니는 1968년, 제가 8살 때 돌아가셨지요. 그래서 별로 기억에 없습니다. 다만 어머니의 기억에 의존해 단편적으로 그분의 삶을 더듬을 수 있을 뿐입니다.

그분은 평생 미혼으로 음악을 가르치며, 조카인 김승리를 훌륭한 외과 의사로 길러냈습니다. 저의 외할머니 박말련 선생은 해방을 보지 못하고 1944년 러시아에서 돌아가셨습니다. 그리고 그곳 공동묘지에 안장되었습니다.

이모할머니는 해방 이후 오히려 더 많은 고난을 겪었다고 하더군요. 과거 음악원에서 일본인을 가르치고, 장학재단에서 일본인 학생에게 장학금을 준 행적으로 인해 친일파로 몰렸고, 조카의 아버지 김의영이 이북에서 주요 인사가 되어 있던 바람에 공산주의자 가족으로도 몰렸습니다.

결국 그분은 장학재단과 음악원을 정부에 헌납했습니다. 고향을 떠나면서 제 어머니는 속이 상해서 울었답니다. 그때 이모할머니가 이렇게 말씀하셨다더군요.

"일본이 아니라 내 나라에 주는 건데, 뭐가 그렇게 억울하니. 나라가 이제 내 일을 알아서 해준다니 오히려 홀가분하지."

이모할머니는 서울로 와서 피아노 레슨으로 생활하면서 조카딸을 길렀습니다. 그분은 조카에게 피아노를 가르치면서 음악을 하며 사는 건 어떠냐고 권했지만, 우리 어머니는 외할머니의 유품이 된 의료 가방을 꼭 끌어안고서 반드시 의사가 되겠다고 고집했다더군요.

저는 [이화여대 음대 100주년 기념 연주회]에 어머니를 모시고 다녀왔습니다. 그 연주회에선 합창과 소리, 서양의 현악기와 가야금, 거문고, 피리, 해금 등 우리의 전통악기들이 어우러진 '합창교향곡 이화판타지'가 연주되었습니다.

박에스더 할머니가 이루려고 했던 조선과 서양의 악기, 소리와 합창이 하나가 된 합창교향곡이었습니다. 그분이 이 광경을 봤다면, 얼마나 흡족하셨을까요.

K-팝의 원형--- 노래를 향한 열정

고승철/ 소설가

<리전 글리클럽>은 명작소설이 대체로 지니는 3가지 요소를 모두 갖추었다. 흥미, 감동, 교양. 처음부터 끝까지 박진감 넘치는 스토리의 물결이 끊임없이 흘러 읽는 재미를 제공한다. 작중 인물들은 저마다 대체 불가의 캐릭터 매력을 내뿜는다. 합창단을 지키려 분투하는 주인공 박에스더, 미국으로 의학 공부를 하러 간 천재 소녀 박말련(메리언), 천재 음악가 안치용, 한국 민요의 가치를 알아본 미국인 음악교수 메리 영, 박말련을 마돈나로 사모하는 일본인 영문학자 요시다... 무대도 경성, 북간도, 상하이, 블라디보스토크 등으로 국제적으로 펼쳐져 웅대한 스케일이다.

엄혹한 일제강점기에 민족얼이 담긴 민요를 합창공연 레퍼토리에 넣으려 사투를 벌이는 박에스더는 유관순 열사와 이화학당 친구이다. 친구의 애국심과 리더십을 상기하며 합창단을 이끈다. 일본 경찰, 교목, 구체제 학부모 등 온갖 장애 요인들을 극복해가는 박에스더의 집념은 독자의 가슴을 뭉클하게 한다. 3.1운동, 만주사변 등의 역사적 사건을 바탕으로 깔아 근대사를 이해하는 데 도움을 주기도 한다. 그리 길지 않은 분량인데도 대하소설 분위기를 풍긴다.

요즘 지구촌을 휩쓸고 있는 '케데몬' 열풍의 뿌리가 100년 전 리전 글리클럽(Glee Club)의 열정이 아닐까. 합창단원들이 모여 노래를 연습하고 공연하는 모습이 K-팝 뮤지션의 활동상과 비슷하다.

필자는 2024년 12월 16일 서울 여의도 영산아트홀에서 열린 아르모니아 합창단 공연을 관람했다. 이화여대 졸업생으로 구성된 이 합창단의 단원으로 무대에 선 양선희 소설가를 봤다. 100년 전 합창곡을 재현한 음악회 현장이었다. 소설 <리전 글리클럽>엔 합창단 활동이 실감나게 묘사되는 데 저자의 체험에서 비롯되었을 터이다.

이 작품은 역사소설이어서 사실史實에 바탕을 두었지만 '소설' 이기에 픽션이 가미되어 있다. 소설이라는 장르는 거대한 그릇이어서 팩트와 픽션을 모두 담을 수 있다. 팩트와 픽션은 그 그릇 안에서 화학적 결합을 하여 미학적 가치를 지닌 새로운 생명체로 탄생한다.

역사소설을 두고 사실과 맞지 않는다고 지적하면 문학의 의미를 모르는 소치이다. <리전 글리클럽>의 독자로서 팩트와 픽션을 판별하며 읽는 과정도 흥미로웠다. 메리 영 선생님은 실존 인물이지만 안치용 교수는 가공 인물로 아마 월북 작곡가 안기영(1900~1980)이 모델인 듯하다. 메리 영은 1919~1940년 이화에 봉직하면서 기악, 음악이론, 작곡을 가르쳤다. 안기영은 1928년 미국에서 귀국해 1932년까지 이화여전 음악과 교수로 활동하며 합창단을 이끌었다.

1886년 개교한 이화학당은 1925년 전문학교로 개편되면서 우리나라 최초로 음악과를 설치했다. 그러니 2025년은 이화여대 음악대학 설립 100주년이 되는 뜻깊은 해이다. 올 5월 21일 예술의전당 콘서트홀에서 이를 기리는 음악회가 열렸다. 두 번째 프로그램은 이화학당 설립자 메리 스크랜튼 여사의 헌신적인 행적을 담은 소리극 '교육의 불꽃' 이었는데, 한복을 입은 출연자 6명의 모습에서 리전 글리클럽 합창단원이 연상되었다.

작가의 말

올해는 특별한 해였습니다. 광복 80주년을 맞은 뜻깊은 해이기도 했고, 개인적으론 미국 뉴욕 카네기홀 젠켄홀 무대에서 공연을 하는, 뜻밖의 경험을 했다는 것입니다. 3월2일이었습니다. 올해 국내 최초 음악대학인 '이화여대 음대 100주년'을 맞아 열린 기념 음악회에 제가 소속된 '아르모니아 합창단'이 초청되어 합창 공연을 했습니다. 여기까지 오게 된 건 지난해부터 우리 합창단이 해왔던 작업의 연장선이었습니다.

[조선민요합창곡집]. 1931년 발간된 이 합창곡집의 존재를 알게 된 건 지난해였습니다. 그 한 해 내내 이 책에 실린 민요 합창을 재연했답니다. 몇 차례 합창 공연도 했고, 그 덕에 카네기 홀 공연까지 초청된 것이지요.

지난해 카네기홀 공연 결정 직후의 흥분된 마음으로 이 합창곡집이 발표될 때까지의 역사를 더듬기 시작했습니다. 1928년 이화여전 글리클럽이 처음으로 민요 합창을 선보였고, 그 이후에도 그들은 전국 순회공연을 하며 맹렬하게 민요를 불렀다는 걸 확인했습니다.

한데 이와 함께 거론되는 것이 '기생의 노래'라는 것이었습니다. 민요가 왜 기생의 노래가 되었는지 궁금해서 좇아가 보았습니다. 자료는 많지 않았습니다. 그러나 몇몇 연구자들이 연구한 논문들이 있어서, 당시를 어렴풋이 그려볼 수 있었습니다. 이를 통해 조선의 지식인들조차 민요를 멸시하고, 악종惡種이니 박멸이니 하는 용어로 공격하던 당시의 정황을 알게 되었습니다. 그런 상황에서 이화여전 글리클럽이 이 노래를 몇 년 동안이나 전국을 돌며 불렀다는 건 얼마나 쉽지 않은 일이었을까요.

가슴이 뜨거워졌습니다. 그래서 이 일을 소설로 써야겠다고 마음먹게 되었습니다. 계속 그 시대 선배들과 대화를 나누기 시작했습니다. 문득 글리클럽 조교 박에스더가 찾아 왔습니다. 그녀를 쫓았습니다. 그녀의 이야기는 노래를 넘어 그녀의 친구 유관순의 삶과 죽음, 그리고 당대를 살아냈던 수많은 근대 여성들의 삶으로 이어지더군요. 이렇게 다양한 선배들을 만나게 될 줄 몰랐습니다. 나의 오늘이 있기까지 선배들의 분투가 있었음을 깨달았습니다.

특히 이번 작업은 AI기술 덕분에 굉장히 빠르고 편하게 했습니다. 저는 역사소설을 몇 편 썼습니다. 그런데 역사 소설은 준비하는 데만 1년여가 걸립니다. 당대의 역사 자료를 찾아 공부하는 데서만 끝나는 게 아닙니다. 그 시대의 연표와 인물 별 행적과 연표를 미리 정리한 다음, 소설을 쓰기 시작합니다. 소설 창작보다 이 작업에 더 많은 시간이 걸립니다. 그런데 이번엔 Notebooklm, Perplexity, 챗GPT 등 AI를 활용해 이 작업 시간을 확 줄일 수 있었습니다. 탈고 시간을 1년은 아껴준 것 같습니다.

광복80주년, 음악대학 출범 100년을 맞은 올해, 리전 글리클럽을 알게 된 건 행운이었습니다. 민요합창곡집을 발굴하고 재연하는 데 애써준 아르모니아 합창단 지휘자 이수연 선생과, 함께 노래를 불러준 합창단원 모든 분께 특별히 감사인사를 전하고 싶습니다.

2025년 가을에, 양 선 희

리컨 글리클럽

2025.10.15 초판 발행
2025.10.29 개정판

지은이 양 선 희
발행처 독서일가
표 지 임 그 린
M-북 주식회사 양서

Tel 02-6489-2020
E메일 mail@dsilga.com
홈페이지 http://dsilga.com

ISBN 979-11-91506-18-1

가격 17,700원